国家古籍整理出版专项经费资助项目

○闲雅小品丛书○

主编 曹亚瑟

风物正闲美
——风土小品赏读

顾文豪 注评

中州古籍出版社
·郑州·

图书在版编目(CIP)数据

风物正闲美:风土小品赏读 / 顾文豪注评 . —郑州:中州古籍出版社,2016.1（2023.10重印）

（闲雅小品丛书）

ISBN 978-7-5348-5754-6

Ⅰ.①风… Ⅱ.①顾… Ⅲ.①小品文-作品集-中国-古代 Ⅳ.①I262

中国版本图书馆 CIP 数据核字（2015）第 277686 号

FENGWU ZHENG XIANMEI：FENGTU XIAOPIN SHANGDU

风物正闲美:风土小品赏读

丛书策划	梁瑞霞
责任编辑	张 雯
责任校对	牛冰岩
装帧设计	知耕书房

出 版 社	中州古籍出版社（地址：郑州市郑东新区祥盛街27号6层 邮编：450016 电话：0371-65723280）
发行单位	河南省新华书店发行集团有限公司
承印单位	河南大美印刷有限公司
开 本	890 mm×1240 mm A5
印 张	10
字 数	200千字
版 次	2016年1月第1版
印 次	2023年10月第4次印刷
定 价	25.00元

本书如有印装质量问题，请联系出版社调换。

前言

　　周作人在作于 1944 年末至 1945 年初的《十堂笔谈》中指出:"国民常识中重要的一部分是国史的知识",并且希望普通国民"只要有点时间或兴趣读书的,都应当在这方面多用力,获得国史的知识愈多愈好"。不过他并未特别推举堂皇正大的正史作品,反倒认为"史学固然是个专门,但是从别一条路也是可以走得通的"。在这所谓也能走得通的"别一条路"上,他尤为兴味盎然的是风土志一门,如宋孟元老《东京梦华录》,明张岱《陶庵梦忆》、刘侗和于奕正《帝京景物略》并清顾禄《清嘉录》之类多涉风俗物产的戋戋小书。周氏认为这类书所记大多是一地方的古迹传说、物产风俗,然"其事既多新奇可喜,假如文章写得好一点,自然更引人入胜",加之内容易于统序,颇可"令读者感觉对于乡土之爱",最终"养成爱乡心以为爱国的基本"。

揆诸典籍，周氏推奖之风土志，大抵可分为两类。一类记载岁时风俗、市井人情，一类摹写山川形胜、风物土宜。前者盖源出于《月令》，《四库全书总目提要·史部·时令类》谓其"本天道之宜以立人事之节者，则有时令诸书"，体例多以时序为纲，以杂书所记风俗事宜关涉节序者按月分隶，采择群书并稗官说部亦多所征据；后者则专录方域、山川、风俗、物产诸事，勘验遗踪，稽考逸闻，以期订妄存真，阙疑传信，而凡涉及乡情风土者，亦悉案门载录，尤足以藻绘山川，追溯风流。

前者中尤以东汉崔寔《四民月令》、南朝宗懔《荆楚岁时记》、唐韩鄂《岁华纪丽》、南宋陈元靓《岁时广记》、明冯应京《月令广义》、清潘荣陛《帝京岁时纪胜》、富察敦崇《燕京岁时记》知名，类书则有唐欧阳询等撰《艺文类聚·岁时部》、宋李昉等撰《太平御览·时序部》、清陈梦雷等撰《古今图书集成·历象汇编·时序部》《古今图书集成·历象汇编·岁功典》，搜采繁富，不惟点缀岁华，亦且有裨艺文。

而晋嵇含《南方草木状》，北魏杨衒之《洛阳伽蓝记》，宋范成大《吴郡志》、孟元老《东京梦华录》、周密《武林旧事》、周去非《岭外代答》、吴自牧《梦粱录》，明田汝成《西湖游览志》，清李斗《扬州画舫录》、屈大均《广东新语》、厉鹗《东城杂记》、顾禄《清嘉录》、袁景澜《吴郡岁华纪丽》则允为一地风土笔记之翘楚，恰如吕叔湘先生《笔记文选读》中所言："岁时之外，兼及游观之盛，不独考索史事者资为宝藏，亦都市文学之滥觞也。"

一般而言，风土笔记之文多叙日常琐细，《四库提要》谓其"大抵农家日用、闾阎风俗为多，与《礼经》所载小异。然民事即王政也，浅识者歧视之耳"。换言之，琐屑中自有大道。

上古社会，"风"有言语讴歌之义，一地有一地之"风"，故朝廷有"命大师陈诗，以观民风"之举，即所谓采风，从里巷歌谣中了解人心向背。"风"亦有教化之义，《毛诗正义》所谓："风，风也，教也。风以动之，教以化之。"孔子云："君子之德风，小人之德草，草上之风，必偃。"是以在中国传统思想观念中，闾巷风俗、民生日用更多是作为一则"符码"，而风俗的代码即是政治的代码，与权力统治构成一种微妙的对应互动关系，风俗之良善颓败直接关系着国家政治秩序的有序抑或失序，如苏轼《上神宗皇帝书》所言"人之寿夭在元气，国之长短在风俗"，顾炎武《日知录》亦尝云"论世而不考其风俗，无以明人主之功"。

此所以古人尤重"移风易俗"，杜甫的"致君尧舜上，再使风俗淳"自是古代士大夫乃至整个知识阶层的抱负写照。应劭《风俗通义》之序更明言："为政之要，辨风正俗，最其上也。"《说苑·政理》特为标举："圣人之举事也，可以移风易俗，而教道可以施于百姓。"刘勰亦云："风有薄厚，俗有淳浇，明王之化，当移风使之雅，易俗使之正，是以上之化下亦为之风焉。"

在这样的阐释观念和思想脉络中，风俗就不仅是一时一地的地方生活形态，更是经由政治伦理与道德规范形塑之后的文化产物。明乎此，我们才能知晓何以古代知识人于此道这等孜孜矻矻、不舍不倦，实因他们相信在这些卑小莫名的日用人事里，含藏着最幽微深刻的王朝改易、人心流转并风化嬗变的时代消息。

而更存深意处，风物书写多为追念前尘梦影之作。书写者与所书写之事物，悬隔于不同的时代。即以《东京梦华录》《武林旧事》为例，《四库提要》称前者"固不仅岁时宴赏，士女奢华，徒以怊怅旧游，流传佳话者矣"，评后者"湖山歌舞，靡丽纷华，著其盛，正著其所以衰。遗老故臣，恻恻兴亡之隐，实曲寄于言外，不仅作风俗记、都邑簿也"。看似津津乐道往昔繁华昨日歌舞，然唯其如此，方可于官能餍足之外，寄托流寓江左侧写兴亡的深密用心。形格势禁，对当下政治文化的批评必须安置于渺远的时代，才能不触时讳，而对过往的回忆也必须落实在具体的事物上，才不致沦为个人的疏空缅想，恰如宇文所安在析解《陶庵梦忆》的长文《为了被回忆》中所说："回忆是不落窠臼的，是别具一格的，它不是那种一成不变的东西。除非我们把复现的事件同某一具体事件、具体地点和我们生活中的某一具体时刻连在一起，否则，我们不会回忆起潺潺流水和盛开的花朵。"

有趣的是，这些"潺潺流水和盛开的花朵"，不论其初衷如何，当其后世承流，递有撰述，最终汇聚形成了别一种知识系统。《论语·阳货》："子曰：小子何莫学夫《诗》？《诗》可以兴，可以观，可以群，可以怨。迩之事父，远之事君；多识于鸟兽草木之名。"所谓"多识于鸟兽草木之名"，即是知识人主动发现、了解乃至研究被摒挡在主流知识系统之外的庞杂知识领域，践行"一事不知，儒者之耻"的规训。

在一个几乎所有的知识叙述都密布着权力的意识形态话语的国度，在一个即便书写不上台面的饾饤之事都很有可能动辄得咎的政治处境下，为何还有这么多书写者耗费如许心力在这些积案盈箱的无补于现实的知识中去呢？何况即便在知识的殿堂内，这些风物土产、闾阎故事、节庆习俗、乡里成规，大多也不过是为主流知识轻忽、歧视和冷落的知识社群。甚至我们可以说，书写这些知识根本无益于一时的江山社稷，也无助于一时的个人际遇之浮沉，但这些在官方台面下悄然生长悄然消失的异端知识，却从未消逝殆尽，相反它们和书写它们的主人——通常都是那些命途多舛、时运不济的落拓文人——一起构成了皇皇宏文之外的另一个"知识江湖"，一个较之"知识庙堂"显得更为精彩瑰丽、浩瀚邈远的世界。这别一种知识系统的存在不仅丰富了我们的视域，更重要的则是提醒我们，并非所有知识都以庙堂为终点，也并非所有知识人皆以庙堂为鹄的。

如果我们借镜历史学界的"社会生活史"与"文化史"观点，或许还会发现，这些琐屑知识及其所描述的一整套生活方式和意识形态，其影响远比我们想得重要。

自梁启超1902年发表著名论文《新史学》，批评中国之旧史知有朝廷而不知有国家，号召掀起"史界革命"始，中国历史研究就渐次"眼光朝下"。其关注讨论的重点如葛兆光先生在《中国思想史导论》中所言："从注意中心到注意边缘，从注意经典到注意一般,从注意精英思想到注意生活观念,从注意王朝和政治变动到注意历史中的生活样式的变化,从注意重大政治事件到注意人的衣食住行变化的历史细节。"

风土民俗,作为"一般的知识、思想与信仰"的一种集中体现,在新的观照视野下,其意义自不待言。按照年鉴学派的观点,我们可以在其中察知一种所谓"群体无意识",人们日日生活其中而懵然不觉。譬如"钟馗传说""扫晴娘""驱疫逐鬼"等民间传说与神鬼观念的迁延流变,其实充分表露出中国人传统的思维方式与一时代的信仰状况,从中开显长时段里"群体无意识"的嬗变演进。

与"群体无意识"相符应的则是风土民俗很大程度上构成了我们整套生活方式的底色,它渗透进社会的各个部分,并且牢固坚实地发挥作用,留下我们往往事后才真正意识到的历史印记。就此而言,我们读解风土民俗,就是去读解并阐释这些历史的"印记",而在风俗的辗转变换间,正是"印记"与"印记"的罅隙与褶皱。在这背后,或是方隅不同而致的生态类型多样化,或是各民族迥异的生活习惯和习俗信仰,或是历史的断裂与承续造成的外在迁变,它们不仅合力为我们展现出一整幅生活的图景,更深在的意义则是提醒我们必须不停转换窥看历史的维度,经由人伦日常敷演出历史曾经有的生活影像,经由具体的生活实物建构出可能的历史情境。马克思的名言言犹在耳:"现代历史著述方面的一切真正进步,都是当历史学家从政治形式的外表深入到社会生活的深处时才取得的。"

是的,"深入到社会生活的深处",就像我们开篇提到的周作人关于风土志的称扬,在文章中他接着说道,其"本意实在是想引诱读者,进到民俗研究方面去,使这冷僻的小路上稍为增加几个行人,专门弄史地的人不必说,我们无须去劝架,假如另外有人,对于中国人的过去与将来颇为关心,便想请他把史学的兴趣放到低的广的方面来,从读杂书的时候起离开了廊庙朝廷,多注意田野坊巷的事,渐与田夫野老相接触,从事于国民生活之史的研究,虽是寂寞的学问,却于中国有重大的意义"。

劝人"离开廊庙朝廷","多注意田野坊巷的事",由此"把史学的兴趣放到低的广的方面来",这正应和了整个晚清民初的历史研究的学术转向。然而这种"深入",于今思之,或不惟是材料的涉及面的扩大,也不惟是从政治军事或经济社会等方面转移到此前为人轻忽的社会文化方面,更要紧的是,我们需要经由类似风土民俗的研究,通过对诸如语言、仪式、生活方式、饮食起居、服饰、信仰、游艺节庆等种种文化象征的分析,深入背后的文化内涵与意义。就像荷兰学者赫伊津哈所谓:"如果我们看不到生活在其中的人,怎么能形成对那个时代的想法呢?假如只能给出一些概括的描述,我们只不过造就了一片荒漠并把它叫作历史而已。"而马克思·韦伯曾提出,人是悬在由他自己所编织的意义之网中的动物。美国学者克利福德·格尔茨则认为,所谓文化,就是这样一些由人自己编织的意义之网。风土民俗自然也是这张巨大的意义之网中的一部分。我们所能做的和应该做的,就是去尽力析解这小部分的网络。

至此,忽然念及马一浮先生的一首小诗《闻雁》,

诗前小序妍丽中颇存深意。序云："偶行田间,值雁过,闻老农相语云:'鸣雁已来,又催人下麦矣!'喜其语类陌上花开,天然隽永。夫候雁自鸣,何关种麦,而老农感之,雁何德焉!物理之妙,在初不相涉而冥应无穷,是非俗情之所察也,遂以成咏。"

开卷展阅古人文字,自有行于日月山川之感,此后诚知四时风景,清嘉不可方物。而人情往来,花草虫木并风声、水光、日影、云翳,恰如蠋戏老人所谓"初不相涉而冥应无穷",悉载其中。暌隔许久之传统中国,或竟依稀可闻、可见、可触而可知。

本书限于篇幅,选文百余篇,皆以通行版本为准。赏读文字,尽量不取时下流行之白话赏鉴,而多援引前人旧说并时贤论议,以期稍稍增广闻见,有裨于读者。然关于风俗源起之说,每多分歧,为求疏朗,多取通俗易晓者,在此先予说明。此外,尤须一提的是,唐鲁孙、邓云乡、齐如山、胡朴安、杨荫深诸先生论风俗之文字惠我良多,津逮后学,故不免繁复,多有征引,有心人诚可于此了解传统之中国与中国之传统。而碍于学殖浅陋,注释与赏读必多错谬,祈请方家读者指正为盼。

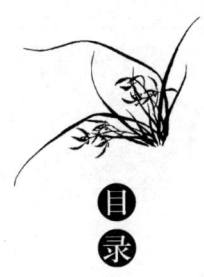

目录

卷一　汉唐民风

张　华　五方人民 …………………………… 3
宗　懔　元日 ………………………………… 6
　　　　腊八 ………………………………… 10
任　昉　角抵 ………………………………… 13
颜之推　别易会难 …………………………… 15
　　　　试儿 ………………………………… 18
骆宾王　扬州看竞渡序 ……………………… 20
张　鷟　悬棺葬 ……………………………… 23
封　演　打球 ………………………………… 25
　　　　拔河 ………………………………… 28
　　　　纸钱 ………………………………… 30
　　　　碧头巾 ……………………………… 32
李德裕　洗三 ………………………………… 34
段成式　催妆 ………………………………… 36

	黥	38
王仁裕	馋鱼灯	40
	看花马	42
	斗花	44

卷二 两宋市声

孙光宪	王文公叉手睡	49
欧阳修	婿上高座	51
沈 括	鸡舌香	54
王得臣	四方不同风	56
邵伯温	簪花	58
龚明之	夜航船	60
洪 迈	乌鹊鸣	62
陆 游	炒栗	64
周 辉	凉衫	66
	金陵风物	68
	火葬	71
范成大	鼻饮杯	73
	鸡卜	75
周去非	斗鸡	77
	沽水买水	79
罗大经	竹夫人	81
	槟榔	83
王 栐	邮制	85

孟元老	酒楼	87
吴自牧	花朝节	90
	冬至	93
	杭城风俗	95
	闲人	97
陈元靓	竹醉日	100
	黄梅雨	102
周密	迎新	105
	都人避暑	108
	赏雪	111
	送刺	113
	金凤染甲	116
	禁男娼	118
	嚼虱	121
	押字不书名	123
庄绰	各地岁时习俗	125
	王郎不裹头	129
	女酒郎衣等殊俗	131

卷三 明人风土

陆容	俗讳	135
田汝成	西湖物产殷富	137
何良俊	风俗日坏	140
张瀚	看风水	142

叶　权	打行	144
王士性	姑苏人聪慧好古	146
	中州俗淳厚质直	148
	杭俗儇巧繁华	150
	火把节	152
胡应麟	武林书肆	155
朱国祯	头脑酒	157
谢肇淛	二十四番花信风	159
	南北墓祭不同	161
	厌胜	163
陶奭龄	男子裹脚	165
沈德符	春画	167
	丐户	170
刘侗	结缘豆	172
张岱	鲁藩烟火	174
	扬州瘦马	177
	方物	180
	西湖香市	183
	秦淮河房	186
	泰安州客店	188

卷四　清代风物

| 屈大均 | 花不应候 | 193 |
| | 燕窝菜 | 196 |

	舟楫为食	198
	屐	201
褚人获	拜年	203
	人日	205
	送穷	207
	折柳	209
李 斗	水包皮	211
	皮包水	214
	盐商奢丽	217
	扬州面馆	220
	金带围	222
赵 翼	不倒翁	224
	扫晴娘	226
沈赤然	乾嘉杭州衣食风尚	228
郝懿行	休沐	230
	梅浆	233
梁绍壬	麻蛋烧猪	235
	女儿布	237
袁景澜	升官图	239
	上巳修禊	241
	小满动三车	244
	阿弥饭	246
	曝书翻经	248
	巧果乞巧	251

| | 走月亮 | 254 |

顾　禄	青团炒熟藕	257
	谷雨三朝看牡丹	259
	钟馗挂图	261
	疰夏	263
	乘风凉	265
	荷花荡	267
	盂兰盆会	269
	重阳信	272
	听响卜	274

| 丁柔克 | 粤东女俗 | 276 |
| | 小脚与大脚 | 279 |

| 潘荣陛 | 蛣蛣 | 281 |
| | 消寒图 | 283 |

富察敦崇	石榴、夹竹桃	285
	风筝、毽儿、琉璃喇叭、咘咘噔、太平鼓、空钟	287
	封印	290

| 震　钧 | 灯市 | 292 |
| | 京师三艺 | 295 |

| 徐　珂 | 粤人好斗 | 297 |
| | 二月二日龙抬头 | 299 |

卷一

汉唐民风

五方人民　张　华[①]

　　东方少阳[②]，日月所出，山谷清，其人佼好[③]。西方少阴，日月所入，其土窈冥[④]，其人高鼻、深目、多毛。南方太阳，土下水浅，其人大口多傲。北方太阴，土平广深，其人广面缩颈。中央四析[⑤]，风雨交，山谷峻，其人端正。南越巢居[⑥]，北朔穴居，避寒暑也。东南之人食水产，西北之人食陆畜。食水产者，龟蛤螺蚌以为珍味，不觉其腥臊也；食陆畜者，狸兔鼠雀以为珍味，不觉其膻[⑦]也。有山者采，有水者渔。山气多男，泽气多女。平衍气仁，高凌气犯，丛林气躄[⑧]，故择其所居。居在高中之平，下中之高，则产好人。居无近绝溪，群冢狐虫之所近，此则死气阴匿之处也。山居之民多瘿肿疾，由于饮泉之不流者。

《博物志》

【注释】

①张华（232～300）：字茂先，范阳方城（今河北固安县南）人。晋武帝司马炎时拜中书令、度支尚书，官至司空。终为赵王伦所害。华幼年丧父，家贫勤学，学业优博，博览群书。曹魏末期，因愤世嫉俗而作《鹪鹩赋》，颇受阮籍称赏，谓其"王佐之才也"，声名日著。

　　据王嘉《拾遗记》载，华曾将《博物志》成稿四百卷呈献晋武帝司马炎，炎批是书"多浮妄"语，遂令其删削，终成十卷。《博物志》品类驳杂，举凡异境奇物、琐闻杂事及神仙方术尽皆阑入，而其所创之杂记博物文体亦影响后世甚深。

②少阳：五行以东方属木，故主春，少阳为阳气发动之义。《周易》中"太阴、少阳、少阴、太阳"统称"四象"。

③佼好：美好，《诗·陈风·月出》"佼人僚兮"，朱熹注"佼人，美人也"。

④窈冥：晦暗貌。

⑤四析：四方坦平，无险可据之地。

⑥南越巢居：南越，此处泛指南方；巢居，边远之民于树上构巢而居。《韩非子·五蠹》："上古之世，人民少而禽兽众，人民不胜禽兽虫蛇，有圣人作，构木为巢，以避群害。"

⑦膻（shān）：本义为羊臊气，泛指臊气。

⑧躄（bì）：腿瘸。

【赏读】

罗家伦在《历史的先见》中说道："每一个民族都有它所不能离开的特殊自然环境。这个环境也就从多方面给予这民族以莫大的影响。单就气候一项来说：……中国的气候是温带性的，它的文化始自黄河大平原，然后至于长江流域。温带的气候，没有酷热严寒，因此养成趋向中和的民族性，中和的思想便容易发达。"

地理的差异影响着文化的形成，亦令陶蕴其中的个人各具面目。林语堂在《吾国与吾民》中指出："所谓'中国人民'，在吾人心中，不过为一笼统的抽象观念。撇开文化的统一性不讲，——文化是把中国人民结合为一个民族整体之基本要素。南方中国人民在其脾气上，体格上，习惯上，大抵异于北方人民，适如欧洲地中海沿岸居民之异于诺尔曼民族。"同时指出因为文字的统一，"解决了中国语言统一上之困难，中国文化之融和性，因能经数世纪之渐进的安静播植，而同化比较温顺之土著民族"，但"此种文化上之同化力，有时令吾人忘却中国内部尚有种族歧异、血统歧异之存在。仔细观察则抽象的'中国人民'意识消逝，而浮现出一种族不同之印象。他们的态度、脾气、理解各个不同，显然有痕迹可寻"。

秦汉之后，中原王朝的版图日益扩大，任何时代，几乎都不存在一种全国共同的文化。就大者而言，中国以"淮河－秦岭"一线为南北分野——这是中国自然环境也是文化格局的分界线。由此使得中国文化呈现出"东西交流、南北并峙"的格局。

谭其骧先生在《中国文化的时代差异和地区差异》一文中明确指出中国文化因着地域不同而差异万千。谭先生认为："自五四以来以至近今讨论中国文化，大多数学者似乎都犯了简单化的毛病，把中国文化看成是一种亘古不变且广被于全国的以儒学为核心的文化，而忽视了中国文化既有时代差异，又有其地区差异。"认为强调中国文化的时代差异和地区差异，不等于"否定中国文化有它的共同性"，因为"共同性和差异性是辩证地同时存在的"。

元 日 宗懔[①]

正月[②]一日是三元[③]之日也。《春秋》谓之端月。鸡鸣而起[④]，先于庭前爆竹[⑤]，以辟山臊[⑥]恶鬼。

长幼悉正衣冠，以次拜贺。进椒柏酒[⑦]，饮桃汤[⑧]。进屠苏[⑨]酒，胶牙饧[⑩]。下五辛盘[⑪]。进敷于散[⑫]，服却鬼丸[⑬]。各进一鸡子[⑭]。造桃板[⑮]著户，谓之仙木。凡饮酒次第，从小起。

帖画鸡户上，悬苇索[⑯]于其上，插桃符其傍，百鬼畏之。

《荆楚岁时记》

【注释】

①宗懔（约500~约563）：字元懔，南阳涅阳（今属河南）人，居江陵（今属湖北）。少颖悟，乡里呼为"童子学士"。梁元帝镇荆州，令兼记室，迁吏部尚书。入周后拜车骑大将军、仪同三司。有集二十卷，已佚。《荆楚岁时记》原书已佚，现存一卷，系明人自类书中辑出。是书为我国最早记录楚地岁时节令、人情风物之笔记体专书，凡三十八条，源委详明，叙述可观，隋杜公瞻曾为此书作按语。

②正（zhēng）月：阴历年的第一个月。杜佑《通典》："秦始皇名政，讳之，故正月字从平声。"

③三元：元者，端也，始也。三元，岁之元，月之元，时之元。

④鸡鸣而起：《周易·玮通卦》："鸡，阳鸟也，以为人候，四时使人得以翘首结带正衣裳也。"《孟子·尽心上》："鸡鸣而起，孳

孳为善者，舜之徒也。"

⑤爆竹：古时燃竹而爆，竹子焚烧而作响，故名之。至宋代，民间始普遍用纸筒和麻茎裹火药编成串做成"编炮"（鞭炮）。

⑥山臊：传说中的山中怪兽，又称"山魈"。

⑦椒柏酒：椒，即花椒，古人认为椒乃玉衡星精，服之可令人体健耐老；柏酒，用柏叶浸制的酒，以柏性后凋而耐久，乃多寿之木，辟邪，饮其酒，以祷长寿。

⑧桃汤：取桃树叶、枝、茎三者煮沸之水，古人以此驱鬼辟邪。

⑨屠苏：亦作"屠酥"。相传屠苏乃草庵之名，昔有人居其中，每岁除夜赠闾里一药贴，令囊浸井中，至元日，取水置于酒樽，合家饮之，不病瘟疫。后人得其方而不知其人姓名，故曰屠苏。

⑩胶牙饧：即胶牙糖，以麦芽或谷芽等熬制而成的软糖。

⑪五辛盘：辛者，辛辣味也。五辛，乃元旦立春日，多以大蒜、小蒜、韭、芸苔、胡荽辛嫩之菜杂和食之，取迎新之意，谓之五辛盘。

⑫敷于散：中药名，药方出自葛洪《炼化篇》，相传用柏子仁、麻仁、细辛、干姜、附子等粉碎成末，取澄净井水饮服。

⑬却鬼丸：中药名，亦名"弹鬼丸"。取武都雄黄丹散二两，以蜡调和，状如弹丸。正月初一，男子佩于左臂，女子佩于右臂，用防恶气。

⑭鸡子：鸡蛋。据周处《风土记》所述，正旦日，生吞鸡子一枚，是为"炼形"。

⑮桃板：即桃符。古时元旦用桃木板写上神荼、郁垒二神名，绘二神像，悬于门旁，以为辟邪。

⑯苇索：用苇草绞成的绳状物，年节时悬于户室，以御邪祟。

【赏读】

古人称元旦为"履端"，意为一年之始。元旦，古称为上日、朔旦、朔日、元日、正日等。据《汉书·律历志》载，秦本以"十月为正"，汉袭秦制，"因以十月为年首"。汉武帝太初元年（前104）始，方以夏历（农历）正月初一为"岁首"，承续至今。

元旦是中国人十分重视的节日，习俗颇多，譬如要饮屠苏酒。据南宋陈元靓《岁时广记》卷五引唐代孙真人《屠苏饮论》，屠苏酒"用药八品，合而为剂，故亦名八神散"。"八品"，指的是大黄、蜀椒、桔梗、桂心、防风各半两，白术、虎杖各一分，乌头则半分咬碎，而后将这些东西置于绛囊中，待除夜之暮，悬于井中，令之成泥状。元旦取出，连囊浸泡酒中，少顷，捧杯祝祷："一人饮之，一家无疾，一家饮之，一里无病。"

元日饮酒次第也与平日不同。据洪迈《容斋续笔》卷二"岁旦饮酒"条，元日饮屠苏酒，须自小者起。因为，每届新岁，"小者得岁，故先酒贺之，老者失时，故后饮酒"，年纪小的人，每过一年，是长大一岁，值得庆贺，年纪大的人，每过一年，则衰老一岁，所谓老来增年是减年。由此，古人饮屠苏酒，会让少者先饮，此之谓"让春"。

饮酒之外，还要吃五辛盘，以"助发五脏气而求福之中"。明嘉靖福建《漳平县志》载："人家无贵贱，咸御鲜衣，诣所亲贺岁，主人辄出辛盘与其款洽，过此日以为常。"另一种颇受人欢迎的元旦饮食则是"百事吉"，据《岁时广记》卷五载，北宋开封风俗，各家于盘中置柏枝一枝、柿一枚、橘一枚，就中擘开，众分食之，"以为一岁百事之吉"，时人取其谐音，名为"百事吉"。

此外，放爆仗也算是元旦最重要的风俗了。爆仗初意，乃在避山中恶鬼，驱逐魍魉邪魅，以震怖之声吓阻它们。范成大《爆竹行》一诗有句："一声两声百鬼惊，三声四声鬼巢倾。十声百声神道宁，八方上下皆和平。"

齐如山先生《中国风俗丛谈》里讲到旧时北京过元旦的习俗：

"起五更，从前过年的礼节，最重要的是起五更，虽然说是起五更，但至晚三点钟，都要起来，这是最神秘的一个时间，因为除夕虽忙，但都只是预备工作，还没有一些神秘的意义。迨两三点钟起来之后，第一意义是迎神，都说此时是诸神下界，都是异常严肃，自起床到天亮，在这几个钟头之内，不许大声说话，不许叫人，不许吓唬小儿，不许毁物器，一切都要小心谨慎。最先起床之一人，欲使大家惊醒，不许呼唤，只能放一小炮仗，大家自然就惊醒了。都起床后，洗脸、洗手、上供、行迎神礼，都说此时不但诸神下界，连自己祖先之灵魂，也都来家享受，所以礼节非常严肃。……祭过诸神之后，便合家拜年，全家先给最长辈的叩头；然后平辈中，子弟、弟妇率子侄等，与长兄嫂叩头，与长兄嫂叩完了，再与次兄嫂叩，以次叩至辈行最卑，年龄最幼者为止。通通叩完之后，再到有服制之长辈在同一大门之内住者去叩，叩完之后，才煮饺子，吃元旦的第一顿饭。斯时天已大亮，吃完之后，才开门。"

腊 八 _{宗懔}

十二月八日为腊日。谚语:"腊鼓鸣,春草生。"村人并击细腰鼓①,戴胡头②,及作金刚力士③以逐疫。

其日,并以豚④酒祭灶神。

岁前⑤,又为藏弧⑥之戏。

《荆楚岁时记》

【注释】

①细腰鼓:一种乐器,亦名腰鼓。汉魏时用之,大者瓦制,小者木制。鼓首大而腰细,故名。古人认为击腰鼓,可惊去鬼祟。

②胡头:假面具。

③金刚力士:在佛教中乃具大力之印度古神,又作那罗延天,意译为坚固力士、金刚力士。又,金刚乃金中最刚之意。

④豚:小猪。

⑤岁前:年终前,周代之前称"年"为"岁"。《尔雅》:"夏曰岁,商曰祀,周曰年,唐虞曰载。"

⑥藏弧(kōu):古时一种游戏,相传源起于钩弋夫人。据说钩弋夫人少时手指不能伸展,入宫,汉武帝展其手,得一钩,后人乃作藏钩之戏。游戏过程大抵是,宴会上的人分成两组,一组藏钩,一组竞猜。玉钩依序传递,最后藏钩的一组,人手均握拳,让对方猜测钩在何人之手。

【赏读】

应劭《风俗通义·祀典》据《礼传》云：腊日，"夏曰清平，殷曰清祀，周曰大蜡，汉改为腊"。腊日起源大致有三说：一说，"腊者，猎也，猎取禽兽以祭先祖，重本始也"（《玉烛宝典》）；一说，"腊者，接也，新故交接，故大祭以报功也"（《风俗通义》）；一说，"腊者，所以迎刑送德也。大寒至，常恐阴胜，故以戌日腊。戌也，温气也，用其气日杀鸡以谢刑德"（《风俗通义》）。

汉代腊日和正旦并称"正腊"，是祭祀众神和祖先的重大节日。其中最重要的仪式就是"大傩"，军士等戴面具，击鼓驱疫，一直将鬼祟驱除至宫外，所谓"埋祟"，所逐鬼魅则为虎、疫、魅、不祥、咎、梦、寄生、观、巨、蛊等。

此外，腊日还须举行另两种祭祀，祭祖和五祀。五祀，指的是家中的五个地方，即门、户、井、灶、室中溜这五处。汉王充《论衡·祭意》谓："门、户，人所出入，井、灶，人所欲食，中溜，人所托处。五者功钧，故俱祀之。"

其中祭灶神的习俗流传最为久远。《论语·八佾》谓："与其媚于奥，宁媚于灶。"《后汉书·阴兴传》载，汉宣帝时南阳阴子方于腊日以黄羊祭灶，因而发迹，从此三世繁昌，他人亦纷纷效仿。据说每当月晦之夜，灶神上天，向天帝诉说人间罪状。故为恐灶神上天，说任何不利自宅的话，古人祭灶多制灶糖，以期灶神向天帝多讲些甜言蜜语；也有说这是为了让灶神的牙齿被糖粘住，说不出话来；更有甚者，"以酒沃门，谓之醉司命"，干脆灌醉灶神。祭灶原在腊日举行，且多由老妇主祭，后世则有改变，所谓"男子不拜月，女子不祭灶"，范成大《吴郡志》即有"二十四日祭灶，女子不得预"的说法。

而民间喝腊八粥之俗亦是常见。相传此俗始于汉武帝时代，盛唐过腊八节啜腊八粥之风则盛极一时。腊八日与佛家颇有渊源，云此日系佛祖菩提树下成道日，故又名成道节。各大禅林寺院皆在当日清晨熬粥供佛，又称"佛粥"。而其制法，清富察敦崇《燕京岁时记·腊八粥》载，乃用黄米、白米、江米、小米、菱角米、栗子、红豇豆、去皮枣泥等，合水煮熟，外用染红桃仁、杏仁、瓜子、花生、榛穰、松子及白糖、红糖、琐琐葡萄，以作点染。

今人唐鲁孙《天寒岁暮忆腊八》："所有供佛祭祖的腊八粥，照老妈妈论说，没有用碗盛的，一律用粥罐，粥里只准放头贡、二贡（白糖的种类名称）。同时因为粥罐面积大，粥面易绷皮子，有的巧手小姑娘，用山里红、荔枝、龙眼，配上松子仁、瓜子仁，做出各式各样的花鸟虫鱼，仿佛蒸凫炙鸠，鳞鬣宛然，放在粥皮子上，真是铺馔风流，令人叹为观止。……供佛祭祖完毕，凡是廊前槛外，古树柔枝，都要在虬干花根浇上一勺浓浓的腊八粥，据说献岁发春，不但茎干挺茁，而且叶茂花繁。"

角 抵 任 昉①

秦汉间说，蚩尤氏耳鬓如剑戟，头有角；与轩辕斗，以角抵人，人不能向。今冀州有乐，名蚩尤戏，其民两两三三，头戴牛角而相觚②，汉造角觚戏，盖其遗制也。

《述异记》

【注释】

①任昉（460~508）：字彦升，乐安博昌（今山东寿光人），南朝梁文学家。幼好学，早知名。仕宋、齐、梁三朝，官终新安太守。擅表、奏、书、启等文体，时人许其与沈约合称"任笔沈诗"，为竟陵八友之一。《述异记》所录多珍闻奇说，内容驳杂，间有立新出奇之意，可补前人之不足，尤以纪事可观，特受推奖，亦可见出当时社会民情与风土民俗。

②觚：顶、撞。

【赏读】

角抵，亦称角觚、角力等，相扑与摔跤皆源于此戏。据任著所言，则角抵的源起，首先是与军事战争有关，后世则演变为运动游戏之一种。据《礼记·月令》可知，先秦时期，角抵即是与射、御一道作为"将帅讲武"的一个项目。此后，角抵的军事意义日渐消退，转为"以为戏乐，用相夸示"。汉武帝时，甚且还在未央宫表演此戏，以招待外国使者，而民众"三百里内皆来观"，极为热闹。

魏晋南北朝时期，角抵虽多为人斥为"下技"，但不论是贵族子弟，还是平民百姓，皆酷爱之，并且以之赌博。隋唐五代时期，角抵更趋流行。唐朝历代君主大多亦为角抵之粉丝，每逢盛大宴会或重要节日，即安排角抵表演。为了迎合君主的喜好，不仅内廷有专业的角抵队，所谓"相扑朋"，皆为大力勇士，各地官员也多方搜觅角抵力士，用以供皇室戏乐。

　　更令人惊讶的是，唐朝妇女也颇以此道为乐，甚且每每撩臂上阵，亲自下场，以至朝廷要下令禁止妇女"广场角抵"。因妇女角抵，每衣衫不整，好事之徒相聚围观，喧嚣嬉闹，伤风败俗，有碍观瞻。不过从此禁令亦足以见出唐代角抵之戏的风靡程度。宋代更绝，瓦舍勾栏里的角抵表演，经常先以女相扑手开场，以此招徕观众，哄抬人气。而南宋临安城内护国寺南高峰的露台，则是当时最出名的角抵擂台，若得头赏，则酬奖无算。

别易会难 颜之推①

别易会难②,古人所重;江南饯送,下泣言离。有王子侯③,梁武帝弟,出为东郡④,与武帝别,帝曰:"我年已老,与汝分张⑤,甚以恻怆。"数行泪下。侯遂密云⑥,赧然⑦而出。坐此被责,飘飖舟渚,一百许日,卒不得去。北间风俗,不屑此事,歧路言离,欢笑分首⑧。然人性自有少涕泪者,肠虽欲绝,目犹烂然;如此之人,不可强责。

《颜氏家训·风操》

【注释】

①颜之推(531~约591):字介,琅琊(今山东临沂)人。北齐文学家。士族出身,"中原冠带随晋渡江者百家"之一。一生数经陵谷之变,三为亡国之人。博学有志行,词情典丽。《颜氏家训》自来颇受士大夫称赏,陈振孙《直斋书录解题》谓其"古今家训,以此为祖",可见推重。

②别易会难:陆机《答贾谧》:"分索则易,携手实难。"

③王子侯:天子及诸王之子所封列侯,事见《汉书·王子侯表》。

④东郡:钱大昕曰:"此东郡谓建康以东之郡,如吴郡、会稽之类,若秦、汉之东郡,不在梁版图之内。"

⑤分张:犹言分别。

⑥密云:无泪状,以不雨泣为密云,《易·小畜·象》:"密云

不雨,自我西郊。"

⑦赧(nǎn)然:脸红羞愧状。

⑧分首:即分手,古时"首""手"同音通用。

【赏读】

崔寔《四民月令》曰:"祖,道神也。黄帝之子,好远游,死道路,故祀以为道神,以求道路之福。"古代出行时祭祀路神称"祖",以酒食送行称"饯",即今人所谓饯行,意在祈求行旅者受到神灵庇护,途中免遭不测。

古人送行,讲究不少。就时间而言,多择取清晨或傍晚。尤其落日依依,满目黄昏,更添一层别离之情。至于送别的地点,若是在陆上,则多在长亭;若行船,则多为渡口江边。

《风俗通》所谓:"亭,留也,行旅宿会之所馆也。"亭,停也,古人往往择取长亭之地,作为送别友朋亲人的地方,同时也希望出行之人能稍作停留,再叙情好。

渡口送别,古代文献中则多为渭阳、南浦。"渭阳",即渭水之北,典出《诗经·秦风·渭阳》:"我送舅氏,曰至渭阳。"此后,渭阳,就成了人们送别之地的代称了,杜甫所谓"寒空巫缺曙,落日渭阳情",正取送别之意。另一个常见的水边送别地点则是南浦。屈原《九歌·河伯》中有云:"子交手兮东行,送美人兮南浦。"江淹在《别赋》中也写道:"春草碧色,春水渌波,送君南浦,伤如之何?"

至于送别的风俗,大抵是先要占卜问道,看看是否适宜出行。所以中国的老黄历上必有一项是择吉出行,挑一个出门大吉的日子,方才整装动身。若是占卜情况不佳,则势必要改换行程。

此外,就是先前所说的祖道之俗。先在道旁筑一小土山,上置祭祀所用的牲畜与酒,而后出行者与送行者在旁饮酒行礼。礼毕,乘车从牲畜身上碾过,取行路无艰险之意。

若是乘船出行,则送行时,往往还开船击鼓,直到唐宋,此一习俗仍旧延续。钱锺书先生《宋诗选注》即引唐人李郢《画鼓》诗为证:"尝闻画鼓动欢情,及送离人恨鼓声。两杖一挥行缆解,暮天空使别魂惊。"

施蛰存先生《唐诗百话》里论及孟郊《游子吟》中的名句"临行密密缝,意恐迟迟归"时写道:对这两句诗,"从来没有注解。但如果不知道这里隐藏着一种民间风俗,就不能解释得正确。家里有人出远门,母亲或妻子为出门人做衣服,必须做得针脚细密。要不然,出门人的归期就会延迟。在吴越乡间,老辈人还知道这种习俗"。

饮酒饯行,作曲送别,乃至密缝针脚,在通讯不发达的古代,这些都表达了送行者对出行者的关切与祝福。因为大多数情况下,很可能一次的分别,说不定也是一生的分离。

试 儿 颜之推

江南风俗，儿生一期①，为制新衣，盥浴装饰，男则用弓矢纸笔，女则刀尺针缕，并加饮食之物，及珍宝服玩，置之儿前，观其发意所取，以验贪廉愚智，名之为试儿②。亲表聚集，致燕享焉。自兹已后，二亲若在，每至此日，尝有酒食之事耳。无教之徒，虽已孤露③，其日为供顿④，酬畅声乐，不知有所感伤。梁孝元年少之时，每八月六日载诞之辰，常设斋讲⑤；自阮修容薨殁⑥之后，此事亦绝。

《颜氏家训·风操》

【注释】

①期（jī）：新生儿满一周年。

②试儿：即"抓周""试周"。孩童满周岁时，父母以百玩之物具列于席，观其所取，而测知其一生之性情志趣。

③孤露：孤单无所荫庇，指丧父、丧母，或父母双亡。

④供顿：宴饮。

⑤斋讲：宣讲佛法之集会。

⑥阮修容薨殁：阮修容，梁武帝嫔妃，梁元帝母。修容，古时宫内女官名，位列九嫔之一。薨，死，古时特指诸侯或有封爵的显宦之死。

【赏读】

　　《红楼梦》第二回写贾政给宝玉抓周,"政老爷试他将来的志向,便将世上所有的东西摆了无数叫他抓。谁知他一概不取,伸手只把些脂粉钗环抓来玩弄,那政老爷便不喜欢,说将来不过酒色之徒,因此不甚爱惜。独那太君还是命根子一般。——说来又奇:如今长了十来岁,虽然淘气异常,但聪明乖觉,百个不及他一个;说起孩子话来也奇,他说:'女儿是水做的骨肉,男子是泥做的骨肉。我见了女儿便清爽,见了男子便觉浊臭逼人。'你道好笑不好笑?将来色鬼无疑了!"

　　"抓周"这一习俗很对国人的胃口。不合的,不过姑妄戏之一回,合了日后前程的,则大书特书,似乎有未卜先知的灵验。譬如宋人文莹《玉壶清话》叙及北宋名将曹彬的故事。曹彬满周岁时,父母以百玩之具罗列于席,观其所取。彬左手捉干戈,右手取俎豆,斯须取一印,余无所视。日后果然不负众望,成为枢密使相,死时还封赠济阳王的名号,配享帝食。

　　至于"生日",隋唐之前实鲜有庆贺之举。甚至在仁寿三年(603),隋文帝还曾下诏,要求全国人在自己生日这天"断屠",以报父母之恩。唐太宗也不主张过生日,认为这不是一个值得开心庆贺的日子,反倒因为念及生育自己的父母,多年劬劳,"奈何以劬劳之辰,遂为宴乐之事"!

　　直到开元十七年(729),这一年的八月五日是唐玄宗的诞辰,唐玄宗才正式设置所谓"诞节",即"千秋节"来庆贺诞辰。全国在诞节期间,可以放假一到三天。群臣敬贺献表、诗词,同时宫中举行盛大宴会,颁赐群臣礼物,甚至赦免囚徒等,所谓普天同庆。受此影响,很多王公大臣也纷纷庆祝起生日来,自此始,诞节才逐渐推广普及起来。

扬州看竞渡序　骆宾王①

　　夏日江干,驾言②临眺,于时桂舟始泛,兰棹初游。鼓吹沸于江山,绮罗蔽于云日。便娟舞袖,向渌水③以频低,飘飖歌声,得清风而更远。是以临波笑脸,艳出浦之青莲,映渚蛾眉,丽穿波之半月。靓妆④旧饰,此日增奇,弦管相催,兹辰特妙,能使洛川回雪,犹赋陈思?巫岭行云,专称宋玉?凡诸同好,请各赋诗云尔。

《骆临海集》

【注释】

①骆宾王(约638~?):字观光,婺州义乌(今属浙江)人。七岁能诗,号为"神童"。与王勃、杨炯、卢照邻并称"初唐四杰"。历任武功主簿、明堂主簿、长安主簿,迁侍御史,旋被诬下狱,后遇赦获释。出为临海县丞,故世称骆临海。其诗长于七言歌行,善骈文,其《代徐敬业传檄天下文》,武则天读之,矍然动容,问:"谁为之?"或以宾王对。后曰:"宰相安得失此人!"今存《骆宾王文集》。

②驾言:驾车出游,《诗·邶风·泉水》:"驾言出游,以写我忧。"后多指出游,出行。言,语助词。

③渌水:清澈之水。

④靓(jìng)妆:妆饰华美。靓,用脂粉妆饰打扮。

【赏读】

竞渡之风,至晚在南北朝时期即颇流行。按《荆楚岁时记》的说法,端午竞渡是因屈原自投汨罗江,百姓伤其死,故命舟楫以拯之。届时,两舟相竞,"一自以为水军,一自以为水马",而民众皆临水而观之。

隋唐之际,竞渡之风益盛。每届端午,棹歌乱响,水花四溅,观者如云,喧声震天,就中尤以襄阳、扬州、岳州为盛。不独民众酷爱竞渡,唐中宗、唐穆宗、唐敬宗以及唐昭宗等也都是竞渡迷。另可一说的是,按照《扬州风土纪略》的说法,扬州竞渡似亦别有一层纪念伍子胥的意思。春秋之际,扬州乃吴楚交界之地,楚平王因听信费无忌谗言,杀了太傅伍奢和他的大儿子伍尚,伍奢小儿子伍子胥逃往吴国。楚王派兵追赶,一路追至如今仪征胥浦的长江边。江水滔滔,阻断去路,愁困之际,幸有一老渔翁相救过江,伍子胥遂解下随身宝剑相赠,老渔翁笑说,楚王重金高位悬赏捉拿你,岂止区区一把剑呢!待伍子胥上岸后,老渔翁竟投水自溺而亡,以示绝不告密。而相传"胥浦"这个地名也因此而来。此后,有感于这段故事,每年端午,扬州便举行龙舟竞渡。换言之,端午扬州竞渡,不单是为纪念屈原,也有纪念伍子胥这一说。

不论是纪念屈原,还是纪念伍子胥,总之扬州竞渡在有唐一代,颇为盛大。宋王谠《唐语林》卷五载杜亚在淮南,"端午日盛为竞渡之戏",沿江两岸,彩楼看棚,照耀江水。而凡扬州之客,都悉数赶去围观盛况。此情此景真好比今日大都会之嘉年华。

人声鼎沸,竞渡之人必更是全力以赴。宋龙衮《江南野录》载,五代南唐之时,诸郡民竞渡,"胜者加之银碗,谓之打标"。可见很早就有竞渡夺标之俗了。而为竞渡所花费之银两亦无算,唐中宗命人在扬州修造竞渡船只十艘,费银五千贯,唐敬宗诏命王播造竞渡船二十艘,费用更大,抵"半年转运之费",后在谏议大夫张仲方的直言进谏下,才降为十艘。竞渡之所谓"龙舟",则"前建龙头,后竖龙尾,船之两旁,刻为龙鳞而彩绘之",极是炫目。

众目睽睽之下,竞渡投标,胜败关乎群体之荣耀,势必不惜一掷千金以利其器的。如元稹《竞舟》所写,民间为竞渡争胜,集解丁壮,加以演习,且"祭船如祭祖,习竞如习仇"。竞渡之时,更是"建标明取舍,胜负死生求","一时欢呼罢,三月农事休",不惜因竞渡而耽误农事。由此可见古人之于竞渡的疯狂热情。

悬棺葬 张 鷟①

五溪蛮②父母死,于村外阁③其尸,三年而葬。打鼓路歌,亲属饮宴舞戏一月余日。尽产为棺,余临江高山半肋凿龛④以葬之。自山上悬索下柩,弥高者以为至孝,即终身不复祀祭。初遭丧,三年不食盐。

《朝野佥载》

【注释】

①张鷟(约658~约730):字文成,自号浮休子,深州陆泽(今河北深州)人,唐代文学家、小说家。张氏文名藉甚,时人许其为"文如青钱",得名"青钱学士",著有《朝野佥载》《龙筋凤髓判》《游仙窟》等。《朝野佥载》记述唐代前期朝野遗事逸闻,尤以武后一朝事迹为最详。内容多涉及朝政官吏、民生日用、星相占卜、神灵怪异并文坛掌故等资料,以唐人记唐事,相较真确而文笔不俗,娓娓可观。

②五溪蛮:亦称"武陵蛮"。东汉至宋时对分布于今湘西及黔、川、鄂三省交界地沅水上游若干少数民族的总称,因其地有五条溪流而得名。

③阁:通"搁"。

④龛:供奉佛像、神位或祖先牌位的石室或小阁。

【赏读】

悬棺葬是古时一种特殊的葬法,多用于南方偏远少数民族地区。

据考古出土的文物资料,早在春秋时代,悬棺葬就已出现,此后直至明清,数千年未曾中辍。这种葬法至今仍为人称奇,其法大抵是先在高耸的岩壁上凿孔,后嵌入木桩,再将棺材置于木桩之上。此外比较常见的是利用岩壁上自然的孔洞裂隙,将棺材置于其内。总之,悬棺葬是要借助或依附于天然峭壁的,时人相信,棺材放置得越高,越是尽了孝道,并且可使后世子孙更为吉祥。

此外,少数民族还有"风干葬"一法。譬如契丹人即以苇薄裹尸,悬于树上,三年之后,乃收其骨而焚之。亦有"野葬",有点类似今天的"天葬",唐朝僧人中即有不少行此法。死后,"露骸松下,饲诸禽兽",目的在于"令得饮食血肉者发菩提心"。亦有"塔葬",即不建坟墓,以层砖筑塔而葬,此法源于天竺,待僧人过世后,将其"全身入塔",据说有些得道高僧,日后偶然被发现,居然肉身不坏,发爪俱在。由此可见,在传统的土葬法之外,各个地区,各个阶层,依照不同的信仰和生活方式,发展出了极为不同的丧葬方法。

打球 封 演[①]

打球[②],古之蹴鞠[③]也。《汉书·艺文志》:"《蹴鞠》二十五篇。"颜《注》云:"鞠以韦为之,实以物,蹴蹋为戏。蹴鞠陈力之事,故附于兵法。蹴音子六反,鞠音钜六反。"近俗声讹,谓鞠为球,字亦从而变焉,非古也。

太宗常御安福门,谓侍臣曰:"闻西蕃[④]人好为打球,比令亦习,曾一度观之。昨升仙楼有群胡街里打球,欲令朕见。此胡疑朕爱此,骋为之。以此思量,帝王举动,岂宜容易,朕已焚此球以自诫。"

景云[⑤]中,吐蕃遣使迎金城公主[⑥],中宗于梨园亭子赐观打球。吐蕃赞咄[⑦]奏言:"臣部曲有善球者,请与汉敌。"上令仗内试之。决数都,吐蕃皆胜。时玄宗为临淄王,中宗又令与嗣虢王邕、驸马杨慎交、武秀等四人,敌吐蕃十人。玄宗东西驱突,风回电激,所向无前。吐蕃功不获施,其都满赞咄犹此仆射也。中宗甚悦,赐强明绢数百段,学士沈佺期、武平一等皆献诗。

开元、天宝中,玄宗数御楼观打球为事,能者左萦右拂,盘旋宛转,殊可观。然马或奔逸,时致伤毙。

永泰[⑧]中,苏门山人刘钢于邺下上书于刑部尚书薛公云:"打球一则损人,二则损马,为乐之方甚众,何必乘兹至危,以邀晷刻之欢耶!"薛公悦其言,图钢之言置于座右,命掌记陆长源为赞美之。

然打球乃军中常戏,虽不能废,时复为耳。

今乐人又有蹙球之戏,彩画木球,高一二尺,妓女登榻,球转而行,萦回去来,无不如意,古蹴鞠之遗事也。

《封氏闻见记》

【注释】

①封演:生卒年不详,渤海蓨(今河北景县)人。撰有《封氏闻见记》,为研究唐代社会、文学的重要资料。纪昀评云:"此书独语必征矣。前六卷多陈掌故,七、八两卷多记古迹及杂论,均足以资考证。末二卷则全载当时士大夫轶事,嘉言善行居多,惟末附谐语数条而已。"

②打球:中国古代的一种在马上挥杖击球的游戏,亦有徒步打球。

③蹴鞠:蹴,用脚踢;鞠,皮制之球。蹴鞠即用脚踢球。古人往往将打球与蹴鞠联系在一起,认为前者源自后者。

④西蕃:即吐蕃,古时藏族所建立的地方政权。

⑤景云:唐睿宗李旦年号。

⑥金城公主:李奴奴,唐中宗养女。神龙三年(707),吐蕃赞普遣使请婚,中宗将其许嫁给吐蕃赞普尺带珠丹。

⑦赞咄:即尚赞咄,尚赞咄拉金是金城公主的护送者。

⑧永泰:唐代宗李豫年号。

【赏读】

打球在唐代极为盛行,其中最高级的粉丝皆是当时的帝王。譬如唐玄宗、德宗、穆宗,而唐敬宗更是沉迷此道,不时"击鞠于中和殿""击鞠于飞龙院""击鞠于清思殿",皇宫就好比是一大球场。而唐僖宗甚至自诩"若应击球进士举,须为状元",比起皇帝的名号,僖宗估计更乐意让人称呼为"击球状元"吧。

打球,古称击鞠、击球等,是骑在马上挥杖击球的一种游戏。三国曹植《名都篇》中有"连翩击鞠壤,巧捷惟万端"之句,可见至少汉末已有此戏。球杖多用竹木皮革精制而成,杖头一段形若偃月,杖柄彩绘斑斓,故又称"月杖""画杖"等。

打球之球,又称"鞠"。其状小如拳,或木制,或皮制。醒目起见,有彩绘,美称为"彩球""七宝球"等。流动如矢,飞驰电掣,恍若流星飞天,故唐人多以"星"呼之,蔡孚《打球篇》"奔星乱下花场里"。游戏者乘马分两队,称为两朋,手持球杖,共击一球,以打入对方球门为胜。门柱亦有彩绘,称"画门"。比赛时,两边各着不同球衣,以为区分。

唐人颇为重视比赛时攻入之第一球,时称"第一筹",亦称"头筹""先筹"。若有皇帝参加比赛,则循例由皇帝先得头筹。

唐代新科进士每逢宴集,亦多聚会打球。《岁时广记》卷一七《清明》"宴进士"条引《辇下岁时记》云:"清明新进士开宴,集于曲江亭。待宴饮结束,则移乐泛舟,又有月灯阁打球之会。"

打球,在唐代的盛行,似乎颇为契合我们关于盛唐气度的悬想。一如荷兰学者赫伊津哈在其名作《游戏与人》中所言,"历经多年,我逐渐信服文明是在游戏中并作为游戏兴起展开的"。

拔 河 封 演

拔河，古谓之牵钩，襄、汉风俗，常以正月望日为之。相传楚将伐吴，以为教战。梁简文①临雍部，禁之而不能绝。古用篾缆②，今民则以大麻絚③，长四五十丈，两头分系小索数百条挂于胸前，分二朋，两向齐挽，当大絚之中立大旗为界，震鼓叫噪，使相牵引，以却者为胜，就者为输，名曰"拔河"。

中宗曾以清明日御梨园球场，命侍臣为拔河之戏。时七宰相、二驸马为东朋，三宰相、五将军为西朋。东朋贵人多，西朋奏输胜不平，请重定。不为改。西朋竟输。仆射韦巨源、少师康休璟，年老，随絚④而踣，久不能兴。上大笑，令左右扶起。

玄宗数御楼设此戏，挽者至千余人，喧呼动地，蕃客士庶观者，莫不震骇。进士河东薛胜为《拔河赋》，其词甚美，时人竞传之。

《封氏闻见记》

【注释】

①梁简文：即梁简文帝萧纲。

②篾缆：竹篾编织而成的绳索。

③絚（gēng）：粗大绳索。

④踣（bó）：向前倒下，向下卧倒。

【赏读】

拔河早在春秋战国就已出现。不过彼时尚不作为游戏,而是用于军事训练。当时楚国、吴国相争战,楚国延请鲁国名匠公输般为其设计了一种名为"钩强"的武器,在水战时,可用以钩住敌船,又或是顶住对方,不使其迫近。此后,这种"钩强"之术又被移用于陆上战斗,在拖拉牵扯的过程中,逐步演变为一种竞技游戏,所谓"牵钩"。

因拔河时每每人群"皆有鼓节,群噪鼓动,振惊远近",故"俗云以此厌胜,用致丰禳"。《全唐诗》卷三唐玄宗《观拔河俗戏诗》曰:"俗传此戏,以致丰年,故命北军,以求岁稔。"意思是,拔河每每有噪声喧哗,震惊远近,故可用作惊吓鬼魅,祈祷丰收。

此外,拔河亦可耀我军威,有点类似今日军事演习的意思。唐玄宗的文臣薛胜在那篇"其辞甚美,时人竞传之"的《拔河赋》中写道:"皇帝大夸胡人,以八方平泰。百戏繁会,令壮士千人,分为两队,名拔河于内,实耀武于外。"因为拔河的勇士都气力昂强,借拔河之会,可以让胡人知我大唐威武,以此炫耀国力。

纸　钱　封　演

纸钱，今代送葬为凿纸钱，积钱为山，盛加雕饰，舁^①以引柩。按，古者享祀鬼神有圭璧币帛，事毕则埋之。后代既宝钱货，遂以钱送死。《汉书》称"盗发孝文园瘗^②钱"是也。率易从简，更用纸钱。纸乃后汉蔡伦所造，其纸钱魏、晋已来始有其事。今自王公逮^③于匹庶，通行之矣。凡鬼神之物，取其象似，亦犹涂车刍灵^④之类。古埋帛，今纸钱则皆烧之，所以示不知神之所为也。

《封氏闻见记》

【注释】

①舁（yú）：携带。
②瘗（yì）：掩埋、埋藏。
③逮：到，及。
④涂车刍灵：涂车，泥车，古代送葬用的明器；刍灵，茅草扎成的人马，亦为古人送葬之物。《礼记·檀弓下》："涂车刍灵，自古有之，明器之道也。"

【赏读】

旧时丧俗，人死后，多用竹、木、陶、石等制作随葬的象征性器物，即所谓明器。

历朝历代，皆有厚葬之风。到了宋代，纸做的明器逐渐盛行起来。宋赵彦卫《云麓漫钞》卷五载："古之明器，神明之也。今之以纸为之，谓之冥器。"《东京梦华录》里写七月十五日中元节之前数日，"市井卖冥器靴鞋、幞头、帽子、金犀假带、五彩衣服"。可见当时已有很多种类的冥器在售卖了。而专售纸明器的商店，则称为"纸马铺"。《马可·波罗行纪》载沙洲出殡，"用某种树皮制作的纸，为死者绘制大批的男女、马匹、骆驼、钱币和衣服的图形，和尸体一炉火化。他们认为死者在阴间将会享受纸牌上所画的人物和器皿"。

明器之中，最通行的当属纸钱。而在纸钱出现之前，多是将真钱埋在墓中。放真钱的麻烦在于，一是并非每户人家皆可如此，贫苦之家果腹尚且为难，哪来闲钱给死人呢？二是埋真钱入墓中，落葬时可为之，却不可日后频频增添。而纸钱则不同，逢祭日、清明、七月半、冬至等重要的祭祀亡灵时日，可随时焚化，以"资冥福"。纸钱化为青烟之时，即是在阴间兑现之际。胡朴安先生《中华全国风俗志》下编论及江西吉安中元节之俗时，云：纸锭须于夜间折，更须避忌孕妇，孕妇触手，即便焚化之后，阴间也无法兑现。烧钱时，"横风动灰"说明本鬼收到钱了，若"有风飏灰"则表示钱被地府截留或被其他鬼神劫去了，可见鬼神收钱亦不易。焚钱之外，尚有擘钱。据宋庄绰《鸡肋编》卷上载：每寒食日上冢，不设香火，纸钱挂于茔树。其去乡里者，皆登山望祭，裂冥帛于空中，此之谓"擘钱"。

在中国人看来，冥界一如阳界，喝了孟婆汤，过了奈河桥，行经剥衣亭，看过望乡台，从此生死两茫茫，可人的欲望和日常生活并不因为这一悬隔而有所更易。正如葛兆光先生所言："中国人认定死后世界里人还在生活，所以还是很注意自己在死后世界里的人生旅程是否愉快。"

碧头巾 封演

李封为延陵令,吏人有罪,不加杖罚,但令裹碧头巾以辱之。随所犯轻重,以日数为等级,日满乃释。吴人著此服出入,州乡以为大耻,皆相劝励,无敢僭违①。赋税常先诸县。既去官,竟不捶一人。

《封氏闻见记》

【注释】

①僭违:僭越、违背。

【赏读】

我们往往将家有出轨之妻的丈夫称为"戴绿头巾"者,以为羞耻之极。而据说此名来源于明代的微贱职业——乐户,盖因其往往半妓半伶,地位卑下。《国初事迹》里记载,朱元璋于洪武三年(1370)下诏"教坊司伶人常服绿色巾,以别士庶之服",由此"绿头巾"遂成了乐户们的代称。不过,据封演所述,则知视"绿头巾"为奇耻大辱,应非起源于明代。事实上,明人是承袭了元人的旧制,元朝至元五年(1268),朝廷即规定"娼妓穿著紫皂衫子,戴角冠儿。娼妓之家长并亲属男子裹青头巾"。

然则,何以独独要以戴"绿头巾"作为娼妓之家长并亲属男子的专有服饰呢?

首先,"巾"早先即为社会低下的平民所戴,士族则戴冠,《释名》即云:"二十成人,士冠、庶人巾。"而绿色在中国传统文化中属于卑贱之色,乃"间色"。翟灏《通俗编》卷十二则指出,春秋之时,"有货妻女求食者,绿巾裹头,以别贵贱"。由此可知,绿巾裹头,本身已经是地位卑贱的标志了。

而平日的衣着颜色,若女子着青衣,亦多为婢女。《白蛇传》里的白素贞身边有一条青蛇,化为人形时,亦着青衣,固然是与青蛇相对应,但她更为重要的身份正是白素贞的婢女,故名小青。至于朝廷命官,唯有低级官员才着青衫,唐制中低微品秩官员的公服即为青色,所以白居易才有"江州司马青衫湿"的哀叹。

由此可见,李封真是一聪明人,利用人们对绿色的鄙夷不屑,以戴绿头巾为惩罚之法,这比肉体挞伐更摇撼人心,因为谁都不想被称为贱人。

洗 三 李德裕①

代宗之诞三日,上幸东宫,赐之金盆,命以浴。吴皇后年幼体弱,皇孙体未舒,负媪②惶惑,乃以宫中诸子同日生而体貌丰硕者以进。上视之,不乐曰:"此非吾儿。"负媪叩头具服。上睨③谓曰:"非尔所知,取吾儿来。"于是以太子之子进见。上大喜,置诸掌内,向日视之,笑曰:"此儿福禄,一过其父。"及上起还宫,尽留内乐,谓力士曰:"此一殿有三天子,乐乎哉!可与太子饮酒。"吴溱尝言于先臣,与力士说亦同。

《次柳氏旧闻》

【注释】

①李德裕(787~850):字文饶,赵郡(今河北赵县)人,元和宰相李吉甫子。少力于学,卓荦有大节。曾两度为相,尤以与武宗君臣相知而著名史册。《次柳氏旧闻》内容大抵为记录高力士所述玄宗宫中之事,高力士以之语于柳芳,芳传其子柳冕,冕复诉之于德裕之父吉甫,德裕最终记其乃父之言以成书。

②负媪:即保姆。

③睨:斜眼看,含轻视意。

【赏读】

婴儿从出生到周岁,颇多仪式,其中最重要的一项,即是"洗三"。相传此例乃唐玄宗李隆基倡之,宫中逢有生育,无论男女,都于诞后三日举行一次洗礼,并循例厚赐宫人。宫中在完成"洗儿"一事之后,大臣按例要敬献贺表,皇帝则须赐大臣"洗儿钱"。此本为内廷之举,后渐次流衍,普通人家也以此为婴儿出生后的重要习俗。

"洗三"之步骤,大抵是先去除新生儿的脐带残余,然后熏炙婴儿囟顶,最末让婴儿在加入艾叶、花椒煎成的液汁的汤水中沐浴,以此辟邪避瘟。

"洗三"之外,还有"添盆"之俗。亲宾盛集,煎香汤于盆中,其中有果子、彩线、葱、蒜等,皆寓意生子聪明,日后贵重有前程。待浴儿毕,落胎发,遍谢坐客。这期间,亲朋好友以金钱等物投于浴盆中以祈福,则谓之"添盆",同时由家中尊长用金银钗搅拌盆内之水,谓之"搅盆钗",而新婚不久或久婚不育的妇女则争拾盆内枣子,意谓早生贵子。

催　妆　段成式[①]

　　北朝婚礼，青布幔为屋，在门内外，谓之青庐，于此交拜。迎妇，夫家领百余人或十数人，随其奢俭挟车，俱呼"新妇子催出来"，至新妇登车乃止。婿拜阁日，妇家亲宾妇女毕集，各以杖打婿为戏乐，至有大委顿者。

《酉阳杂俎》

【注释】

　　①段成式（约803～863）：字柯古，行十六，宰相段文昌子，其先临淄邹平（今山东邹平）人，后家居于荆州（今湖北江陵）。以父荫入仕，历尚书郎，吉州、处州、江州三郡刺史，官至太常少卿。博闻强记，入仕后得饱览秘阁藏书，尤通佛典。文名颇著，与李商隐、温庭筠并称"三才"。《酉阳杂俎》前集二十卷，续集十卷，分门辑事，书名"酉阳"，乃取梁元帝赋"访酉阳之逸典"，以示取材新奇。《四库全书总目提要》评此书："故论者虽病其浮夸，而不能不相征引，自唐以来，推为小说之翘楚。"

【赏读】

　　明人吕坤《四礼疑》云："催妆，告亲迎也。"女方出嫁须男方多次催请，方梳妆启行。婚礼前二三日，男家下催妆礼，有嫁衣脂粉等为新娘添妆。至迎亲时，女方家门紧闭，诸多延宕，男方为催新娘启门登轿，则反复吹奏催妆曲，放催妆炮，咏催妆诗，伴以递开门封。

唐时，咏催妆诗已如《封氏闻见记》卷五《花烛》所谓"上自皇室，下至士庶，莫不皆然"了。如唐宪宗时，顺宗之女云安公主下嫁刘士泾，百官推举陆畅为傧相，作催妆诗。

咏催妆诗外，古时成亲还有折腾新郎的风俗。秦汉时期，要对新郎进行捶杖，以此给新郎一些难堪。不过这弄得不好，就会出人命。《风俗通》里就记一故事，杜士婚娶，众人相戏，有一姓张的，将杜士倒挂起来，杖打二十，结果杜即死于杖下。而《游仙窟》中媒人五嫂为十娘的情人张郎把酒，张郎饮酒未尽，五嫂便骂他："女婿是妇家狗，打杀无文！"可见婿之难当。

"催妆""下婿"之外，唐人婚嫁，还有"障车"一俗。亦即候新妇至，众人拥门塞巷，至车不得行，延滞淹时，男方须馈以大量财物酒食，始允放行，故称障车。其俗本在惜女，然转而变为索取财物，甚至敲竹杠。所以太极元年（712），左司郎中唐绍就上表，请求禁止这种风俗，认为"多集徒侣，遮拥道路，留滞淹时，邀致财物，动逾万计"，实在很不可取。

直至清朝，在潮州地区，还有"栅轿"一俗。据陈坤《岭南杂事诗钞》所述，无赖往往探知娶妇之家的吉期，是日，即纠集数人于中途用红线拦阻新轿，勒索银钱，始允放行。看来亦是"障车"的后世变形。

黥 段成式

上都街肆恶少，率髡①而肤札②，备众物形状。恃诸军，张拳强劫，至有以蛇集酒家，捉羊胛击人者。今京兆薛公元赏，上三日，令里长潜捕，约三十余人，悉杖杀，尸于市。市人有点青③者，皆炙灭之。时大宁坊力者张幹，札左膊曰"生不怕京兆尹"，右膊曰"死不畏阎罗王"。又有王力奴，以钱五千召札工，札胸腹为山、亭院、池榭、草木、鸟兽，无不悉具，细若设色。公悉杖杀之。

《酉阳杂俎》

【注释】

①髡（kūn）：剪去头发。
②肤札：即纹身，在皮肤上刺出各种纹样图案。
③点青：在皮肤上刺以文字或图案，后填以青色。

【赏读】

黥，又称墨刑，周代五刑的第一种。据《说文》所释，黥字，墨刑在面也，顾名思义，即在人脸上刺字，然后填以黑色颜料，使所刺纹样成为永久性的记号。相较劓、宫、刖、杀四刑罚而言，黥面显然是最轻微的，但一样给人带来极大的侮辱。汉代另有一种刑罚叫"髡钳"，则是剃去头发，脖子上套上铁圈，作为奴隶供人差遣。刑罚之外，黥体也是一种风俗习惯。《酉阳杂俎》中即提到"越人习水，必镂身以避蛟龙之患"，认为纹身可以驱邪辟厄，尤其是南方人，特重此俗。

到了唐代，黥体则由原先的刑罚，逐渐演变为一种社会风气，范围也从南方延伸到了北方，几乎上至朝廷，下及里巷，男女老少，皆酷爱黥体。

譬如长安百姓三王子，"遍身图刺，体无完肤"，有人脖子上刺绘花纹，时人称其为"张花项"；日后宋徽宗时的李质，遍身刺绘，号为"锦体谪仙"；江南饶州的朱三的双臂、双腿、背部及胸部各有刺绘，得名"花六"。还有的是要借此来戏弄他人，以为取乐，如段成式即讲道黔南观察使崔承宠年轻时即遍身刺一大蛇，平日以衣掩其体，若酒兴沉酣，则伸出手臂，大叫"蛇咬人啦"，来捉弄人家。也有以黥体作为处罚下属或约束部下的手段，如唐代宗大历年间，士大夫妻对待婢女侍妾，即"小不如意辄印面"，可见大妇的酷厉。

黥体之风大兴，势必也带动了此门技艺的发展。唐代刺绘的纹样已很是丰富，可为人物、鸟兽、庭院、山水等多种。甚且有了专门的手艺人，所谓"针笔匠"与"文笔匠"，前者主要负责实施黥刑，后者就有点类似今天的纹身师了，此亦可见出古时黥体之风很大程度上已然成为一种社会风尚。而最令我印象深刻的一人是荆州人葛清，他是白居易的死忠粉，遍身刺刻白诗，凡三十余首，不知今日的文学家还会遇到这么狂热的粉丝吗？

馋鱼灯 王仁裕[①]

南中[②]有鱼,肉少而脂多,彼中人取鱼脂炼为油,或将照纺绩机杼[③],则暗而不明。或使照筵宴、造饮食,则分外光明。时人号为"馋鱼灯"。

《开元天宝遗事》

【注释】

①王仁裕(880~956):天水(今甘肃天水)人,字德辇。少不知学,以狗马弹射为乐,年二十五始就学。初为秦州判官,曾入四川,历官中书舍人、翰林院学士。唐亡后,历仕后唐、后晋、后汉,后周时官至户部尚书、太子少保。晓音律,工诗文。《开元天宝遗事》共一百五十九条,多录宫中琐闻逸事,尤重风尚习俗,唯采摭民言,间有舛误失实处。

②南中:泛指南方一带。

③纺绩机杼:纺,纺丝;绩,绩麻。泛指纺织。杼,织梭。机杼,织布机,此亦指纺织事。

【赏读】

最早的时候,古人控制火,是为吓阻野兽,保全性命。随着文明程度的提高,人们发现火的作用越来越多,最重要的即是用于照明。考灯之源起,应系自食器中的豆转化而来。《尔雅·释器》:"木豆谓之豆,竹豆谓之笾,瓦豆谓之登。"郭璞注:"即膏灯也。"豆,乃商周时期的一种食器,用以盛放腌菜、肉酱等物的器皿,亦为古代礼器,多为青铜、陶瓦所制,而陶豆是目前所能见到的最早的灯具。大概要到战国初期,专用的灯具才开始出现,尤其是那时开始出现了"暮食",势必需要照明工具的配合。

灯具的燃料主要为动物油脂,所谓"膏以明自销"。《三秦记》亦云:"始皇墓中燃鲸鱼膏为灯。"亦有植物油脂,王祯《农书》卷七云:"按麻子、苏子……于人有灯油之用。"而蜡烛在汉代也已出现,《潜夫论·遏利》所谓"知腊脂可以明镫也"。秦汉之际,灯具已然制作精巧,灯上还有开关,以便控制光的方向,或是防止被风吹灭。《西京杂记》记汉高祖入咸阳宫,秦有青玉五枝灯,高七尺五寸,"下作蟠螭,口衔灯,燃则鳞甲皆动,焕炳若列星盈室"。这就不仅仅是照明工具,更像是一个工艺品了。

到了唐朝,照明工艺日趋发达。达官贵人也纷纷以用得起豪华灯具,作为炫富的手段。譬如五代吴国国君杨渥即在服丧期间,仍旧不废宴饮之乐,昼夜酣饮,其所用灯烛"一烛费钱数万",可见豪奢。而宫中所用灯烛,更为炫奇。相传同昌公主的蜡烛,一经点燃,香气四溢,既可照明,还可熏香。待其去世后,唐宣宗为其追冥福,赐安国寺一种"仙音烛",点燃之后,玲珑声响,叮当清妙,烛尽则声亦尽,莫名其妙。

灯在日常生活中关涉众多,故古人亦多于此有附会之说。杨荫深先生《事物掌故丛谈》"灯烛"一节引元人娄元礼《田家五行》云,元人认为灯花不可剔去,如果至一更不谢,则明日有吉事;至半夜不谢,则主人家有连绵喜庆之事,或是远亲有信息至。故彼时俗谚云:"灯花今夜开,明朝喜庆来。"如果阴天熄灯,灯煤如炭红色,良久不过,则明日是个大晴天。俗谚云:"火留星,必定晴。"

看花马 王仁裕

长安侠少,每至春时结朋联党,各置矮马,饰以锦鞯①金鞍,并辔于花树下往来,使仆从执酒皿而随之,遇好囿②则驻马而饮。

《开元天宝遗事》

【注释】

①鞯(jiān):衬托马鞍之垫。

②囿:古代供帝王贵族进行狩猎、游乐的园林。通常选定地域后划出范围,或筑界垣。囿中草木鸟兽自然滋生繁育。《字林》:"有垣曰苑,无垣曰囿。"此处泛指园林。园,本只为植果木之地,《说文》所谓:"所以树果也。"圃,则为种菜疏之地,《说文》所谓:"种菜曰圃。"又有囿,乃畜养禽兽,《说文》所谓:"禽兽曰囿。"

【赏读】

唐人侠气,驰骋马上,气宇轩昂。亦颇识马,卢照邻《长安古意》"妖童宝马铁连钱,娼妇盘龙金屈膝"一句中的"连钱"即指有似连钱纹样的旋花毛之马,为当时名马之一种。若再饰以锦鞯金鞍,则更是气派十足。

盛唐时,女子亦骑马。唐郑处诲《明皇杂录》卷下载,虢国夫人"每入禁中,常乘骢马,使小黄门御。紫骢之俊健,黄门之端秀，皆冠绝一时"。传世唐画家张萱所作《虢国夫人游春图》，即描摹虢国夫人与众仕女策马游春之情景。

另据唐元澄《秦京杂记》云，唐人亦以行马速度来占卜新任京兆尹行事如何。但凡有新上任的京兆尹，底下的小吏即多于石桥上看其行马，以卜其行事。如果此君上桥，马行速，则新任官员必善；若行马艰涩，扭扭捏捏，则此尹必严恶。据说测试下来的结果还颇为可信。

骑马，往往还与功名富贵相联系，所谓"春风得意马蹄疾，一日看尽长安花"是也。至于骑驴，则时称"劣乘"，不上品。若官员不骑马，而骑驴，若非遭贬，就是别有疑情。不过唐代官员也依照等级，有相应的配驴，一般一品十五头、二品十头。张籍《赠贾岛》一诗中形容贾岛落魄潦倒之状，即有句"蹇驴放饱骑将出，秋卷装成寄与谁"。因此，蹇驴往往意味着人生的困窘贫苦，多写清苦不达状，后遂成隐士、处士抑或清高之人的象征。杜甫"骑驴三十载，旅食京华春"，清苦之状毋庸多言。而据说王安石罢相之后，居南京钟山，虽系相国之尊，出行亦是骑驴。若拗相公骑马，则多少有些不对味了。不过老百姓大多数还是骑驴的，甚至不少人专门做租驴的生意，所谓"赁驴小儿"。

斗 花 王仁裕

长安士女,春时斗花,戴插以奇花多者为胜,皆用千金市名花植于庭苑中,以备春时之斗也。

《开元天宝遗事》

【赏读】

古时有斗花草之俗,所谓"斗百草"。《荆楚岁时记》即写道:"五月五日,四民并蹋百草,又有斗百草之戏。"因五月向来被人视为毒月、恶月,故民俗采集百草,以为驱邪避厄之法。而清翟灏《通俗编》卷三十"斗百草"有言:"申公《诗说》以《芣苢》为儿童斗草嬉戏歌谣之辞,则周初已有此戏。"则可知斗草的历史颇为悠久。

斗花草又有文武之分。所谓武斗,比的是花草的韧性,将花草打结,双方互套,互相拉扯,谁的花草断了,谁就输了。所谓文斗,则是比赛花草品种的丰富和新奇,故王仁裕说唐代士女要提前购置名花奇葩,以备春时之斗。《清异录》卷二载,南汉后主刘铱,春深时节,令宫女玩斗花之戏。每日凌晨开后苑,宫女到苑中花园采摘花草,随后由后主号令同时回宫,关锁苑门。之后再让宫女们集合于殿中,以所采花草品种的多寡论胜负。每天各大门由宦官把守,宫女出入都要搜身,还要勘验姓名履历,法制甚严,时人号曰"花禁"。负者则要"耍金耍银",买单宴会费用。

及至后来,传统的斗花草之戏甚至已不能令人满意。《刘宾客嘉话录》即记一故事,相传谢灵运生就一副美须,当年临终曾布施给南海祇洹寺,用作维摩诘像的胡须,寺中人甚是宝爱。中宗朝,乐安公主五日斗草,多方物色奇花异草,遂令手下取之,又恐为他人所得,得手后,又剪弃其余。乐安公主为了赢得斗花,竟连谢灵运的美须都不放过。

卷二

两宋市声

王文公叉手睡　孙光宪①

王文公凝清修重德,冠绝当时。每就寝息,必叉手而卧,虑梦寐中见先灵也。

《北梦琐言》

【注释】

①孙光宪(约895~968):字孟文,自号葆光子,陵州贵平(今四川省仁寿县东北)人,五代宋初文学家,唐末为陵州判官,后唐时避地江陵。历仕荆南三世,入宋为黄州刺史。孙光宪"性嗜经籍,聚书凡数千卷"。本书作于其江陵为官期间,据自序说,书中资料大多得之于交游,"每聆一事,未敢孤信,三复参校,然始濡毫",写作态度颇为谨严。内容广泛,涉及皇室、宰辅、酷吏、藩镇、科举、门阀等问题,以及文人遭遇、僧道兴替等,历来为研究唐五代史者所重视。

【赏读】

唐宋时期,叉手礼是一种非常流行的,向人表示恭敬之意的礼节,亦称交手礼。其具体方式,陈元靓《事林广记》载:"凡叉手之法,以左手紧把右手拇指,其左手小指则向右手腕,右手四指皆直,以左手大指向上。如以右手掩其胸,收不可太着胸,须令稍去二三寸,方为叉手法也。"即左手三指握右手大拇指,左手大拇指向上伸直,小拇指向着右手腕,右手四指伸直,交叉的双手稍近胸前而示敬。

值得注意的是，此法多系下属对上级，或对地位、年辈比自己高的人所用。故王虚中《训蒙法》有言，"小儿六岁入学，先数叉手"，即孩童入学即学此礼，以应对长辈。《水浒传》里的高俅，精擅蹴鞠，在端王府看踢球时即以一个漂亮的动作接回了打在他身边的球，令端王惊喜异常。当端王询问他是何人时，书中写高俅是"叉手跪拜道：'小的叫做高俅，胡踢得几脚'。"可见，叉手礼多为示敬的动作。

而据明沈德符《万历野获编》卷十七载，岳飞受审时，先是"垂手于庭"，遭隶人呵斥，方才改为"叉手正立"。是以可知古时以"叉手"为敬，而以"垂手"为倨傲。这一习惯，直到明末叉手礼渐行废弛，才以垂手肃立为恭敬之意的。

婿上高座 欧阳修①

刘岳②《书仪·婚礼》有"女坐婿之马鞍,父母为之合髻"之礼,不知用何经义?据岳自叙云:"以时之所尚者益之",则是当时流俗之所为尔。岳当五代干戈之际,礼乐废坏之时,不暇讲求三王之制度,苟取一时世俗所用吉凶仪式,略整齐之,固不足为后世法矣,然而后世犹不能行之。今岳《书仪》,十已废其七八,其一二仅行于世者,皆苟简粗略,不如本书。就中转失乖谬可为大笑者,坐鞍一事尔。今之士族,当婚之夕,以两椅相背,置一马鞍,反令婿坐其上,饮以三爵,女家遣人三请而后下,乃成婚礼,谓之"上高坐"。凡婚家,举族内外姻亲,与其男女宾客,堂上堂下,竦③立而视者,惟婿上高坐为盛礼尔。或有偶不及设者,则相与怅然咨嗟,以为阙礼。其转失乖谬,至于如此。今虽名儒巨公,衣冠旧族,莫不皆然。呜呼!士大夫不知礼义,而与闾阎④鄙俚同其习见,而不知为非者,多矣。

《归田录》

【注释】

①欧阳修(1007~1072):字永叔,号醉翁,晚年又号"六一居士",吉州永丰(今江西吉安永丰)人。世称欧阳文忠公,北宋卓越的政治家、文学家、史学家,与韩愈、柳宗元、王安石、苏洵、

苏轼、苏辙、曾巩合称"唐宋八大家"。后人又将其与韩愈、柳宗元和苏轼合称"千古文章四大家"。《归田录》凡二卷,一百十五条,为欧阳修晚年辞官闲居颍州时作,故书名归田。

②刘岳:五代文学家、史学家,字昭辅。通于典礼,天成中奉诏撰《新书仪》一部。

③竦:伸长脖子,踮起脚跟站着,引申为企待之意。

④闾阎:本义为里巷之门。后泛指民间。

【赏读】

尚秉和《历代风俗事物考》于此条下按语云:今日河北人家新妇下轿时,恒当门置一马鞍,令从鞍上过,谓之登高以取吉。宋时则施之于婿,且置于椅上,令婿上高座。座诚高矣,危亦甚矣。古今婚礼之有趣者,当以此为第一,六朝之打婿次之;周时之御朕,交换服侍男女以为交接之导引,又次之也。

根据苏鹗《苏氏演义》的说法,女子成婚时还须坐于马鞍之上,因为鞍者,安也,欲求夫妇婚后安稳和谐。《酉阳杂俎》认为这是"北朝余风",乃北朝游牧民族的习俗使然。此外,唐人婚礼亦有"转席"之俗,即新娘进门不能脚着地,因此新郎家门前必会铺上几条毡褥。而当新娘每走过一条毡褥,就会有妇人将此前的毡褥传到之后去,如此循序类推,直到新娘踏进房门,寓意新娘此后一切顺利圆满,子孙满堂。

还有"撒豆谷"之俗,斗中装有谷、豆、铜钱、彩果等各物,边念咒语,边望门而撒,此俗始于西汉,目的是为避"青羊、乌鸡、青牛"这三煞,以护佑新人。唐人拜堂是在新郎家外,以青布幔临时搭起一间屋子,是为"青庐",新郎新娘在此拜堂成亲。诸位亲朋亦在青庐之内观礼、饮宴,显然也是游牧之风使然。

唐时婚俗,新娘出嫁,须蒙头遮面,是为"却扇"。其意有二:

一是"遮羞",再是"避邪"。李亢《独异志》谓此俗肇始于女娲兄妹成婚神话,"结草为扇,以障其面",故后人取妇执扇,象其事也。遮盖新娘容颜者,盖巾之外,尚有扇子。新娘自出阁大礼起,需一直持扇,见人即双手张扇,用以遮面。直到全部嘉礼完成,众亲友退出新房,方可放下扇子,露出真容。故洞房定情,古语美称为"却扇"。

鸡舌香 沈 括[①]

余集《灵苑方》,论鸡舌香以为丁香母,盖出陈氏《拾遗》。今细考之,尚未然。按《齐民要术》云:"鸡舌香,世以其似丁子,故一名丁子香。"即今丁香是也。《日华子》云:"鸡舌香,治口气。"所以三省[②]故事,郎官日含鸡舌香,欲其奏事对答,其气芬芳。此正谓丁香治口气,至今方书为然。

《梦溪笔谈》

【注释】

①沈括(1031~1093):字存中,号梦溪丈人,钱塘县(今浙江杭州)人。北宋著名政治家、科学家。晚年在镇江梦溪园著《梦溪笔谈》,是书共二十六卷,外加《补笔谈》三卷和《续笔谈》一卷,分故事、辨证、乐律、象数、人事、官政、权智、艺文、书画、技艺、器用、神奇、异事、谬误、讥谑、杂志、药议十七个门类共六百余条。内容涉及天文学、数学、地理、物理、生物、医学和药学、军事、文学、史学、考古及音乐等多门学科。英国著名科学史家李约瑟教授称许沈括是中国科学史中最卓越的人物,赞许《笔谈》是"中国科学史上的坐标"。

②三省:指尚书、中书和门下三省。

【赏读】

在牙刷普及使用之前,古人以揩齿之法来保持口齿清洁,其法主要有"杨枝揩齿法"和"手指揩齿法"两种。古医书《外台秘要》说,将杨枝一头咬软,蘸取药物揩牙,可使牙齿"香而光洁"。相传杨枝揩齿早先乃僧人所用,僧人将齿木嚼成细条状,用来剔除齿间残物,兼有牙刷和牙签的功能,佛家认为,嚼杨枝可使人解毒去垢,口气清新。手指揩齿法,显而易见,乃用手指揩齿,以去除残渣。此外,很长时期以来,古人也经常漱口来保持口腔清洁,多以盐水、浓茶、酒等为漱口剂。沈括所言的"鸡舌香"亦因能治口气,故为官员所用,以免口气熏臭,遭皇上厌恶,颇似今日之口香糖。

　　从晚唐到北宋,尤其有宋一代,刷牙作为一项卫生保健措施,在社会上得到了相当程度的认同和普及。《梦粱录》中的"诸色杂货"一节,即明确列出街市小贩贩卖的各种小商品里,有"刷牙子"一项,可见当时市民已养成刷牙的习惯,有较大的牙刷需求。"铺席"一节所罗列临安的著名店铺,即有"凌家刷牙铺"和"傅官人刷牙铺",足证牙刷不仅是小货郎在售卖,甚且有了专门生产、经营牙刷的铺子了。

四方不同风 王得臣①

四方不同风,甚者京师尤可笑。古者婚礼合卺②,今也以双杯彩丝连足,夫妇传饮,谓之交杯。媒氏③祝之,掷杯于地,验其俯仰,以为男女多寡之卜,媒即怀之而去。丧事,贫不能具服,则赁以衣之。家人之寡者,当其送终,即假倩④媪妇,使服其服,同哭诸途,声甚凄惋,仍时自言曰:"非预我事。"

《麈史》

【注释】

①王得臣(1036~1116):字彦辅,自号凤台子,宋安州安陆(今属湖北)人。历任岳州巴陵令、开封府判官等职,后出知唐州、邻州、鄂州、黄州等。学问博洽,喜读书史,至老不倦。《麈史》为其晚年所整理的笔记,所记凡二百八十四事,四十四门,朝廷掌故,耆旧遗闻,耳目所及,咸登编录。其间参稽经典,辨别异同,深资考证,自述"自朝廷至州里,有可训、可法、可鉴、可诫者无不载",其考究古迹故实,特为精核。

②合卺(jǐn):汉族婚礼仪式之一,即新婚夫妇在新房内共饮合欢酒,后世通称饮"交杯酒",以示新夫妇永结欢好。本用匏(葫芦),一剖为二,合之则成一器,古时亦称"匏爵",后世改用杯盏。

③媒氏:官方的媒人。

④倩:使,请。

【赏读】

《礼经·昏义》强调"共牢而食，合卺而饮"，目的当然是为"合体"而"同尊卑"，因为"体合则尊卑同，同尊卑，则相亲而不相离也"。显然是想借此形式，来使新婚夫妇更相欢爱亲近。

唐人喝交杯酒，先将小葫芦一分为二，夫妇各饮三杯，然后再还原为一完整的葫芦。到宋代则改用杯盏了，且改为夫妻对饮并互换酒杯。喝完之后，按照《东京梦华录》所记，是要"掷盏并花冠子于床下，盏一仰一合，俗云大吉，则众喜贺"。

类似合卺这样的婚姻仪式，还有同牢、结发、合髻等俗。同牢乃新婚夫妇同食一牲的仪式。牢，即祭品所用之牺牲。结发，则据《礼记·曲礼》载："女子许嫁，缨。"缨，为一种五色丝绳，凡女子许嫁，便以此束发，以示自己婚配已定。曹植《种葛篇》："与君初婚时，结发恩义深。欢爱在枕席，宿昔同衣衾。窃慕棠棣篇，和乐如瑟琴。"合髻，则是在行大礼之日，新郎新娘各剪下一绺头发，绾结一起以为信物，取义白首偕老。《东京梦华录·娶妇》记此仪式：当入洞房对拜毕，"男左女右，留少头发。二家出匹缎、钗子、木梳、头须之类，谓之合髻"。

至于本段所言"家人之寡者，当其送终，即假倩媪妇，使服其服，同哭诸途"，乃旧时所谓"助哭"。赵翼《陔余丛考》"丧次助哭"条：世俗有丧者，于吊客至，则多遣媪婢助哭，亦有竟使之代哭者。后世也不乏此俗，家中有了丧事，往往就以奴仆代哭，甚或雇用乞丐代哭。此外，后世还有"伴丧"之习，即不光是喜事，丧事也会请戏班子来演出，甚或通宵达旦，据说此举一在"娱尸"，让先人开心，二是欢迎、感谢吊客。

清人福格《听雨丛谈》卷七"助哭"条，就说道：内廷每有丧事，"每哭必有中官助哭"，但哭声自有区别，所谓"一人出于哀切，众人出于扬声"。亦即有人确实是出于悲伤，有人则完全是捧个"声"场罢了。

簪 花　邵伯温①

　　洛中风俗尚名教，虽公卿家不敢事形势，人随贫富自乐，于货利不急也。岁正月梅已花，二月桃李杂花盛，三月牡丹开。于花盛处作园圃，四方伎艺举集，都人士女载酒争出，择园亭胜地，上下池台间引满歌呼，不复问其主人。抵暮游花市，以筠笼②卖花，虽贫者亦戴花饮酒相乐；故王平甫③诗曰："风喧翠幕春沽酒，露湿筠笼夜卖花。"

《邵氏闻见录》

【注释】

　　①邵伯温：（1056～1134）：字子文，洛阳（今属河南）人，宋代著名理学家邵雍之子。元祐中，以荐授大名助教，调潞州长子县尉。徽宗即位，上书数千言，欲"复祖宗制度"。伯温早年适逢王安石变法，中年经历元祐党争，晚年复遇靖康之祸，故其见闻博洽，录之以成书。

　　②筠笼：即竹篮。

　　③王平甫：即王安国，王安石大弟，北宋政治家、诗人。

【赏读】

　　《武林旧事》中写道：在庆贺太上皇宋高宗八十华诞的御宴上，"自皇帝以至群臣禁卫吏卒，往来皆簪花"。杨万里即赋诗描绘了这场簪花宴会的热闹情景:"春色何须羯鼓催,君王元日领春回。牡丹芍药蔷薇朵,都向千官帽上开。"

事实上,并非只在隆重的场合才如此,有宋一代,不论男女、年龄及社会阶层,都有簪花之俗。就源起而言,此风倡自宫廷,宫中但有宴会节庆,皇帝会循例赐近臣以宫中名花,让他们插戴在头上,以示皇恩。一些重要庆典,皇帝自己也会簪戴花朵,而前后从驾臣僚及仪卫扈从,亦皆会得到赐花。不同品级的官员赐花亦不同,罗花以赐百官,栾枝以赐卿、监以上官员,绢花则赐将校以下武官。

因为最高统治者的支持与喜爱,民间自然也就衍为风气。这其中既有爱出风头的青春少年,也有戴复古诗里"坐中翁姬鬓如雪,也把山花插满颠"的老人家,当然更有陆游诗里"村女卖秋茶,簪花髻鬟匝"的窈窕少女,正如《洛阳牡丹记》中所说的,"城中无贵贱,皆插花,虽负担者亦然"。可见簪花风气之盛。

而不同季节,自也有对应的不同品种的簪花。春时牡丹最为时兴,夏时则石榴、茉莉应景,秋天当然是菊花独秀了。即便到了众芳摇落的冬天,人们的簪花热情依旧不减,纷纷制作各种纸花、绢花,甚至还有轰动一时的琉璃花。而南宋临安城里也不乏各种花铺,用以满足庞大的市场需求。必须一说的是,据统计,宋代男子簪花的数量要远胜女子。此情此景,真如《西湖老人繁胜录》中所述:"乾天门道中,直南一望,便是铺锦乾坤。吴山坊口,北望全如花世界。"

夜航船　龚明之[①]

夜航船，唯浙西有之，然其名旧矣。古乐府有《夜航船》之曲。皮日休[②]答陆龟蒙[③]诗云："明朝有物充君信，棺酒三瓶寄夜航。"

《中吴纪闻》

【注释】

①龚明之（1091～约1182）：字希仲，号五休居士，苏州昆山人。出身士族。年高德劭，享誉乡里。《纪闻》六卷，博采吴中故老嘉言懿行并风土民情。

②皮日休：字袭美，一字逸少，尝居鹿门山，自号鹿门子。晚唐诗人、散文家，与陆龟蒙齐名，世称"皮陆"。

③陆龟蒙：字鲁望，别号天随子、江湖散人、甫里先生。曾任湖州、苏州刺史幕僚，后隐居松江甫里，著有《甫里先生文集》等。

【赏读】

明陶宗仪《辍耕录》"夜航船"条："凡篙师于城埠市镇人烟凑集处，招聚客旅，装载夜行者，谓之夜航船。"叶盛《水东日记》亦云："航船，吴中所谓夜航船，接渡往来。"今人伊永文先生《明代衣食住行》一书指出，"数量众多的航船，之所以唤作'夜航船'，并非因其夜间航行而得名，在很大程度上是因为昼夜兼程而得名，以至成为江南水乡泽国出行的一个代名词"。而据陈宝良《明代社会生活史》所述，江南的行船风俗，以苏州为界。苏州以北，多白天行船，苏州以南，则不分昼夜。尤其是湖州地区，夜航船颇为频繁，几乎往来各地的都有。

周作人曾有《乌篷船》一文，于此刻画周详：

> 乌篷船大的为"四明瓦"，小的为脚划船，亦称小船。但是最适用的还是在这中间的"三道"，亦即三明瓦。篷是半圆形的，用竹片编成，中夹竹箬，上涂黑油；在两扇"定篷"之间放着一扇遮阳，也是半圆的，木作格子，嵌着一片片的小鱼鳞，径约一寸，颇有点透明，略似玻璃而坚韧耐用，这就称为明瓦。三明瓦者，谓其中舱有两道，后舱有一道明瓦也。船尾用橹，大抵两支，船首有竹篙，用以定船。船头着眉目，状如老虎，但似在微笑，颇滑稽而不可怕，唯白篷船则无之。三道船篷之高大约可以使你直立，舱宽可放下一顶方桌，四个人坐着打麻将——这个恐怕你也已学会了吧？小船则真是一叶扁舟，你坐在船底席上，篷顶离你的头有两三寸，你的两手可以搁在左右的舷上，还把手都露出在外边。在这种船里仿佛是在水面上坐，靠近田岸去时泥土便和你的眼鼻接近，而且遇着风浪，或是坐得稍不小心，就会船底朝天，发生危险，但是也颇有趣味，是水乡的一种特色。……雇一只船到乡下去看庙戏，可以了解中国旧戏的真趣味，而且在船上行动自如，要看就看，要睡就睡，要喝酒就喝酒，我觉得也可以算是理想的行乐法。

乌鹊鸣　洪迈①

　　北人以乌声为喜，鹊声为非；南人闻鹊噪则喜，闻乌声则唾而逐之，至于弦弩挟弹，击使远去。《北齐书》：奚永洛与张子信对坐，有鹊正鸣于庭树间，子信曰："鹊言不善，当有口舌事，今夜有唤，必不得往。"子信去后，高俨使召之，且云敕唤，永洛诈称堕马，遂免于难。白乐天在江州，《答元郎中、杨员外喜乌见寄》曰："南宫鸳鸯地，何忽乌来止。故人锦帐郎，闻乌笑相视。疑乌报消息，望我归乡里。我归应待乌头白，惭愧元郎误欢喜。"然则鹊言固不善，而乌亦能报喜也。又有和元微之②《大觜乌》一篇云："老巫生奸计，与乌意潜通。云此非凡鸟，遥见起敬恭。千岁乃一出，喜贺主人翁。此乌所止家，家产日夜丰。上以致寿考，下可宜田农。"按，微之所赋云："巫言此乌至，财产日丰宜。主人一心惑，诱引不知疲。转见乌来集，自言家转挚。专听乌喜怒，信受若长离。"今之乌则然也。世有传《阴阳局鸦经》，谓东方朔③所著，大略言凡占乌之鸣，先数其声，然后定其方位。假如甲日一声，即是甲声，第二声为乙声，以十干数之，乃辨其急缓，以定吉凶，盖不专于一说也。

《容斋随笔》

【注释】

　　①洪迈（1123～1202）：字景卢，别号容斋，又号野处，鄱阳

（今属江西）人，南宋著名文史学家。学识浩博，著书极多，有文集《野处类稿》、志怪笔记小说《夷坚志》、笔记《容斋随笔》等。《容斋随笔》共分五笔，七十四卷，一千二百余则笔记。与沈括之《梦溪笔谈》、王应麟《困学纪闻》并称宋代三大学术笔记。《四库全书总目提要》许其"南宋说部当以此为首"。

②元微之：即元稹，字微之，唐朝诗人，与白居易同为新乐府运动之倡导者，世称"元白"。

③东方朔：西汉著名辞赋家，本姓张，字曼倩。

【赏读】

乌，古时亦被视为慈乌，因其有反哺习性，乌啼又被人视为报喜传讯。北京大学民俗会编纂《民俗丛书·吴歌甲集》记民间歌谣云："老鸦哑哑叫，爹爹赚元宝，姆妈添弟弟，哥哥娶嫂嫂，姊姊坐花轿。"可见一斑。不过，另有说法视乌声为凶兆，焦延寿《焦氏易林》即云："城上有乌，其名败家，招呼鸩毒，为国灾患。"认为乌啼乃国有凶兆的表现。唐人亦有奉乌祈福之俗。杜甫《戏作俳谐体遣闷二首》云"家家养乌鬼"，乌鬼即乌鸦。可见至少杜甫所在的时代，是将乌鸦视为神鸟的。

鹊，据《周易统卦》的说法，此鸟能"先物而动，先事而应"，具有感应气象变化的本能，进而引伸为兆验世事吉凶。《西京杂记》卷三所谓："干鹊噪而行人至，蜘蛛集而百事嘉。"而"鹊桥相会"的传说中，为牛郎织女一年一度相会而忙于填河成桥的便是鹊。甚至说，为搭鹊桥"毛皆脱去"，可见其辛苦，鹊兆喜自在情理之中。

李渔《乌鹊吉凶辨》说得好，"吾闻休咎不在物在人，善者得灾异鲜凶，不善遇麟凤非瑞。若是，则乌、鹊二物，吉则偕吉，凶则并凶，而人之爱憎终不能齐，岂非惑于所听乎？故曰'毁誉之入人深'"。

炒　栗　陆　游①

故都②李和炒栗，名闻四方。他人百计效之，终不可及。绍兴③中，陈福公及钱上阁恺出使虏庭，至燕山，忽有两人持栗各十裹来献，三节人亦各得一裹，自赞曰："李和儿也。"挥泪而去。

《老学庵笔记》

【注释】

①陆游：（1125～1210）：字务观，号放翁，越州山阴（今浙江绍兴）人。南宋著名文学家。高宗时应礼部试，为秦桧所黜，孝宗时赐进士出身。中年入蜀，投笔从戎，官至宝章阁待制，晚年退居家乡。著有《剑南诗稿》《渭南文集》等。《老学庵笔记》取自陆游晚年书斋名，自述"取'师老而学如秉烛夜行'之语"。《四库全书总目提要》评是书："轶闻旧典，往往足备考证。"

②故都：指北宋都城汴京，今河南开封。

③绍兴：宋高宗赵构年号。

【赏读】

《剑南诗稿》卷五《夜食炒栗有感》："齿根浮动叹吾衰，山栗炮燔疗夜饥。唤起少年京辇梦，和宁门外早朝来。"诗题后有自注："漏舍待朝，朝士往往食此。"南宋都城临安的"漏舍"有二，一在大内南门丽正门外，一在北门和宁门外。《梦粱录》卷十三"天晓诸人出市"条，言及每日交四更，就有诸多赶着上朝的文武官员及其随从要出门了，于是"御街铺店，闻钟而起，卖早市点心"。这早市委实诸般热闹，"买卖细色异品菜蔬，诸般嗄饭，及酒醋时新果子，进纳海鲜品件等物，填塞街市，吟叫百端，如汴京气象，殊可人意"。

作为中国经济文化发展的一个高峰，宋代的饮食业亦极为繁荣。据《梦华录》所述，北宋后期的开封城里，条件好些的市井人家"往往只于市店旋买饮食，不置家蔬"，夜市要闹到夜半三更，才消歇一时，"才五更又复开张"，即便寒冬风雪抑或阴雨满天，也不停市。甚至如《铁围山丛谈》卷四所载，时人颇受蚊蚋之苦，但独独都城马行街无蚊蚋。因为此地酒楼繁盛，人物嘈杂，灯火照天，每天要待四更方歇，竟然连蚊蚋亦无滋生繁衍之地。

凉　衫　周　辉[①]

　　士大夫于马上披凉衫[②]，妇女步通衢，以方幅紫罗障蔽半身。俗谓之"盖头"，盖唐帷帽[③]之制也。笼饼、蒸饼之属，食必去皮，皆为北地风埃设。旧见说汴都细车，前列数人持水罐子，旋洒路过车，以免埃壒[④]蓬勃。江南街衢皆甃[⑤]以砖，与北方不侔[⑥]。

《清波杂志》

【注释】

　　①周辉（1126～1198）：字昭礼，泰州（今属江苏）人，著名词人周邦彦之子。生平事迹不详，晚年隐居钱塘清波门。以藏书知名。《清波杂志》十二卷，卷首识语所谓："辉早侍先生长者，与聆前言往行，有可传者。岁晚遗忘，十不二三，暇日因笔之。"
　　②凉衫：南宋士大夫的白色便服。
　　③帷帽：原属胡装，初始称羃离，以皂纱（黑纱）制成，四周有一宽檐，檐下制有下垂之丝网或薄绢，其长至颈，以作掩面，至隋唐遂将四周垂网改短，亦称"浅露"。
　　④壒（ài）：尘埃。
　　⑤甃（zhòu）：砌，垒。
　　⑥侔：相等，相称。

【赏读】

　　唐代女子所戴帽种类较多，最值得一说者，当为羃离与帷帽了。

前者相传发自西域，本为一种面巾，乃胡俗，至北朝时传入中土北方，用为贵族妇女出门之服。外观系笠状，帽檐周围乃布帛下垂，长而过膝，障蔽全身。

永徽之后，则改用帷帽。就形制而言，亦为斗笠状，四周垂布帛或网，但长度不同，遮蔽仅止于颈以上。武则天神龙以后，帷帽已取代羃䍦而大行于世。及至玄宗开元间，又风行胡帽，"靓妆露面，无复障蔽，士庶之家，又相仿效，帷帽之制，绝不行用"。宋代士大夫妇女至街衢，以整幅紫罗障蔽全身，俗称盖头，即为羃䍦与帷帽的遗制。再到后来，妇女们却又什么都不戴，"露髻"出行了。

清梁绍壬《两般秋雨庵随笔》中记广东潮州一地的妇女出行，则以皂布蒙头，自首以下，双垂至膝。视人时则两手张开其布，这种装束名为"文公帕"，据说乃韩愈遗制。就外形而言，似亦受到盖头之类的影响。闽南妇女大多有此俗，且她们往往还戴斗笠，亦谓之"苏公笠"。

至于本段所述之"饼"，其本义是"并"的意思，以面粉调和而成的一种食品。宋吴处厚《青箱杂记》卷二载："仁宗庙讳贞（应作"祯"），语讹近蒸，今内庭上下皆呼蒸饼为炊饼。"意思是因宋仁宗名赵祯，"祯"与"蒸"音近，为避圣讳，遂呼蒸饼为炊饼，与现在的馒头相似。据当时资料，宋代的面食业很是丰富，诸如白肉胡饼、猪胰湖北和菜饼，油炸的、蒸的、煎的，各种馅料和制法的饼点都有。

唐韦绚《刘宾客嘉话录》写中唐刘晏五更入朝，时方天寒，途中见卖蒸饼之处，热气腾腾，使人买之，边吃边说"美不可言，美不可言"。

金陵风物　周　辉

张文潜①《杂书》有云："余自金陵月堂谒蒋帝祠②，初出北门，始辨色。行平野中，时暮春，人家桃李未谢，西望城壁壕水，或绝或流，多鸐鹆、白鹭，迤逦近山，风物夭秀，如行锦绣图画中。旧读荆公③诗，多称蒋山④景物，信不诬。"白公⑤少客杭州，自言欲得守杭，卒如其言。予亦云与东坡跋："秦太虚⑥夜航西湖，至普明院⑦，舍舟从参寥⑧并湖而行，出雷峰⑨，度南屏⑩，濯足于惠因涧⑪。入灵石坞⑫，得支径，上凤篁岭⑬，憩于龙井⑭，始至寿圣院⑮谒辨才⑯。"一段奇事，景趣略相似，皆可以画，但恐画不就尔。辉虽未尝夜游南、北山，如金陵郊野，春游良不疏。想像文潜所历，如在目前。足不至者二十余年，特未知今复何似。

《清波杂志》

【注释】

①张文潜：即张耒，字文潜，号柯山，北宋著名诗人、苏门四学士之一。著有《柯山集》。

②蒋帝祠：即今日南京蒋王庙。在紫金山东北麓，东汉末年，秣陵尉蒋子文葬于此，吴大帝为其立庙，封为蒋侯。齐永明中封为蒋帝，故得名。

③荆公：即王安石。

④蒋山：即南京紫金山。

⑤白公：即白居易。

⑥秦太虚：即秦观，字少游，一字太虚，号淮海居士，别号邗沟居士，"苏门四学士"之一。北宋文学家、词人，著有《淮海集》。

⑦普明院：应为普宁寺，《咸淳临安志》卷七八："普宁寺，在雷峰塔下，广顺元年建，号安吴寺，大中祥符初改今额。"

⑧参寥：即道潜法师，北宋诗僧。本姓何，字参寥，赐号妙总大师。与苏轼诸人交好，轼谪居黄州时，曾不远千里专程探望。著有《参寥子集》。

⑨雷峰：即杭州雷峰塔，位于西湖南岸夕照山上。

⑩南屏：山名。《咸淳临安志》卷二三："南屏山，在兴教寺后，怪石耸秀，中穿一洞，上有石壁若屏障然。"

⑪惠因涧：《咸淳临安志》卷三六："惠因涧，在赤山惠因寺侧。"

⑫灵石坞：《咸淳临安志》卷三十："灵石坞，在杨梅坞后山。"

⑬凤篁岭：《咸淳临安志》卷二六："凤凰岭，在钱塘门外放马场西，路通龙井，岭最高峻。元丰中，僧辨才法师淬治修篁怪石，风韵箫爽，因名曰凤台。"

⑭龙井：即龙井亭，又名德威亭。

⑮寿圣院：即龙井延恩衍庆院。

⑯辨才：即辨才法师，俗姓徐，名元净，杭之於潜人。北宋文人皆以与之交游为荣。

【赏读】

最早的南京，名冶城，据说吴王夫差在此冶铁铸器，故名之。越王后来打败了夫差，则又改冶城为越城。战国时，楚国兵败越国，建金陵邑于清凉山上，故名金陵。秦灭楚，改金陵为秣陵。三国时，东吴孙权在此建都，则又改名为建业。西晋时，复又改回，东晋则改建业为建康。隋代，忽又名蒋州。此后改来改去，一直到明成祖永乐十九年，移都北京，才改称南京，南京之名自此始。每一回改名，背后都是一番厮杀，真是"念往昔，繁华竞逐。叹门外楼头，悲恨相续"。

南京是古城，但凡古城，必有故事，必多暮年之感。而南京的故事多是血与泪织成的，诚如宇文所安在《地：金陵怀古》一文中所言，"这一个有着漫长而痛苦的历史的城市，每一次的光荣和每一次的恐惧都存在于过去的光荣与过去的恐惧的阴影之中"。而这些光荣与恐惧所映衬和塑造出的南京，必定是一个令人生哀情哀思之地。一如《桃花扇》里教曲师傅苏昆生的《哀江南》：俺曾见金陵玉殿莺啼晓，秦淮水榭花开早，谁知道容易冰消。眼看他起朱楼，眼看他宴宾客，眼看他楼塌了。这青苔碧瓦堆，俺曾睡风流觉，将五十年兴亡看饱。那乌衣巷不姓王，莫愁湖鬼夜哭，凤凰台栖枭鸟。残山梦最真，旧境丢难掉，不信这舆图换稿。诌一套《哀江南》，放悲声，唱到老。

火 葬 周 辉

浙右水乡风俗：人死，虽富有力者，不办蕞尔①之土以安厝②，亦致焚如。僧寺利有所得，凿方尺之池，积涔蹄③之水，以浸枯骨。男女骸骼，淆杂无辨。旋即填塞不能容，深夜乃取出，畚贮散弃荒野外。人家不悟，逢节序仍裹饭设奠于池边，实为酸楚，而官府初无禁约也。范忠宣公④帅太原，河东地狭，民惜地不葬其亲，公俾僚属收无主烬骨，别男女，异穴以葬。又檄诸郡效此，不以数万计。仍自作记，凡数百言，曲折致意，规变薄俗。时元祐六年也。淳熙间，臣僚亦尝建议："柩寄僧寺岁久无主者，官为掩瘗。"行之不力，今柩寄僧寺者固自若也。

《清波杂志》

【注释】

①蕞尔：极小貌。

②厝：停柩，将棺木安置待葬。

③涔蹄：路上蹄迹中的积水，形容水量极少。

④范忠宣公：范纯仁，北宋著名政治家，字尧夫，谥忠宣，吴县（今江苏苏州）人，范仲淹次子。

【赏读】

自宋以来，火葬之风，愈加流衍。在汉代之前，古人将焚尸视为奇耻大辱,待佛教传入中国,因僧人死后多采取火葬方式,故此俗日渐推展至民间,宋代之后,火葬成俗。彼时非士大夫之家,中户之下,"亲戚丧亡,即焚其尸",而后纳置缸中,寄放在庙宇或墓户之家,类不举葬。因此,如本段所言,不少地区,尤其是江浙一带,多设有焚化院,《马可·波罗行纪》中就载当时杭州人有丧亡之事,马上焚尸火化,并且过程中作乐,高声祷告,还要抛掷纸做的"仆婢、马驼、金银、布帛于火焚之"。

火葬在宋代的盛行,一来是因为此法比较经济,土葬耗费较多,且工序繁杂,贫下之家,往往无力负担,故简便俭省的火葬自然更受欢迎。此外,宋代一直处于人口增长的土地危机之中,故即便蕞尔之土也不愿用以安厝,因此当时就有人批评道:"今京城内外,物故者日以百计,若非火化,何以葬埋?"故此,不论是迫于现实的土地压力与经济压力,还是主观上对于火葬的认同,都使得火葬在宋代日渐盛行。

但需要说明的是,在官方的宣传和法令中,仍旧是以土葬为主流的,并且明令禁止火葬,认为此事"事关风化,理宜禁止",要求各地申严法禁。与此同时,为了解决土葬的土地问题,宋代政府也大量设置义冢,使贫弱无力之人,能有地葬埋,义冢经蔡京取名,定名为"漏泽园",各地都有所兴建并派专人维护。但这些措施终究不能解决地少人多的现实困境,以致火葬之俗日益普及。

鼻饮杯 范成大[1]

鼻饮杯。南边人习鼻饮,有陶器如杯碗,旁植一小管,若瓶嘴,以鼻就管吸酒浆,暑月以饮水,云:水自鼻入,咽快不可言。邕州[2]人已如此,记之以发览者一胡卢[3]也。

《桂海虞衡志》

【注释】

①范成大(1126~1193):字致能,号石湖居士,平江吴郡(今江苏苏州)人。南宋诗人,与杨万里、陆游、尤袤合称南宋"中兴四大诗人"。《桂海虞衡志》系其由广西入蜀道中追忆而作。该书共分岩洞、金石、香、酒、器、禽、兽、虫鱼、花、果、草木、杂、蛮十三篇,详尽记载了宋代广南西路地区的风土人情、物产资源以及当地少数民族的社会经济、生活习俗等情况。

②邕州:广西南宁之前身,古称邕州。

③胡卢:笑的样子。

【赏读】

宋代各地区风俗差异颇大,尤其是偏远地区的生活习惯和饮食风俗。聊录几则,以见一斑。譬如周去非《岭外代答》里记道,钦州人若是亲人故去,则不食鱼肉,而吃螃蟹、车螯、蚝、螺之类,他们认为这些东西无血,值亲人故去,食用这类食物,是为斋素。海南黎族人也很特别,亲人死去,他们不吃粥饭,但饮酒,吃生牛肉，认为这才是至孝的表现。

再如张世南《游宦纪闻》里写南方人，尤其是成都人最喜食大蛤蟆。经常有人在水边捕取，当地人"以为珍味"，亲朋好友之间更以此物相馈赠。每到夏日，人们还夜持火炬，入深溪或山洞中，捕食之。

广南地区的民众则好吃蛇，市面上经常有蛇羹卖。而一些南方少数民族，则不仅会吃蛇，举凡鸟兽虫蚁、老鼠蝗蜂，都能拿来就食。他们抓到蚯蚓蛇虫之后，截断，置入竹中炊熟，然后就直接破竹而食了。《邵氏闻见后录》里说广西人还喜欢吃巨蟒，他们若见巨蟒出没，就口诵"红娘子"三字，据说巨蟒如此即不动，然后他们就一边口中念这三字以为咒语，一边用藤蔓木石之类将巨蟒杀死，再烹而食之。而《中华全国风俗志》记广西武定人多蓄养蛇虫之类，夜放晓收，认为其出入有金光，故蓄养者一家顺利，不知者往往触之而中毒。

鸡 卜 范成大

南人占法①，以雄鸡雏，执其两足，焚香祷所占，扑鸡杀之。拔两股骨，净洗，线束之。以竹筳②插束处，使两骨相背于筳端，执竹再祝。左骨为侬，侬，我也。右骨为人，人，所占事也。视两骨之侧所有细窍，以细竹筳长寸余偏插之，斜直偏正，各随窍之自然，以定吉凶。法有十八变，大抵直而正或近骨者多吉，曲而斜或远骨者多凶。亦有用鸡卵卜者。握卵以卜，书墨于壳，记其四维，煮熟横截，视当墨处，辨壳中白之厚薄，以定侬、人吉凶。

《桂海虞衡志》

【注释】

①占法：即占卜之法。

②竹筳：细竹枝。

【赏读】

鸡，依阴阳家之说，属阳，古时腊日还要在城东门磔切白鸡头，意在有助去阴扶阳。按照叶舒宪先生《中国神话研究》的观点，鸡作为象征性的表象符号，是同东方日出、光明取代黑暗、阳气战胜阴邪、新春脱胎于寒冬等现象相联系的。鸡在神话中实际表达的是时间与空间的双重开始。而中国上古社会的动物象征谱系中，鸡、狗、羊、猪分别象征东西南北四方与春夏秋冬四时，牛和马象征着地与天，也就是下方和上方。

回头来说占卜。古人占卜中最重要的有九类，嫁娶、生产、历注、屋宅、禄命、拜官、祠祭、发病、殡葬。大体来说，占卜分"南筮北卜"两种路数，北方占卜多用龟甲、牛羊胛骨等，南方则用草木竹叶等植物以排列组合进行推算。

鸡卜法源起颇久，《史记·孝武帝本纪》载：越巫"祠天神、上帝、百鬼，而以鸡卜"。据唐张守节《正义》注："鸡卜法，用鸡一，狗一，生，祝愿讫，即杀狗煮熟，又祭，独取鸡两眼，骨上自有孔裂，似人物形则吉，不足则凶。今岭南犹行此法也。"大体而言，鸡卜多取鸡骨，而鸡卵、鸡血、鸡舌、鸡嘴乃至其余部位，亦可用卜。且占法多变，似无定格。考之历史，鸡卜实为岭南民众生活一重要方面，世俗生活每每赖此决疑判凶。

鸡卜之外，宋代还有其他的占卜之法。譬如早起看鹊鸣，夜晚看灯芯，或是通过盲人的听声摸骨来测人所谓骨格轻重，又或是通过观察天象来兆验人事。辽国的契丹人则于每年正旦夜五更三点，将四十九个糯米团抛掷于帐外，若为单数，则不利。党项人亦十分重视占卜之术，有所谓"羊卜"，半夜牵羊，焚香祈祷，次晨屠羊，若是肠胃通畅则为吉，若"羊心有血则败"。女真人则疾病不问医药，但信奉巫祝之言，病则巫者杀猪狗以驱邪，或车载病人入深山大谷以避之。

胡兰成《山河岁月》里说："龟筮无心，是邵康节说的无心故能先知，人有时会被事情与理论压沉，越苦用心不得解脱，龟筮即是叫人顿开金锁走蛟龙，觉得自己刚才怎么这样糊涂，此刻却像个没事人一样，会忽然妙手偶得之。"占卜亦然。

斗　鸡　周去非①

　　芥肩金距②之技，见于传而未之睹也。余还自西广，道番禺，乃得见之。番禺人酷好斗鸡，诸番人尤甚。鸡之产番禺者，特鸷劲善斗。其人饲养亦甚有法。斗打之际，各有术数，注以黄金，观如堵墙也。

《岭外代答》

【注释】

　　①周去非（1135～1189）：字直夫，永嘉（今浙江温州）人，南宋地理学家。撰《岭外代答》十卷，本诸范成大《桂海虞衡志》，分地理、土风、物产、边帅、法制、财计等二十门，近三百条，记载当时岭南（即今两广）的山川、古迹、物产，以及当地少数民族的社会经济、生活习俗等情况，兼及南海诸国和大秦、木兰皮国等，为研究当地史地以及中外交通史的重要文献。

　　②芥肩金距：芥肩又作"介肩"，一作"介"，介甲之意，即给鸡穿上介甲以作护体；一作"芥"，芥末之意，即在鸡翅内掺以辛辣的芥末，斗鸡时，羽翅鼓扇，芥末四散，用以刺痛对方眼睛。金距，则意为在鸡距上附以利器，用以刺伤对方。

【赏读】

　　斗鸡，夏商周三代已有之。汉代人则将斗鸡视为重要的消闲方式,《汉书·食货志》说,"世家子弟富人或斗鸡走狗马,弋猎情戏",可见斗鸡在汉代已然是一常见的游戏。葛洪《西京杂记》卷二载,刘邦做了皇帝之后,将老父接到宫里来,虽是锦衣玉食、歌舞美女,老父却郁郁寡欢,刘邦为使父亲舒眉一乐,特地在长安按家乡原样重建新丰,并把那些斗鸡蹴鞠的老友也都迁到了长安来,终于博得老父欢心。

唐代斗鸡之风也很盛,唐玄宗李隆基就是一斗鸡迷,并且在宫中设专门的鸡坊,挑选六军小儿五百人,专事训练饲养斗鸡群。开元年间的童子贾昌即因精于驯养斗鸡,竟得"金帛之赐",号称"神鸡童",时人编制童谣讥刺之"生儿不用识文字,斗鸡走狗胜读书"。到了宋代,斗鸡则从豪门大族的游艺之戏,逐渐演变为民间百姓的一种娱乐方式,故《东京梦华录》卷八民间演出的百戏中,即有"跳索、相扑、鼓板、小唱、斗鸡"等,可见斗鸡的愈加普及。

明清时期,斗鸡之风亦盛。有酷嗜斗鸡者,不事产业,日日抱鸡,纠集少年于市中,任气好斗,并且有专门研究斗鸡的民间组织"斗鸡社"出现。至于以斗鸡为赌博之戏,或发财致富,或倾家荡产的,亦不知凡几。

沽水买水 周去非

钦人①始死,孝子披发,顶竹笠,携瓶瓮,持纸钱,往水滨号恸②,掷钱于水,而汲归浴尸,谓之买水。否则,邻里以为不孝。今钦人食用,以钱易水,以充庖厨,谓之沽水者,避凶名也。邕州溪峒,则男女群浴于川,号泣而归。

《岭外代答》

【注释】

①钦人:今广西钦州地区之人。
②号恸:因悲伤而致的号哭哀痛。

【赏读】

"买水"是一种特殊的岭南地区的丧俗。亲人过世,尚未入殓之际,亲属即要戴斗笠,赤足来到河边烧香纸,且投掷铜钱于江河,号啕大哭,并汲水浴尸。如果不是这样的话,邻里乡亲就会指责这家的子孙不孝。这套习俗在岭南地区很是流行。

此外,据《岭南杂事诗钞》述,潮州人死后,即请亲友带同孝子赴城隍庙报信。死者若干岁,则撞钟若干声,待撞钟完毕,再返家盛殓,此谓之"报地头"。亦即向土地爷报告,为的是死者能顺利到地府"报道"。

亦有"烧过河衣"之俗,即待"买水"完毕,入殓之后,则亲人将死者生前所穿衣物及被褥等,举而焚之。子孙等在旁伴以大哭,此为"送路"。人死后,烧化衣服的风俗,其实不仅行之于岭南,今日各地皆有此俗。想来一是出于卫生健康之考虑,二也是希望亲人即便往生彼地,仍旧有衣可穿。

待丧仪结束,还一定要请吊客"食炊饭"。《岭南杂事诗钞》记潮州人吃炊饭,伴以"鼓乐侑觞,通宵聚乐",据说这叫"闹夜"。甚至家中有父母过世,来客千百人,盛馔款待,子孙要倾囊鬻产来办这一顿炊饭。潮州人所谓的"炊饭",江浙民间则名之为"吃豆腐羹饭",亦是用为答谢前来参加葬礼的亲朋好友,而席间必有一道豆腐羹,故名之。而粤俗即便凶礼亦奏八音,甚且放爆仗,一如喜事,所谓"暖丧"。又据《中华全国风俗志》载,兴宁亲丧,饭僧度厄,名曰"报本",击鼓屠牛款待宾客,则为"看斋",而前述"买水"之外,还会买禽鱼而纵之,名曰"放生",以达到为死者修福之目的。

竹夫人 罗大经①

李公甫②谒真西山③,丐④词科文字,西山留之小饮书房。指竹夫人为题曰:"蕲春县君祝氏,可封卫国夫人。"公甫援笔立成,末联云:"吁戏!保抱携持,朕不忘两夜之寝;展转反侧,尔尚形四方之风。"西山击节。盖八字用《诗》《书》全语,皆妇人事;而形四方之风,又见竹夫人玲珑之意。其中颂德云:"常居大厦之间,多为凉德之助。剖心析肝,陈数条之风刺;自顶至踵,无一节之瑕疵。"

《鹤林玉露》

【注释】

①罗大经(1195~1252):字景纶,庐陵(今江西吉水)人。历仕容州法曹掾、辰州判官、抚州推官等职。在抚州时,因事受株连,被劾罢官。自此闭门读书,专事著作。《鹤林玉露》共十八卷,自称乃其闲居时"日与客清谈鹤林之下",久之笔录成编,取杜甫诗"爽气金天豁,清谈玉露繁"名之。其体例在诗话、语录、小说之间,大抵详于议论,略于考证。

②李公甫:即李刘,字公甫,号梅亭,崇仁白沙(今江西崇仁)人。南宋后期著名骈文家。

③真西山:即真德秀,字景元,号西山,后世称其"西山先生"。福建浦城(今浦城县晋阳镇)人。本姓慎,因避孝宗讳改姓

真。南宋后期著名理学家。

④丐：此处乃请求、请教之意。

【赏读】

《清稗类钞·诙谐类》有"僧有两妻"条，说的是乾隆皇帝南巡，一日，游天宁寺，闻住持某僧行止多有不检，便问他，你有几个老婆啊？僧以两妻对。乾隆很奇怪，又问道，何以有两个老婆啊？和尚答："夏拥竹夫人，冬怀汤婆子，宁非两妻乎？"乾隆闻言大笑。

赵翼《陔余丛考》"竹夫人"条指出"竹夫人"唐代已有，时称"竹夹膝"，陆龟蒙即有《竹夹膝》诗，亦名"竹几"，而后得名于宋代。古人取其清凉，暑时置床席间，可以憩手足，用以伴眠，故名之。

《梦粱录》"诸色杂货"条，即有"枕头、豆袋、竹夫人、懒架"，可见当时此物已为日常用品。清顾禄《清嘉录》里也说三伏天苏州街市，"什物则有蕉扇、苎巾、麻布、蒲鞋、草席、竹夫人、藤枕之类。沿门担供不绝"。

与"竹夫人"相对者，则是"汤婆子"，又称"锡夫人""汤媪""脚婆"等，乃冬天暖脚伴眠之器。清曹庭栋《老老恒言》卷四记，古人制一大锡罐，热水注满，紧覆其口，彻夜纳入被中，可以代炉，俗呼"汤婆子"。《清稗类钞·物品类》亦记：汤婆子，铜、锡之扁瓶，中盛沸水，置之被中以暖脚，可以达旦不冷。黄庭坚《戏咏暖足瓶诗》专咏此："少姬暖足卧，或能起心兵。千金买脚婆，夜夜睡天明。"

旧时，姑娘出阁，嫁妆里必有此物。尤其是南方地区，不似北方睡炕，可满室如春，南方隆冬，虽非寒风刺骨，但阴冷潮湿，寒意尤甚于北方。故半夜睡卧，有一个汤婆子暖身温足，自是极为酣畅的了。

槟 榔 罗大经

　　岭南人以槟榔代茶,且谓可以御瘴。余始至不能食,久之,亦能稍稍。居岁余,则不可一日无此君矣。故尝谓槟榔之功有四:一曰醒能使之醉。盖每食之,则醺然颊赤,若饮酒然。东坡所谓"红潮登颊醉槟榔①"者是也。二曰醉能使之醒。盖酒后嚼之,则宽气下痰,余酲②顿解。三曰饥能使之饱。盖饥而食之,则充然气盛,若有饱意。四曰饱能使之饥。盖食后食之,则饮食消化,不至停积。尝举似于西堂先生范旂叟③,曰:"子可谓'槟榔举主'矣。然子知其功,未知其德:槟榔赋性疏通而不泄气,禀味严正而有余甘。有是德,故有是功也。"

《鹤林玉露》

【注释】

①红潮登颊醉槟榔:句出苏轼《题姜秀郎几间》。
②酲:酒醉。
③范旂叟:即范应铃,字旂叟,丰城人,南宋政治家。为官别白是非,刚正不阿,罗大经曾为其幕客。著有《西堂杂著》十卷。

【赏读】

　　周去非《岭外代答》"槟榔"条颇滑稽,其云:自福建、下四川、与广东西路,人皆爱食槟榔。有客来,不设茶,却以槟榔为待客之具。食槟榔之法，乃斫而瓜分之，用水调蚬灰一铢，涂抹于蒌叶上。然后裹着槟榔咀嚼，先吐赤水一口，而后啖其余汁。少焉，面脸潮红，故诗人有"醉槟榔"之句。若无蚬灰，即用石灰；无蒌叶，则用蒌藤。广州等地，则又加丁香、桂花、三赖子诸香药，谓之香药槟榔。

尤其是广州，无论贫富、长幼、男女，从早到晚，宁可不吃饭，也要吃槟榔。有钱人家用银盘装槟榔，穷人家则用锡盘。白日也吃，晚上则置盘枕旁，醒来也吃。中下平民，一日费槟榔钱百余。贪吃槟榔的人，每逢人，则黑齿红唇；数人聚会，则朱殷遍地，实可厌恶。甚至平时出门在外，常自带盒子，十分为三，一以盛蒌，一盛蚬灰，一则槟榔。

早些时候的《南方草木状》"槟榔"条就说道，槟榔味苦涩，吃不惯的人颇以为苦，但岭南之人则以为贵，招待贵客，必先进此物。如若邂逅不设，则生嫌恨之心。可见嚼槟榔在中国南方由来既久，风行亦广。台湾、海南、湖南和两广，此风最盛。苏东坡当年谪居海南儋耳时，起初吃不惯槟榔，其《食槟榔》诗云："北客初未谙，劝食俗难阻。中虚畏泄气，始嚼或半吐。吸津得微甘，着齿随亦苦……"坡公之窘状，可以想见。不过此后连北方人也喜食此物。《红楼梦》第六十四回，贾琏往宁国府巧遇尤二姐，遂说："槟榔荷包也忘记带了来，妹妹有槟榔，赏我一口吃。"

就是这令不少人闻之绝倒之物，倒还是一份重礼。过去据说南方人娶新妇下聘，会将槟榔绘染成金色和红色，用作茶礼。一女子吃了男家送来的槟榔，亲事基本就算定了，非出意外，轻易不能变更。槟榔之贵重若此。

邮 制 王栐①

前代邮置,皆役民为之,自兵农既分,军制大异于古,而邮亭役民如故。太祖即位之始,即革此弊,建隆二年五月,诏诸道州府以军卒代百姓为递夫。其后特置递卒,优其廪给②,遂为定制。

《燕翼诒谋录》

【注释】

①王栐(生卒年不详):字叔永,号求志老叟,庐江(今属安徽)人。约略生活于南宋中叶,曾在山阳(今江苏淮安)为官。其有感于宋室南渡之后典章放失,祖宗之良法美政俱废格不行,遂采成宪之可为世守者,上起建隆,下迄嘉祐,凡一百六十二条,并详及其兴革得失之由,以著为鉴戒。书名典出《诗经·大雅·文王有声》"诒厥孙谋,以燕翼子"句,意为前朝君主留传给后世的治国韬略。

②廪给:俸禄,薪给。

【赏读】

我国很早就有了邮递事业,周幽王烽火戏诸侯就是著名的一例。时人五里一燧、十里一墩、三十里一堡、百里一城寨,不同的距离设置了不同的传讯中心,并且根据情况的轻重缓急,设置不同的烽火信号。

到秦始皇一统中国，随之建立起了统一的邮驿制度。邮站十里一亭，配有专人与专用车马负责传送。此外对于重要文书的管理制度也日益健全，秦代的《行书律》明确规定紧要文书必须立刻传送，不急者，也须当天传送，不准积压延迟，违者依法论处。

汉朝时，五里一邮，十里一亭，十亭一乡。除了承担主要的文件传送工作之外，邮亭还是一个简易的食宿之地，供传送者休息和膳食。而专配的马车，既有一马二马的"轺传"，也有四匹马的"四马乘"，甚至还有六匹马、七匹马的"六乘传""七乘传"，可见当时邮传的规模。所传文书，以一尺五寸的木板作为符验，上有御史大夫的封印，封印越多，则文书越是重要紧急。而最高等级的文书，传送者会外饰以红白二色囊，所谓"奔命书"，好比今日古装戏里泛滥的八百里加急。

唐宋时期，邮传通信更趋发达。就邮驿规模而言，总数高达一千六百多处，不惟陆地，亦且有水驿、水陆兼驿。服务对象，则还出现了主要为商人服务的"驿驴"，使得民间通信更为方便。而大肆兴建的各种邮驿，就中最高等级的有驿马七十五匹，规模堪称奢华，如此才有杨贵妃的"一骑红尘妃子笑"的故事。

宋代各州县还有专门用以传递朝廷紧急文书的"急递铺"，每十里设一铺，日夜传送不息，铺铺轮转。此外亦有专门传送皇帝急件的"金字牌递"，规定日行五百里。古时传送文书的专差很是威风，手持金字牌符，腰悬铃铛，背负蜡封邮筒，一路风驰电掣，临近下一站时，遂用力振动铃铛，以便铺子做好准备，节省时间，亦可见其辛苦。

酒　楼　孟元老①

　　凡京师酒店，门首皆缚彩楼欢门②。唯任店入其门，一直主廊约百余步，南北天井两廊皆小阁子③，向晚，灯烛荧煌，上下相照。浓妆妓女数百，聚于主廊槏④面上，以待酒客呼唤，望之宛若神仙。北去杨楼以北穿马行街，东西两巷，谓之大小货行，皆工作伎巧所居。小货行通鸡儿巷妓馆，大货行通笺纸店。白矾楼后改为丰乐楼，宣和间更修⑤三层相高，五楼相向，各有飞桥⑥栏槛，明暗相通，珠帘绣额⑦，灯烛晃耀。初开数日，每先到者赏金旗，过一两夜则已。元夜⑧则每一瓦陇⑨中，皆置莲灯一盏。内西楼后来禁人登眺，以第一层下视禁中⑩。大抵诸酒肆瓦市，不以风雨寒暑，白昼通夜，骈阗⑪如此。州东宋门外仁和店、姜店，州西宜城楼、药张四店、班楼、金梁桥下刘楼、曹门蛮王家、乳酪张家，州北八仙楼，戴楼门张八家园宅正店，郑门河王家、李七家正店，景灵宫东墙长庆楼。在京正店七十二户，此外不能遍数，其余皆谓之"脚店"⑫。卖贵细下酒⑬，迎接中贵⑭饮食，则第一白厨，州西安州巷张秀，以次保康门李庆家，东鸡儿巷郭厨，郑皇后宅后宋厨，曹门砖筒李家，寺东骰子李家，黄胖家。九桥门街市酒店，彩楼相对，绣旆⑮相招，掩翳天日。政和后来，景灵宫东墙下长庆楼尤盛。

《东京梦华录》

【注释】

①孟元老（生卒年不详）：事迹亦不详。《东京梦华录》凡十卷，多记崇宁以后北宋都城东京所见。《四库全书总目提要》评其："时方以逸豫临下，故若彩山灯火，水殿争标，宝津男女诸戏，走马角射，及天宁节女队归骑，年少争迎，虽事隔前载，犹令人想见其盛。至如都人探春，游娱池苑，京瓦奏技，茶酒坊肆，晓贩夜市，交易琐细，率皆依准方俗，尤强藻润，自能详不尽杂，质不坠俚，可谓善记风土者。"

②彩楼欢门：灌圃耐得翁《都城纪胜·酒肆》："酒家事物，门设红杈子、绯绿帘，贴金红纱栀子灯之类。"即用彩帛等装饰门窗。

③小阁子：小房间。

④槏（qiǎn）：窗户旁的柱子。

⑤更修：翻修改造。

⑥飞桥：悬空的栈桥。

⑦绣额：刺绣的门额。

⑧元夜：即上元夜，元宵。

⑨瓦陇：屋顶的瓦楞。

⑩第一层：此处则指最高层。

⑪骈阗：聚集一处，密布。

⑫脚店：小零卖酒店俗称。

⑬贵细下酒：精致高级的佐酒菜肴。

⑭中贵：即太监。

⑮绣斾（pèi）：刺绣之旗斾。斾，古代旗末端状如燕尾的垂旒，亦泛指旌旗。

【赏读】

唐宋时期，酒店已然繁荣非常，且类型不一。南宋杭州，有专卖酒的直卖店，还有茶酒店、包子酒店、宅子酒店、散酒店、肥羊酒店、花园酒店、碗头店、罗酒店乃至暗蓄娼妓的庵酒店。且照顾南北风味不同，宋代开封、杭州亦均有北食店、南食店、川饭店等。

尤其是酒店因着顾客身价不同，自也档次悬殊。据学者柯宏伟研究，宋代酒店布局大致可分为三种，楼阁型、宅邸型和花园型。大酒店之酒阁称为厅院，楼上则以山为名，一山、二山、三山之类。大凡入店，可直接登楼上山，邀朋引伴。亦可楼下散坐，称为"门前马道"。"小阁子"之类，则为当时酒楼专设的小包间。南宋临安城诸如熙春楼之类的高级私营酒楼，均设有十来间小阁子，伴以银制酒器，且"各有私名妓数十辈，皆时装袨服，巧笑争妍"，而官家经营的酒楼，亦设官妓数十人，酒客"点唤侑樽，谓之点花牌"。

此外，宋人的饮酒方式也花样百出。有囚饮，即与客饮酒时，露发跣足，着械而坐；巢饮，即在树梢上饮酒，今人看来，好比杂技；鳖饮，石曼卿当年才情惊人之外，酒量也很了得，以毛席自裹其身，然后引首出饮，再缩回去，仿若老鳖；鬼饮，即深夜饮酒，不点蜡烛；了饮，边喝酒，边挽歌哭泣；牛饮，自然如牛饮水般。吃酒自须佐以菜肴，此之谓"案酒"，即是下酒。若饮酒时，无下酒，则为"寡饮"。此外，今人宴饮结束后，每进水果，宋代则在饭前进奉干果，然后再进菜饮酒。

花朝节 吴自牧[①]

仲春十五日为花朝节[②]。浙间风俗,以为春序正中,百花争放之时最堪游赏。都人皆往钱塘门外玉壶[③]、古柳林[④]、杨府[⑤]、云洞[⑥],钱湖门外庆乐、小湖等园,嘉会门[⑦]外包家山[⑧]王保生、张太尉等园,玩赏奇花异木。最是包家山桃开,浑如锦障,极为可爱。此日帅守、县宰,率僚佐出郊,召父老赐酒食,劝以农桑,告谕勤劬,奉行虔恪。天庆观递年设老君诞会,燃万盏华灯,供圣修斋,为民祈福。士庶拈香瞻仰,往来无数。崇新门[⑨]外长明寺及诸教院僧尼,建佛涅胜会[⑩],罗列幡幢[⑪],种种香花异果供养,挂名贤书画,设珍异玩具,庄严道场,观者纷集,竟日不绝。

《梦粱录》

【注释】

①吴自牧(生卒年不详):钱塘(今浙江杭州)人,生平亦无可考。宋亡后追记钱塘盛况,作《梦粱录》二十卷。盖"缅怀往事,殆犹梦也"。是书效《东京梦华录》体例,记载南宋临安之郊庙、宫殿、山川、人物、市肆、物产、户口、风俗、百工、杂戏和寺观、学校等,足资参考。

②花朝节:又称花神节、百花节等,相传此日乃百花生日,故称花朝。节期说法不一,以二月十二日之说居多。

③玉壶：即玉壶御园，南宋御花园之一。

④古柳林：即柳州，宋时在钱塘门外北山路。

⑤杨府：即杨和王府的水阁。杨和王，即杨沂中，南宋名将，死后追封和王。

⑥云洞：云洞园，故址在北山路，为杨和王府园林之一。

⑦嘉会门：南宋时杭城南门，故址在今凤山门附近。

⑧包家山：南宋时包家山桃花关之桃花繁盛，颇有声名。

⑨崇新门：南宋时杭城东门。

⑩佛涅胜会：阴历二月十五日追悼佛入灭之法会。《释氏要览》谓："二月十五日佛涅槃日，天下僧俗有营会供养，即忌日之事也。"

⑪幡幢：佛家所用以布缝制，上有佛号、经文、咒语之类的装饰布条、布盖、布幅等，用以显扬佛祖威德。

【赏读】

花朝节，据说源起于武则天。《镜花缘》里写她与太平公主、宫娥上官婉儿残冬赏雪，突然异想天开，要叫百花齐放。可在群芳圃、上林苑只有少许应时的花开放，"尽是一派枯枝"。武后便醉笔书催花诗四句："明朝游上苑，火速报春知。花须连夜发，莫待晓风催。"次日武则天游上林苑时，万紫千红，满园春色，遂大喜，令宫人给花木挂上五色彩缯并金牌。

花朝节，宋时亦称挑菜节、扑蝶会等，以赏花为重要特色，出外游观之风颇盛。《杭州府志》云："二月花朝以往，士女争先出游，谓之探春。……每当春日桃花盛放，一望如锦，游人多问津焉。"不过花朝节各地时间不一，中原和西南地区为二月初二，江南则为二月十五，且与八月十五中秋节相对应，以"花朝"对"月夕"，亦有地区以二月十八为节的，或与各地天时节气不同所致花信迟速有关。

是日,花事烂漫,不论花贩还是寻常人家,都会循例用红布条、红纸捆束或悬挂于花枝之上,此为"赏红"或"护花"。《清稗类钞》则记载了清宫中花朝节的情形:"二月十二日为花朝,孝钦后至颐和园观剪彩。时有太监预备黄红各绸,由宫春剪之成条,条约阔二寸,长三尺。孝钦自取红黄者各一,系于牡丹花,宫春太监则取红者系各树,于是满园皆红绸飞扬……系毕,即侍孝钦观剧,演花神庆寿事。"

《武林旧事》卷二"挑菜"条记,是日,宫中举办挑菜御宴。内苑预备朱绿花斛,底下用锦帛作小卷,写好品目名称,再系以红丝,上植生菜、荠花诸品。待宴酬乐作,自中殿以次,各以金篦挑之。后妃、皇子、贵主、婕妤及都知等,皆有赏无罚。罚也不过舞唱、吟诗、念佛、饮冷水、吃生姜之类把戏,以资戏笑而已。王宫贵邸,亦多效之。禁中如此,民间则是吃蒌蒿新芽。

赏花挑菜之外,是日也多佛事。寺院启涅盘会,谈《孔雀经》,拈香者麇至。士庶皆会往寺院烧香瞻仰,祈愿祝祷。

冬 至　吴自牧

十一月仲冬，正当小雪、大雪气候。大抵杭都风俗，举行典礼，四方则之为师。最是冬至岁节，士庶所重，如馈送节仪，及举杯相庆，祭享宗禋①，加于常节。晨鸡之际，太史观云气以卜休祥②。一阳后日晷渐长③，比孟月④则添一线之功。杜甫诗曰："愁日愁随一线长"，正谓此也。此日宰臣以下，行朝贺礼。士夫庶人，互相为庆。

《梦粱录》

【注释】

①宗禋（yīn）：祭祀祖先。《说文》："禋，洁祀也。一曰精意，以享为禋。"

②休祥：吉祥。

③一阳后日晷渐长：指冬至后日影渐趋转长，古人认为冬至阳气初动，所谓"一阳生"。

④孟月：每一季的第一个月。

【赏读】

俗说，冬至大如年。古人视冬至为仅次于春节的大节，故称"亚岁"。据说这一天乃阴极之至，阳气始生的日子，日南至，日短之至，日影长之至，故曰"冬至"。古有"冬至一阳生"之说，将冬至看作节气的起点，曹植《冬至献袜颂表》谓其为"一阳嘉节"。冬至又称"南至""长至""至日"等。冬至的前一天叫"小至"，小至之夜为"冬除""二除夜"。《后汉书》云："冬至前后，君子安身静体，百官绝事，不听政，择吉辰而后省事。"古人认为此日阳气微弱，乃一年中阴阳交换的关键时刻，必须安身静体，方可安然度过。

宋人于冬至极为看重，视为一年三大节之一。虽至贫者，到这天也要更易新衣，备办饮食，享祀先祖。《武林旧事》卷三"冬至"条云：冬至日，车马皆华整鲜好，妇人小儿，亦服饰华炫，往来如云。而岳祠、城隍诸庙，香火尤盛。三日之内，店肆皆关门歇业，店员亦饮酒博戏，谓之"做节"。冬至的典型食俗则是吃馄饨。据《岁时广记》载，"冬至馄饨年傅饦"，即冬至、元旦多食馄饨和年糕，以应节令，此俗直到清代亦如是，潘荣陛《帝京岁时广记》所谓"冬至馄饨夏至面"。至于为何冬至要吃馄饨，据《燕京岁时记》所言，因为馄饨形如鸡卵，颇似天地浑沌之象，故于冬至日食之。明方以智《通雅·饮食》则云："馄饨，本浑沌之转，近时又名鹘突。"所谓"鹘突"，系宋人常用俗语，即"糊涂"之意。浑沌者，糊涂不明也，而冬至正当阴阳交换之际，世间万物消长浑沌，食馄饨，正应此义。

此外，据《荆楚岁时记》记，冬至日还要量日影，作赤豆粥以禳疫。相传共工氏有子，冬至日死，为疫鬼，但害怕赤小豆，故冬至日熬煮赤豆粥以祛除此鬼。古俗还有制鞋袜献尊长庆贺冬至，以足履最长之日影祝祷长寿，此称"让履"，寓意老人家添寿一年。齐如山先生在《中国风俗丛谈》中则谈及清宫皇帝每于冬至日进行"录囚"。刑部汇齐刑犯之名造册，具折奏请皇上定夺，应该行刑之犯即用朱笔一勾，则该犯便即处决。若不勾的，则以后大抵不会再勾，改成永远囚禁的罪过。与处理其他奏折不同的是，他种奏折都在宫中批发，"录囚"则须御殿，穿素服，如办丧事，刑部尚书也穿素服陪侍，以表达人命为重之意，且永在冬至日行之。

杭城风俗 吴自牧

杭城风俗，凡百货卖饮食之人，多是装饰车盖担儿，盘盒、器皿新洁精巧，以炫耀人耳目，盖效学汴京气象。及因高宗南渡后，常宣唤①买市②，所以不敢苟简，食物亦不敢草率也。且如士农工商诸行百户，衣巾装着，皆有等差：香铺人顶帽，披背子；质库③掌事裹巾，着皂衫角带；街市买卖人各有服色头巾，各可辨认是何名目人。自淳祐年来，衣冠更易，有一等晚年后生，不体旧规，裹奇巾异服，三五为群，斗美夸丽，殊令人厌见，非复旧时淳朴矣。但杭城人皆笃高谊，若见外方人为人所欺，众必为之救解。或有新搬移来居止之人，则邻人争借动事，遗④献汤茶，指引买卖之类，则见睦邻之义。又率钱物安排酒食，以为之贺，谓之"暖房"。朔望茶水往来，至于吉凶等事，不特庆吊之礼不废，甚者出力与之扶持，亦睦邻之道，不可不知。

《梦粱录》

【注释】

①宣唤：帝王下令召见。

②买市：古时官府或豪富设立临时集市，招徕小经纪人，并给予犒赏，从而使市场繁荣兴旺，以之为德政善举。

③质库：即当铺。

④遗（wèi）：赠予。

【赏读】

古人因井为市，行易物商贸之事。街市买卖人，亦各有特色。

《梦粱录》卷十六"茶肆"条载，宋人茶肆，罗列花架，安顿奇松异卉等物于其上，装饰店面，敲打响盏，此所谓"歌卖"，以声音响动招徕生意。而不同的买卖，亦有不同的标记，见其装，即知其做何等生意。譬如卖糖者，则吹箫，明代之后，改为鸣金；看病郎中，手摇"报君知"；卖针线脂粉之类的女红用品的，则手摇"惊闺""唤娇娘"；卖杂耍的，则持"引孩儿"；算命的，则打"响板"。还有一种是高承《事物纪原》卷九"吟叫"条所记的，京师凡卖一物，必有声韵，但各人吟哦俱不同，故市人采其声调，间以辞章，以为戏乐也。《东京梦华录》里说，每当季春之时，万花烂漫，牡丹芍药，棠棣香木，种种上市，卖花者就以马头竹篮铺开，其歌叫之声，清奇可听。可听到什么程度呢？书里说是，"晴帘静院，晓幕高楼，宿酒未醒，好梦初觉，闻之莫不新愁易感，幽恨悬生，最一时之佳况"。看来卖花者亦是唱歌人，清韵可听，所卖之花亦是清香可人的了。

张恨水《市声拾趣》里写道："我们在北平住久了的人，总觉得北平小贩的吆唤声，很能和环境适合，情调非常之美。如现在是冬天，我们就说冬季了，当早上的时候，黄黄的太阳，穿过院树落叶的枯条，晒在人家的粉墙上，胡同的犄角儿上，兀自堆着大大小小的残雪。这里很少行人，两三个小学生背着书包上学，于是有辆平头车子，推着一个木火桶，上面烤了大大小小二三十个白薯，歇在胡同中间。小贩穿了件老羊毛背心儿，腰上来了条板带，两手插在背心里，喷着两条如云的白气，站在车把里叫道：'噢……热啦……烤白薯啦……又甜又粉，栗子味。'当你早上在大门外一站，感到又冷又饿的时候，你就会因这种引诱，要买他几大枚白薯吃。"

闲 人　吴自牧

闲人本食客人①。孟尝君②门下有三千人，皆客矣。姑以今时府第宅舍言之，食客者：有训导蒙童子弟者，谓之"馆客"。又有讲古论今、吟诗和曲、围棋抚琴、投壶③打马④、撇竹写兰，名曰"食客"，此之谓闲人也。更有一等不着业艺，食于人家者，此是无成子弟，能文、知书、写字、善音乐，今则百艺不通，专精陪侍，涉富豪子弟郎君，游宴执役，甘为下流，及相伴外方官员财主，到都营干。又有猥下⑤之徒，与妓馆家书写柬帖取送之类。更专以参随服役资生，旧有百业皆通者，如纽元子，学像生叫声，教虫蚁，动音乐，杂手艺，唱词白话，打令商谜，弄水使拳，及善能取覆供过⑥，传言送语。又有专为棚头⑦，斗黄头，养百虫蚁、促织儿。又谓之"闲汉"，凡擎鹰、架鹞、调鹁鸽、斗鹌鹑、斗鸡、赌扑落生之类。又有一等手作人，专攻刀镊，出入宅院，趋奉郎君子弟，专为干当杂事，插花挂画，说合交易，帮涉妄作，谓之"涉儿⑧"，盖取过水之意。更有一等不本色业艺，专为探听妓家宾客，赶赴唱喏，买物供过，及游湖酒楼饮宴所在，以献香送欢为由，乞觅赡家财，谓之"厮波⑨"。大抵此辈，若顾之则贪婪不已，不顾之则强颜取奉，必满其意而后已。但看赏花宴饮君子，出着发放何如耳。

《梦粱录》

【注释】

①食客人：即食客，古时寄食于豪门贵家，为主人效力驱遣的门客。

②孟尝君：战国时齐国贵族田文，号孟尝君，门下食客数千，与赵国平原君、魏国信陵君、楚国春申君并称"战国四公子"。

③投壶：由古代射礼演变而来的一种宴集游戏。玩法是投壶者站在离壶一定距离处，将箭投向壶中，以中壶口的箭数或中箭的状态来定胜负。

④打马：古代一种博输赢的棋艺游戏。棋子为"马"，按一定规则、格局和图谱，双方用马来布阵、设局、进攻、防守、闯关、过堑，计袭敌之绩，以定赏罚，判输赢。

⑤猥下：猥琐下流。

⑥供过：专门侍奉士大夫的侍者。

⑦棚头：宋代称呼专事斗鸡、逐兔、赌博等并以此为业者。

⑧涉儿：宋代一种手艺人，专为官家子弟办杂事，其间偷做手脚，以图渔利。

⑨厮波：宋时称无正当职业，专在酒楼、妓院侍奉顾客的闲汉。

【赏读】

所谓"闲人"，并非无事可干之人，不过是出入市井，为人帮闲之辈。其中亦有等第之分，能识文断字、吟诗作画的文士是闲人中地位待遇最高的一种。清人陈森《品花宝鉴》一书形容此辈："上等人有两个，一个是前贤陈眉公，一个就是做那《十种曲》的李笠翁，不能做个显宦与国家办些大事，遂把平生之学问，奔走势利之门。第二等人，有十样要诀：一团和气，二等才情，三斤酒量，四季衣服，五声音律，六品官衔，七言诗句，八面张罗，九流通透，十分应酬。三等的，要考过童生，略会斯文些，是半通，会足恭、巴结内东，奴才拜弟兄，拉门面靠祖宗，钻头觅缝打抽风。"

文人主要是为主子消闲添趣，处理琐碎杂务则另有一等闲人。《梦粱录》中即介绍当时富贵人家设有"四司六局"来专门操持各类杂事。"四司"者，帐设司，负责整理家中桌帏、搭席、帘幕、屏风、书画之类；厨司，顾名思义自是负责管理筵席料理筹办之类的吃食之事；茶酒司，则专掌筵席、迎送亲姻、吉筵庆寿、邀宾筵会、丧葬斋筵，僧道斋供等事；台盘司，则专掌碗碟之事，职责可称分明。

"四司"之外，复有"六局"。分别是：果子局，专掌备办时新水果、蜜饯果脯之类等；蜜煎局，专掌糖蜜花果、咸酸劝酒之属；菜蔬局，当是负责供应时鲜菜蔬；油烛局，专掌灯火照耀；香药局，专掌药碟香球、诸般奇香及醒酒汤药之类；最末则是排办局，专掌挂画插花、扫洒拭抹等事，如此则烧香点茶，挂画插花，四般闲事，都处理妥当了。

宋代服务业亦极繁盛。有专为养马之家铡碎草的，有专卖狗食猫粮的，有钉碗、箍桶、掌鞋、刷腰带、打香印、为人劈柴、换扇坠的，甚至还出现了专门为人介绍佣工的行当，是为牙行，可见用人需求之大。

竹醉日　陈元靓[①]

《岳阳风土记》[②]：五月十三日，谓之龙生日。栽竹多茂盛，又前辈作《苍筼[③]传》曰，筼每岁惟五月十三日独醉[④]，或为人迎置它处，不知也。当时谚曰，此君经年常清斋，一日不斋醉如泥，有时倒载过晋地，茫然乘坠俱不知。宋子京[⑤]《种竹诗》云，阴地循墙植翠筼，疏枝茂叶与时新，赖逢醉日终无损，正似德全于酒人。晏元献公[⑥]诗云，竹醉人还醉，蚕眠我亦眠。又云，苒苒渭滨族，萧萧尘外姿，如能乐封植，何必醉中移。又东坡诗云，竹是当年醉日栽。

《岁时广记》

【注释】

①陈元靓（生卒年不详）：据清季著名藏书家陆心源考证，陈氏为南宋末年建州崇安（今属福建）人。《岁时广记》凡四十卷，汇总南宋之前各类岁时节日资料，按序条贯，博引诸书，取古证今，广列文献，因名《岁时广记》。

②《岳阳风土记》：宋范致明撰。不分门目，随事记载。《四库全书总目提要》评是书："虽不过一卷，而于郡县沿革，川原改易，故迹存亡，考证特详。"

③苍筼：清翠茂盛的竹子。筼，本义为竹子的青皮，代指竹。

④"筼每岁"句：相传五月十三，是日竹醉，种竹易活，故多

为栽竹之日。亦称"竹迷日"。

⑤宋子京：即宋祁，字子京，北宋文学家，与欧阳修等同修《新唐书》。文字工丽，与兄宋庠并有文名，世称"二宋"。

⑥晏元献公：即晏殊，字同叔，北宋著名词人、诗人、散文家。与其第七子晏几道并称"大晏""小晏"。

【赏读】

竹之性，喜暖恶寒，故《竹谱》谓其"九河鲜育，五岭实繁"，而又云"竹六十年一易根，易根辄结实而枯死，其实落土复生，六年遂成"。竹还有雌雄之别，《志林》里说雌者多笋，故种竹常选择雌者。何以辨别雌雄呢？据说是要从根上第一枝观之，有双枝的，即为雌竹，独枝的，就是雄竹。

竹，挺特傲然，亦极清贵。其栽种之法尤须措意，忌讳颇多。沈括《梦溪忘怀录》认为，种竹，要向北而栽，因为根无不向南。《四时类要》更点明移竹须在五月十三日及辰日，可以移之。由此古人将五月十三定为"竹醉日""竹迷日"，亦称是日为"龙生日"，故必雨，遂称"雨节"。

据说此日亦为关帝生日。相传宋时大旱，关帝奉张天师之命，终于五月十三日降伏旱魃。民间就此讹作关帝生辰以祭庆。传说关帝每年必于此日，在南天门外磨刀霍霍示威，故是日必雷声轰鸣。磨刀需水，水降南天门为雨，因此是日之雨又称"磨刀雨"。

黄梅雨 陈元靓

《风土记》：夏至雨名黄梅雨①，沾衣服皆败黣。《四时纂要》②，梅熟而雨，曰梅雨。又闽人以立夏后逢庚日③为入梅。芒种④后逢壬日为出梅。农人以得梅雨乃宜耕稼，故谚云，梅不雨，无米炊。《琐碎录》⑤又云，芒种后逢壬入梅，前半月为梅雨，后半月为时雨，遇雷电谓之断梅。数说未知孰是。又《陈氏手记》云，梅雨水洗疮疥，灭瘢痕，入酱令易熟，沾衣便腐，浣垢如灰汁，有异他水。江淮以南，地气卑湿，五月上旬连下旬尤甚。梅雨坏衣，当以梅叶汤洗之。余并不脱。杜甫诗云"南京犀浦道，四月熟黄梅。湛湛长江去，冥冥细雨来"。欧阳公诗云"春寒欲尽黄梅雨"，东坡诗云"不趁青梅尝煮酒，要看细雨熟黄梅"，又云"佳节连梅雨"，又云"怕见黄梅雨细时"，严维⑥诗云"梅天一雨清"。

《岁时广记》

【注释】

①黄梅雨：指初夏我国江淮流域一带经常出现的一段持续较长时间的阴沉多雨天气。此时，器物易霉，故亦称"霉雨"，又值江南梅子黄熟之时，故亦称"梅雨"或"黄梅雨"。

②《四时纂要》：唐韩鄂撰，韩另撰有《岁华纪丽》一书。《纂要》凡五卷，春令二卷，夏、秋、冬各一卷，是分四时依月序列举

各月事项的月令式农书。

③庚日：指依据"天干地支纪日法"中带"庚"字头的那一日，例如庚子日、庚寅日等。由于天干共十个，故每隔十日就有一个庚日。下文所谓壬日，亦为此种纪日法中的一种。

④芒种：二十四节气中第九个节气。芒种，农作物成熟意。

⑤《琐碎录》：系宋人温革撰，革字叔皮，本名豫，惠安（今属福建泉州）人。著《分门琐碎录》二十卷，分三十门，撮引前人精粹，都为一册。

⑥严维（？~780）：字正文，越州山阴（今浙江绍兴）人。唐代诗人，其《酬刘员外见寄》之"柳塘春水漫，花坞夕阳迟"为传诵名句，梅尧臣誉为"状难写之景，如在眼前"。文中所引句出自其《奉和皇甫大夫夏日游花严寺》诗。

【赏读】

《五杂俎》卷一载："江南每岁三四月，苦霪雨不止，百物霉腐，俗谓之梅雨，盖当梅子青黄时也。自徐淮而北则春夏常旱，至六七月之交，愁霖雨不止，物始霉焉。"

谚云："黄梅天，十八变。"其时忽晴忽雨，阴晴难定，古人谓黄梅天，"出路须担蓑笠去"。而黄梅天之时序，各地亦不一。《庚溪诗话》里说，江南五月梅熟时霖雨，谓之黄梅雨。但杜甫诗曰"南京犀浦道，四月熟黄梅"，似乎蜀中梅雨，乃在四月。柳宗元诗"梅熟迎时雨，苍茫值小春"，则此时子厚在南粤，梅雨似又在春矣。可见各地节候不同，黄梅雨的时间也就早晚各不相同了。

《中华全国风俗志》里记道：四五月间，晴雨无定，天气异常潮湿，物件易于霉烂，俗称为黄梅。昔人诗云"黄梅时节家家雨"，黄梅名称，盖有由来也。六月称为伏天，即历书所名初伏、二伏、末伏是也。初伏日，富家咸杀鸡煮肉，合家大嚼，谓伏日食物较平时格外滋补也。并购青蒿六一散等药,冲水令小孩代茶饮,谓能驱热消暑。或有将生姜于日中晒干,名为伏姜,储作药用。遇有人患胃痛,用水冲姜饮之,即能治愈。妇女是时咸往庙烧香,名为"烧伏香"。

梅天多雨,据说古人以为其水味甘醇,名曰"天泉"。故多备缸瓮储之,以为一年烹茶之用,名曰"梅水"。清尤侗《梅雨》诗有句:"浮家茶灶旺,莫放水缸空。"

朱国桢《涌幢小品》里则说,吴中五六月间,梅雨一过,必有大风接连数日,土人谓之舶䑸风。据说船舶遇此风,日行数千里,虽猛而不致出事。

迎 新　周密①

户部点检所十三酒库,例于四月初开煮②,九月初开清③。先至提领所呈样品尝,然后迎引至诸所隶官府而散。每库各用匹布书库名高品④,以长竿悬之,谓之"布牌"。以木床铁擎为仙佛鬼神之类,驾空飞动,谓之"台阁"。杂剧百戏诸艺之外,又为《渔父习闲》《竹马出猎》《八仙故事》。及命妓家女,使裹头花巾为酒家保,及有花槖五熟盘架、放生笼养等,各库争为新好。库妓之琤琤者⑤,皆珠翠盛饰,销金红背,乘绣鞯宝勒骏骑,各有皂衣黄号私身⑥数对,呵导于前;罗扇衣笈,浮浪闲客,随逐于后;少年狎客,往往簇钉⑦持杯,争劝马首,金钱彩段,沾及舆台⑧。都人习以为常,不为怪笑。所经之地,高楼邃阁,绣幕如云,累足骈肩,真所谓"万人海"也。

《武林旧事》

【注释】

①周密(1232~1308):字公谨,号草窗,又号四水潜夫、弁阳老人,南宋著名词人、文学家。祖籍济南,流寓吴兴(今浙江湖州)。诗文可观,晓音律,尤好藏书校书,著有《齐东野语》《武林旧事》《癸辛杂识》《志雅堂要杂钞》等杂著数十种。其词远祖清真,近法姜夔,与吴文英并称"二窗"。《武林旧事》记宋南渡都城杂事。《四库全书总目提要》谓:"目睹耳闻,最为真确。于乾道、

淳熙间三朝授受、两宫奉养之故迹，叙述尤详。其间逸闻轶事，皆可备考稽。而湖山歌舞，靡丽纷华，著其盛，正著其所以衰。遗老故臣，恻恻兴亡之隐，实曲寄于言外。"

②开煮：指煮酒开坛，此处之酒为黄酒。宋代对曲酒实行专卖，官府造酒业规模宏大，京城酒库众多，每年清明前开煮，循例要举行隆重的迎煮仪式。

③开清：清酒开坛，清酒则为白酒。

④库名高品：造酒库的名字与所造的最上品的酒。

⑤玲玲者：翘楚。玲玲，玉器相击声。

⑥私身：临时雇佣的百姓。

⑦簇饤：用果品或其他食物在盘中摆列的花样。

⑧舆台：古代十等人中两个低微等级的名称。舆为六等，台为十等。泛指操贱役者、奴仆。张衡《东京赋》："发京仓，散禁财，赉皇僚，逮舆台。"张铣注："舆台，贱职。"

【赏读】

宋代，官营酒业酿造或出售的酒称为"官酒"，或称"官酝"。官营的酿酒酒坊，宋人则称为"官库"，又名"公库""公使库"，官库出产的官酒便叫官库酒、公库酒，俗称兵厨酒。程大昌《演繁录》续集卷六云："今人谓公库酒为兵厨酒，言公库之酒因犒军而酝也。"

相对官家酿酒，宋人亦有私家酿酒的。北宋初年实行禁酒政策，严禁私人酿酒，私自制曲五斤即处极刑，日后放宽到私自制曲十五斤。不过私家酿酒者仍不少，如苏轼，即颇喜酿酒。其在黄州自酿蜜酒，又在广南自酿万家春酒，据说品质极佳。在惠州，还求得"真一酒"酿法，手酝成功。至宋末，则多已逐步转为民间私酿，从州、县、集镇、村庄，以至偏僻山区皆有私酿酒，酿法则多为

"就地结灶"。时间则多为冬至前,宋人认为此时天气未动,易于贮藏,甚至认为对于物候节气的把握,直接影响酒的质量,是酿酒之人的不传之秘。

而每年迎新酒,或酒熟后都循例会举行隆重仪式。如《东京梦华录》载,中秋节前,诸店皆卖新酒。为此,各店家要重新结络门面彩楼,花头画竿,一派热闹,市人则争饮之。至午未之时,竟然到了家家无酒的地步,可见当时人对酒的需求量之巨。至于以娼妓裹助酒之售卖,则称为"设法",如宋神宗元丰三年(1080)陈侗知苏州,"即令女妓佐酒"。

宋代还有祭酒神一俗。据吴元复《湖海新闻夷坚续志》卷二"蛇窃酒饮"条:周必先监常州无锡县潘封酒库,用香药料造曲,香气氤氲,酒味清冽,有上中下三等。酒熟之后祭神,杀羊杀猪,库官还要行三献之礼。而张端义《贵耳集》卷上则载南宋临安城"酒市多祭二郎祠山神"。

都人避暑 周密

六月六日,显应观崔府君①诞辰,自东都时,庙食②已盛。是日都人士女,骈集炷香,已而登舟泛湖,为避暑之游。时物则新荔枝、军庭李(二果产闽)、奉化项里之杨梅、聚景园之秀莲新藕、蜜筒、甜瓜、椒核、枇杷、紫菱、碧芡、林檎、金桃、蜜渍昌元梅、木瓜、豆儿水、荔枝膏、金橘、水团、麻饮、芥辣、白醪、凉水、冰雪爽口之物。关扑③香囊、画扇、涎花、珠佩,而茉莉为最盛,初出之时,其价甚穹④,妇人簇戴,多至七插,所直数十券,不过供一饷之娱耳。盖入夏则游船不复入里湖,多占蒲深柳密宽凉之地,披襟钓水,月上始还。或好事者,则敞大舫,设蕲簟⑤,高枕取凉,栉发快浴,惟取适意,或留宿湖心,竟夕而归。

《武林旧事》

【注释】

①崔府君:即崔珏,字元靖,唐初乐平(今属山西)人。为官清明无私,死后被封为磁州土地神,并建祠祀之。安史之乱后,因其曾显灵于玄宗,改封为灵圣护国侯。宋仁宗景祐二年(1035),加封为护国显应公,元符二年(1099)改封为护国显应王。金兵南下,崔珏显圣护驾,泥马渡康王。南宋淳熙十三年(1186)改封为"真君"。唐宋期间,香火极盛。

②庙食：设庙祭祀。

③关扑：即"扑买""扑卖""关赌"等，一种以商品为诱饵赌掷财物的博戏。买主互出高价竞购，角逐之状，犹如力士相扑。

④穹：价高，昂贵。

⑤蕲簟（diàn）：湖北蕲春所产篾席。韩愈诗："蕲州竹簟天下知，郑君所宝尤环奇。"

【赏读】

　　三国时魏国的繁钦在《暑赋》中写道："暑景方徂，时惟六月。大火飘光，炎气酷烈。"可见古人炎暑之天的烦难。然当此暑气熏蒸之际，古人其实也并非避暑无方。

　　如瓷枕，夏日枕于其上，凉快异常。是物始于隋代，盛行于唐以后。据说初始时是作为陪葬的冥器，后来才用为寝具。瓷枕之外，复有石枕，黄庭坚称其有"一卧洗烦劳"之功。亦有竹枕，宋人冯时行《竹枕》颂其"可以奉君子，不惮捐其躯"。

　　《封氏闻见记》卷五记贪官王铣家里有一自雨亭，水流从檐上飞流四注，夏日处之，凛若高秋。其原理，大抵是采用某种装置，设法将水送至屋顶，后沿檐而下，制成人工水帘，以吸取室内暑气。

　　据《开元天宝遗事》载，唐代杨国忠子弟每至伏中即取大冰，使匠人琢冰为山，布置于宴席四周。座客虽酒酣，而各有寒色，三伏天饮宴竟还要着棉衣赴宴，可见这冰山的厉害。长安富家子刘逸、李闲、卫旷，家世豪富，每至暑伏中，各于林亭内植画柱，以锦结为凉棚，设坐具，召长安名妓闲坐，所谓避暑会，人皆羡煞。而据陶谷《清异录·馔馐门》载，唐敬宗时，宫中还有一种特别的凉食，名"清风饭"，用水晶饭、龙睛粉、龙脑末、牛酪浆调，事毕，入金提缸，垂入冰池，待其冷透供进，据说唯大暑方作。

　　而汉代已有"叶轮拨风"之类大型纳凉器具。《西京杂记》卷一载:"长安巧匠丁缓作七轮扇,大皆径丈,相连续,一人运之,满堂寒颤。"明人高濂在《遵生八笺》中则描述一种室内凿井的别墅,"一堂之中开七井,皆以镂刻之,盘覆之,夏日坐其上,七井生凉,不知暑气"。

而旧时北京人家则置冰桶消暑。邓云乡《燕京乡土记·冰桶》记:"大北屋,掀起大竹帘子进入室中,迎面后墙所挂中堂、对联下面,先是大条案(也叫大几案),条案前大八仙桌、两边两张大椅子,或太师椅,或交椅均可,在八仙桌前便放一具黑油铜箍发亮耀眼的大冰桶,从那贯圈孔中散发着沁人的凉气,配上窗上的绿纱(冷布)、院中的槐荫,试问,这时室中,还有丝毫暑气吗?"

赏 雪 周密

　　禁中赏雪,多御明远楼。后苑进大小雪狮儿,并以金铃彩缕为饰,且作雪花、雪灯、雪山之类,及滴酥为花①及诸事件,并以金盆盛进,以供赏玩。并造杂煎品味,如春盘饾饤、羊羔儿酒②以赐。并于内藏库支拨官券数百万,以犒诸军,及令临安府分给贫民,或皇后殿别自支犒。而贵家富室,亦各以钱米犒闾里之贫者。

《武林旧事》

【注释】

　　①滴酥为花:古人以白酥和红酥制作甜酥食品,其技巧常被称为"点"。此处宫廷借大型御用冰窖之力,制作酥山之类的冷冻奶油甜品。

　　②羊羔儿酒:酒名,产自山西汾州。

【赏读】

　　陶渊明写雪,"倾耳无希声,在目皓已洁",无声无臭,却写得有声有色。张潮《幽梦影》云:"春听鸟声,夏听蝉声,秋听虫声,冬听雪声。"白居易听雪:"已讶衾枕冷,复见窗户明。夜深知雪重,时闻折竹声。"窗外天色皓明,折竹之声不时传来,可见雪重。黄庭坚听雪:"夜听疏疏还密密,晓看整整复斜斜。正使尽情寒至骨，不妨桃李用年华。"叹诗人感觉之纤敏，用思之深刻。

张岱好雪，湖心亭看雪，湖中人鸟声俱绝。天与云与山与水，上下一白。湖上影子，唯长堤一痕、湖心亭一点、与余舟一芥，舟中人两三粒而已。幕天席地的一片白净中，现出的是高古的荒寒与幽冷。

李渔也是一妙人。《闲情偶寄·梅》里，他说梅花为一年中"花之最先者"，吐蕊于冬寒料峭时节，故如何让人于此酷寒之际犹能赏雪观梅而不误，颇成问题。为此他制造了特别的观梅之具，一种三面皆实而虚其前的帐房，其中多设炉炭，既可致温，复备暖酒之用。此外还设纸屏数扇，覆以平顶，四面设窗，尽可开闭，随花所在，撑而就之。此屏不止观梅，是花皆然，可备终岁之用。纸屏外头，立一小匾，名曰"就花居"。花间竖一旗帜，不论何花，概以总名曰"缩地花"。

今人孟晖指出李渔的创意其来有自："是由北宋时的'观雪庵'演进而来。据沈括《梦溪忘怀录》介绍，用轻木做成三个大方格框（类似今日和式纸门的形式），糊上厚绵纸，联作三围的大型折叠纸屏风，就形成观雪庵的两侧及背面的'纸墙'。再制一个尺寸相配的轻木大方格框，也糊上纸，盖合在三面木框纸墙之上，形成'庵'的顶盖。在没有纸墙的、空出的一面则挂上可卷可放的夹帘，于是，一个完全由轻型材料制成的平顶袖珍小阁就形成了。这个轻巧的'庵'长九尺、阔八尺、高六尺，中间可以放四只小坐椅，并安设火炉、摆放酒食。由于体质很轻，它可以随处移动。"（孟晖《便携小阁去看花》）

送 刺 周密

节序交贺之礼,不能亲至者,每以束刺①金名于上,使一仆遍投之,俗以为常。余表舅吴四丈性滑稽,适节日无仆可出,徘徊门首,恰友人沈子公仆送刺至,漫取视之,类皆亲故,于是酌之以酒,阴②以己刺尽易之。沈仆不悟,因往遍投之,悉吴刺也。异日合并,因出沈刺大束,相与一笑,乡曲相传以为笑谈。然《类说》③载陶穀④易刺之事,正与此相类,恐吴效之为戏耳。又《杂说》载司马公⑤自在台阁时,不送门状,曰:"不诚之事,不可为之。"荥阳吕公⑥亦言送门状习以成风,既劳作伪,且疏拙露见可笑。则知此事由来久矣!

今时风俗转薄之甚。昔日投门状,有大状、小状,大状则全纸,小状则半纸。今时之刺,大不盈掌,足见礼之薄矣。

《癸辛杂识》

【注释】

①刺:古时将访问别人时为恭敬起见而投递的柬帖称为"拜帖"。始于汉,最初是用削平的木条呈写姓名、里居。两汉称"谒",汉末称"刺"。《留青日札》:"古者削竹木以书姓名,故曰'刺',后以纸书,谓之'名纸'。"

②阴:暗暗地。

③《类说》:宋曾慥编撰。此书为宋代笔记总集,取自汉以来

百家小说，采掇事实，编纂成书。

④陶榖：五代至北宋人，字秀实，邠州新平（今陕西邠县）人，有诗名。

⑤司马公：即司马光，字君实，号迂叟，陕州夏县（今山西夏县）涑水乡人，世称涑水先生，北宋政治家、文学家、史学家。

⑥荥阳吕公：即吕希哲，字原明，寿州（今安徽凤台）人，北宋学者、教育家，世称荥阳先生。

【赏读】

　　三国魏国大将夏侯渊子名夏侯荣。幼聪慧，七岁能属文，诵书日千言，有过目不忘的本领。魏文帝曹丕闻其大名而请焉。宾客百余人，人各一刺，上书爵里姓名。荣一过目，与之接谈，竟不谬一人，众皆称奇。只是这神童日后逢汉中之败，其年十三，左右提之走，他却坚执不肯，终死于战阵之中。

　　这个"遍谈百刺"的故事中的"刺"即是"名刺"。名刺之前尚有"谒"，《史记·郦生陆贾列传》写郦食其欲刘邦"踵军门上谒"，可见"谒"在当时已为日常所用。今人扬之水《名刺、拜帖与拜匣》一文认为"刺是本人持用，平日备下，按照常套写好问候语"，"谒则常常是为某次进谒临时写就"。刘勰《文心雕龙》以为"刺"乃通达之意，"刺者，达也，若针之通结也"。

　　后世，名刺愈加流行，纸张发明之后，则易简为纸，更为普及。据《开元天宝遗事》载，唐代京都长安有座"平安坊"，本为妓女所居之地，京都侠少亦多会聚于此，"兼每年新进士以红笺名纸游谒其中，时人谓此坊为'风流薮泽'"。唐人名帖，多用红笺。讲究些的，更饰以泥金，想是意在显扬身价。晚唐始，则渐有"门状"出现。

　　宋代亦然，《老学庵笔记》卷三就说到当时士大夫交谒，"祖宗时用门状",元丰后,"又盛行手刺,前不具衔",绍兴初乃用"榜子",直书衔及姓名。费衮的《梁溪漫志》则记嘉祐以前,"士人用名纸,有官即不用。吊慰人即用名纸,如见士人。敬之者亦用门状,见常人即以手状"。

延及清代,名刺之式更是不一。徐珂《清稗类钞·风俗类》"谒客"条:光绪宣统年间,名刺之式不一,或红纸,或西式白纸。名片背面,则写上名号与住址,西式名片左角则写上职业。女子也有名片,不过若是已嫁者,辄增夫家姓氏。

金凤染甲 周　密

凤仙花红者，用叶捣碎，入明矾少许在内，先洗净指甲，然后以此敷甲上，用片帛缠定过夜。初染色淡，连染三五次，其色若胭脂，洗涤不去，可经旬，直至退甲，方渐去之。或云此亦守宫①之法，非也（今老妇人七八旬者亦染甲）。今回回妇人多喜此，或以染手并猫狗为戏。

《癸辛杂识》

【注释】

①守宫：旧说将饲以朱砂的壁虎捣烂，点在女子身体上，可用为女性贞节的检测。此处指女性贞操的持守。

【赏读】

凤仙花，别称金凤花、旱珍珠、金凤仙、小桃红、好女儿花等。因其花头、翅、尾、足俱翘然如凤状，故亦名金凤花。五代南唐词人冯延巳有句咏之："金凤花残满地红。"

古时女子以凤仙花染指甲，先将花捣烂，伴以明矾，以花叶或布条裹之，复用线缠绕。深夜睡前敷染，待翌日起身，拆下布条时，敷染过的指甲，色泽明艳，鲜红可爱，数月都不褪色，故女子多用之。清人袁景澜《吴郡岁华纪丽》卷七云，吴中习俗，闺房中七月间，盛行染指甲之俗，多染无名指及小指尖，谓之红指甲。相传留护至明春元旦，老年人阅之，可以明目。又据说此俗源自杨贵妃，袁著引《事物考》云，"杨妃生而手足甲爪皆红，宫中效之"。

指甲染作红色，极是娇媚可爱。自古女为悦己者容，古代女子于自家之容颜体态措意者又何止指甲尖尖？画眉、油面、涂面、抹粉、穿耳、涂脂、妆靥、斜红、额黄、花钿、点唇，皆为女子日常之妆饰。

如画眉，古代女子往往先将本来的眉毛剔去，再以石黛等颜料描画成各种样式的眉毛，汉刘熙《释名·释首饰》中说："黛，代也，灭去眉毛，以此代其处也。"古诗词中多以"眉黛远山"一词形容之。陶穀《清异录》中提及一位叫莹姐的妓女，"玉净花明，尤喜梳掠"，善画眉，日作一样，花样百出，有文人戏言其有"眉癖"，"更假以岁年，当率同志为修眉史矣"。从此，"眉史"一词竟成了妓女的别称。颇为流行的十种画眉法：鸳鸯眉、小山眉、五眉、三峰眉、垂珠眉、月眉、分梢眉、涵烟眉、拂烟眉、倒晕眉。

同时，古代女子还会在眉间缀以黄粉，是为额黄。据说这种妆饰的产生，与佛教传入中土有关。妇女有感于佛像涂金之术，遂将额头点缀黄色，后渐成风习。

又或是在眉间脸上贴上剪成各式花样的花钿，以为增色。花钿源起，据高承《事物纪原》引《杂五行书》说南朝宋武帝女寿阳公主，人日卧于含章殿檐下，忽梅花落额上，竟成五出花，拂之不去，经三日洗之乃落。宫女都颇为诧异，竞相效仿。

禁男娼　周　密

书传所载龙阳君①、弥子瑕②之事甚丑,至汉则有籍孺③、闳孺④、邓通⑤、韩嫣⑥、董贤⑦之徒,至于傅脂粉以为媚。史臣赞之曰:"柔曼之倾国,非独女德。"盖亦有男色焉。闻东都⑧盛时,无赖男子亦用此以图衣食。政和⑨中,始立法告捕,男子为娼者杖一百,赏钱五十贯。吴俗此风尤盛,新门外乃其巢穴⑩。皆傅脂粉,盛装饰,善针指,呼谓亦如妇人,以之求食。其为首者号"师巫行头"。凡官府有不男之讼,则呼使验之。败坏风俗,莫甚于此。然未见有举旧条以禁止之者,岂以其言之丑故耶?

《癸辛杂识》

【注释】

①龙阳君:战国时魏国人,魏安釐王的男宠。

②弥子瑕:姬牟,字子瑕,其祖为晋灵公之弟,封于弥,遂以为姓,卫灵公之男宠。

③籍孺:汉高祖刘邦宠幸之宦官。

④闳孺:西汉惠帝刘盈之男宠。

⑤邓通:汉文帝之宠臣,事主工媚,日后凭与文帝之特殊关系而广开铜矿,富甲天下。

⑥韩嫣:据传为汉武帝刘彻之男宠。

⑦董贤：据传为汉哀帝男宠。
⑧东都：即洛阳。
⑨政和：宋徽宗赵佶年号。
⑩巢穴：此指男娼聚集之地。

【注释】

所谓"美男破老，美女破少"，好男风之习由来已久。清俞正燮《男色》篇引《晋书·五行志》说："咸宁、太康以后，男宠大兴，甚于女色，士大夫莫不尚之，天下相效仿，或至夫妇离绝，多生怨旷。"女有"闺中腻友"，男有"契兄契弟"。据说契兄弟若相好情深，不得遂愿的，竟还有相约投河殉情之例，坚贞重情，绝不下男女之爱。

陶毂《清异录》云："四方为烟月作坊，以言风俗尚淫。今京所鬻色户将及万计，至于男子举体自货，进退怡然，遂成蜂窠又不只风月作坊也。"朱彧《萍州可谈》卷三也说道，至今京师与郡邑间，无赖男子，即依靠出卖男色以图衣食。此后朝廷立法告捕，男为娼，杖一百，告发者赏钱五十贯。可见宋代已然男娼颇盛。延及明代，此风更炽。据《留青日札》"男娼"条所记，当时苏州一带，"甚至有开铺者"，犹如青楼选色。明萧良幹《拙斋笔记》记弱冠登第、素有才学的诸暨县令谢与思，其人平素温柔简默，但只要看到门子优人之类，立马欢笑放肆，若是与美少年饮酒，则留宿不归，甚至出行路上见有姣童者，必欲强得之，若不从，则强权惩罚。

而男风之盛，据说莫过于福建。《连城壁》申集："从来女色出在扬州，男色出在福建，这两件土产是天下闻名的。"清人俞蛟《梦厂杂著》卷四说福建人张吉少年时有一总角友，两人形影相随，恩爱异常。可奈后来友夭殂，吉遂依棺而居。每回吃饭必旁设杯箸，一如生时，十余年如一日。后屋主向官府告其占屋不迁，官判迁居。

吉不得已，只得将契友的尸骨下葬。号泣终夜，自缢墓门。

　　同性恋结婚，亦非今日独有。王士稹《居易录》卷二十八说，康熙年间，有通州渔户张二娶男子王四魁为妇，伉俪二十五年矣。王抱义子养之，长为娶妇。媳妇回娘家，告其父母，事乃发觉。两人解送刑部，拟定刑罚是流徒。据说，王四魁其人已年四十余，面施粉泽，而言词行步宛然妇人，时人惊叹"真人妖也"。

嚼虱 周密

余负日①茅檐,分渔樵半席。时见山翁野媪,扪身得虱则致之口中,若将甘心焉,意甚恶之。然揆②之于古,亦有说焉。应侯③谓秦王曰:"得宛,临流阳夏,断河内,临东阳邯郸,犹口中虱。"王莽校尉韩威曰:"以新室之威,而吞胡虏,无异口中蚤虱。"陈思王④著论亦曰:"得虱者,莫不劗之齿牙,为害身也。"三人者,皆当时贵人,其言乃尔,则野老嚼虱,盖亦自有典故,可发一笑。

《齐东野语》

【注释】

①负日:晒太阳。
②揆(kuí):估测意。
③应侯:即范雎,战国时魏人,公元前266年任秦相,功劳卓著,因封地在应城,故名"应侯"。
④陈思王:即曹植,陈为其最后封地,谥号思,故后人称为陈王或陈思王。

【赏读】

庄绰《鸡肋编》里记一茶肆妇人,少艾,鲜衣靓装,银钗簪花,其门户金漆雅洁,看似白富美。却只见她取寝衣铺几上,捕虱投口中，几不辍手，还一边与人笑语，毫不为羞，而视者亦不怪之。似乎虱子在这少妇口中，纯如零食一般。清褚人获《坚瓠集》里写一妓女得一虱，却放进香炉中而爆。旁人说，熟了。妓还答说，比生吃味道更好。

　　就史料而言，宋人多采芸香这种植物来避虱蚤，或是将生姜苗铺席下，也能达到去虱除虫的效果。而据《武林旧事》卷六载，南宋临安城里已经有了卖"蚊烟"的商贩了。同时，也有专治鼠患的老鼠药售卖，并且临安城"有每日扫街、盘垃圾者"，还有淘通沟渠者，建有公共厕所，私家则用马桶，并且粪便还有专人管理，若是有侵夺粪便之事，则必有争执，严重的，还要诉诸官府，因为粪便是绝佳的肥料，不可落入他人田。无论如何，宋代的公共卫生意识及相关措施已发展到了一定程度。

押字不书名 周 密

　　余近见先朝太祖、太宗时朝廷进呈文字,往往只押字①而不书名。初疑为检底②而末乃有御书批,殊不能晓。后见前辈所载乾淳间礼部有申秘省状,押字而不书名者。或者以为相轻致憾,范石湖闻之,笑其陋,云:"古人押字,谓之花押印,是用名字稍花之,如韦陟③五朵云是也。"岂惟是前辈简帖,亦止是前面书名,其后押字,虽剌字亦是前是姓某起居,其后亦是押字。士大夫不用押字代名,方是百余年事尔。

《齐东野语》

【注释】

①押字:亦称花押、签押、画押、批押,在相关文书或物品上使用的一种特殊符号,以代表本人,用为凭信。

②检底:三司文稿称"检",枢密院文稿称"底"。

③韦陟:京兆万年(今西安)人,唐玄宗时期任吏部尚书。善文辞,精书法,常以五彩笺为书记,使侍妾主之,陟唯署名,自谓所书陟字若五朵云,时人慕之。

【赏读】

　　押,本系中国传统公文处理程序中的一个环节,主事者需要在公文上签署自己的姓名、办理意见以及具体日期。最早的时候,仅须签署处理意见，到了魏晋，则改用草书签名。及至唐末五代，这类署名愈加怪异放恣，所署名亦未必是规整的姓名字号，而多是连笔草写、纹样复杂、或多字化为一字、或一字化为多字的特殊符号，如此竟成一时风尚。

如本文所言，自北宋初年始，进呈皇帝的正式文书，往往只有押而不书名。而且公文之上，若仅有名而无押字，公文便属无效。但若有押字而不书名，却仍然有效。同一公文之上，往往有多名官员签署意见，此乃"轮笔"，品级越高的，越在后头署名花押，今日领导签字亦如此。魏泰《东轩笔录》卷二中就记载钱惟演自枢密使为使相，毕生愿望就是"于黄纸尽处押一个字，足矣"。

除此之外，押字也出现在宋代生活的各方面。譬如讼事，原告只有在状纸末尾押字，才算有效；再如田地房屋买卖等须契约凭信之事，也必须在签名之后，再作押字；再是宋代开始出现的纸币，钞板上必须有主管人和各个环节经手人的姓名押字，用为辨认；而一些日常器物，尤其是官府督责制造的产品，更须注明制造者的押字，以便监督质量。因为押字的使用广泛，所以宋代也有不少人将押字刻成图章，以便使用。

此外，由于不少押字形制美观，走笔成驯，状如花葩，以致有人专门收集，而且还出现了关于花押的专著，如张玄达《相押字法》、佚名《六神相押字法》以及邵雍《花押赋》等。而那些德高位显的名人使用过的押字，尤其被认为具有驱邪消厄之功能，所谓押字乃心印，如宰相文彦博的押字即是一例，很是受到时人的推崇。

各地岁时习俗 庄 绰①

余尝行役,元日至邓州顺阳县②,家家闭户,无所得食。令仆叩门籴米,其家辄叫怒,谓惊其家亲,卒不得。赖蔓菁③根有大数斤者,煮之甘软,遂以充肠。

宁州④腊月八日,人家竞作白粥,于上以柿栗之类染以众色为花鸟象,更相送遗。

浙人七夕,虽小家亦市鹅鸭食物,聚饮门首,谓之"吃巧"。不庆冬至,惟重岁节。

澧州⑤除夜,家家爆竹。每发声,即市人群儿环呼曰:"大熟。"如是达旦。其送节物,必以大竹两竿随之。广南则呼"万岁"。

尤可骇者,宁州城倚北山,遇上元节,于南山巅维一绳下达其麓,以瓦缶盛薪火,贯以环索,自上坠下,遥望如大奔星,土人呼为"彗星灯"。

襄阳正月二十一日,谓之"穿天节",云交甫解佩⑥之日。郡中移会汉水之滨,倾城自万山泛彩舟而下。妇女于滩中求小白石有孔可穿者,以色丝贯之,悬插于首,以为得子之祥。

湖北以五月望日谓之"大端午",泛舟竞渡。逐村之人各为一舟,各雇一人凶悍者于船首执旗,身挂楮钱⑦。或争驶殴击有致死者,则此人甘斗杀之刑。故官司特加禁焉。

成都自上元至四月十八日,游赏几无虚辰。使宅后圃名西园⑧。春时纵人行乐。初开园日,酒坊两户各求优人之善者较艺于府会,以骰子置于合子中撼之,视数多者得先,谓之"撼雷"。自旦至暮,唯杂戏一色。坐于阅武场,环庭皆府官宅看棚,棚外始作高凳,庶民男左女右,立于其上如山。每诨,一笑须筵中哄堂,众庶皆噱者,始以青红小旗各插于垫上为记。至晚,较旗多者为胜。若上下不同笑者,不以为数也。

浣花⑨自城去僧寺凡十八里,太守乘彩舟泛江而下。两岸民家绞洛水阁,饰以锦绣。每彩舟到,有歌舞者,则钩帘以观,赏以金帛。以大舰载公库酒,应游人之家计口给酒,人支一升。至暮遵陆而归。有骑兵善于驰射,每守出城,必奔骤于前。夹道作棚为五七层,人立其上以观,但见其首,谓之"人头山",亦分男左女右。

至重九药市,于谯门⑩外至玉局化⑪五门设肆,以货百药,犀麝之类皆堆积。府尹、监司皆武行⑫以阅。又于五门之下设大尊,容数十斛,置杯杓,凡名道人者皆恣饮。如是者五日。云亦间有异人奇诡之事。

方太平盛时,公私富实,上下佚乐,不可一一载也。如澧州作"五瘟社",旌旗仪物皆王者所用,唯赭伞不敢施,而以油冒焉。以轻木制大舟,长数十丈,舳舻樯柂,无一不备,饰以五采。郡人皆书其姓名年甲⑬及所为佛事之类为状,以载于舟中,浮之江中,谓之"送瘟"。成都元夕,每夜用油五千斤,他可知其费矣。

《鸡肋编》

【注释】

①庄绰（生卒年不详）：字季裕，清源（今属山西）人，一说福建惠安人。博物洽闻，所著多融逸闻旧事。《鸡肋编》三卷三百则，多论及名物考辨、诗文评赏、本草方书、岁时习俗、朝局典章，后人推为与《齐东野语》相埒。

②邓州顺阳县：即宋县，在今河南淅川县境。

③蔓菁：即芜菁，大头菜。

④宁州：今甘肃宁县。

⑤澧州：今湖南澧县。

⑥交甫解佩：刘向撰《列仙传》载："江滨二女者，不知何许人，步汉江滨，逢郑交甫挑之。不知神人也。女遂解佩与之。交甫悦，受佩而去，数十步，空怀无佩，女亦不见。"

⑦楮钱：即纸钱。

⑧西园：成都转运使宅原为五代蜀国权臣宅邸，风景佳胜，后人题咏此园者颇多。

⑨浣花：浣花溪在成都城西南，有杜甫草堂。

⑩谯门：即城门。

⑪玉局化：道观名。

⑫武行：步行。

⑬年甲：年岁、甲子等。

【赏读】

千里不同风，百里不同俗，信然。续补几则《中华全国风俗志》各地岁时资料：

宁津人民，每逢阴历六月初一日，家家皆食馄饨，名为"过半年"。究其源流，据说是因清光绪年间，此地瘟疫流行，死伤之人甚多。当时相传，曾有神仙点化，云此灾非过年不能消灭。其时正五月中旬，离过年尚有半载，于是人民益加恐惧，云瘟疫传来数日，已死人无算，倘再过半年，必致全村死尽。于是大家决议于六月初一日，照正月元旦之例，备些食品过节，以当年节，借免灾疫。自此以后，每到夏季，即有人传说灾疫，大家便照前例过半年，以冀免灾，遂成为习惯。

阴历二月初二日，高唐地区有一种奇俗，名吃蝎子毒。蝎子为蜘蛛科，长三寸许，色青黑，全身环节而成，尾端有毒钩，能注射毒汁杀人。高唐之人，用黄豆盐水泡之，经二十四小时后，将水滤去晒干，置锅中炒熟食之。其意为春雷鸣动，万蛰皆起，而此蛰人之蝎子，亦将出蛰。吃黄豆，托名蝎子毒，谓吃尽其毒，可免为其所蛰也。

吴县则有小儿寄名神佛之俗。富贵家之小孩，娇生惯养，大半身体柔弱，时患疾病。于是其亲乃至寺庙烧香，用红布制一袋，置小儿生辰八字于其中，俗名过寄袋，悬于佛橱之上。自是以后，每旧历年终，寺僧备饭菜，送小儿家中，名为年夜饭。其亲必给僧以钱。凡送三年始毕。当过寄时，僧为小儿取名，譬如神佛姓金，即取名金生、金寿之类。其亲并携小儿来庙拈香，呼神如寄爷。及至成年完婚后，乃将红布袋取回，名曰拔袋。

旧历正月十四日，各农家束稻蒿数个，置于田中。又用面粉搦成似棉花形之物，凡数百个，缀于秸上，与已放之棉花相似。于是将此假棉花秸遍插田边。月望之夜，用草把柏枝握于手中，燃其一端，旋舞不已，且高声唱歌。歌谱甚多，录其一则于下："正月半，放烧火。别人家菜才栽，我家菜已经上了街。别人家黄豆骰子大，我家黄豆盘蓝大。别人家棉花瘦且低，我家棉花壮了要撑天。"火把烧完后，将棉花秸上之面果摘下，还家入锅炒熟，分给小孩食之。俗说食此面果，可免灾殃。以上所述系南通农家风俗，名曰放烧火，年年正月望有此举动也。

王郎不裹头 庄 绰

广南风俗,市井坐估①,多僧人为之,率皆致富。又例有室家,故其妇女多嫁于僧,欲落发则行定②,既薙度③乃成礼。市中亦制僧帽,止一圈而无屋,但欲簪花其上也。尝有富家嫁女大会宾客,有一北人在座。久之,迎婿始来,喧呼"王郎④至矣!"视之乃一僧也。客大惊骇,因为诗曰:"行尽人间四百州,只应此地最风流。夜来花烛开新燕,迎得王郎不裹头!"如贫下之家,女年十四五,即使自营嫁装,办而后嫁。其所喜者,父母即从而归之,初无一钱之费也。

《鸡肋编》

【注释】
①坐估:即估客,行商者也。
②行定:举行订婚仪式。
③薙(tì)度:即剃度,落发出家。
④王郎:女婿的爱称。

【赏读】
按照宋人律法,僧道娶妻,并嫁之者,"皆以奸论,加一等,僧道送五百里编营"。饶是如此,僧道娶妻者亦不乏,不然也不至于要特为制定律法了。宋人称这些有家室的僧人,乃"火宅僧"。

陶穀《清异录》里有一则《梵嫂》，即记开封相国寺的和尚"以艳娼为妻"，时人称其"快活风流，光前绝后"。

此外，《癸辛杂识》亦有一则《尼站》，就中记临平明因尼寺乃一名刹，往来僧人，每回来，都要叫年轻尼姑来"供寝"。寺中大以为苦，但亦无法，不得已只能将有过违滥之事的尼姑安排在一处，专供不时之需，故称为"尼站"。

然则何以女孩家要嫁给这些"没头发浪子，有房室如来"呢？无非是因为这些僧人，头上虽无毛，袋中却有钱。嫁人如此，娶妻亦然。川鄂之地，地瘠民贫，虽然明文规定，父母在，子不得出赘，但为了求取钱财，也有不少男儿甘愿入赘。因为整个宋代的婚嫁风尚，即是"直取钱财"。以至司马光大声批判道，"将娶妇，先问资装之厚薄，将嫁女，先问聘财之多少"，时人几乎将婚嫁之事，视为敛财发家的一大途径。

女酒郎衣等殊俗 庄绰

西北人生子，其侪辈即科①其父首，使作会宴客而后已，谓之将帽会。江、浙人家生女多者，俟毕嫁，亦大会亲宾，谓之倒箱会。广南富家生女，即蓄酒藏之田中，至嫁方取饮，名曰女酒。贫家终身布衣，惟娶妇服绢三日，谓为郎衣。此皆可为对者。蜀人每食之余，不问何物，皆投于一器中，过三月方取食，谓之百日浆，极贵重之，非至亲至家，不得而享也。江南、闽中公私酝酿，皆红曲酒，至秋尽食红糟②，蔬菜鱼肉，率以拌和，更不食醋。信州冬月又以红糟煮鲮鲤肉卖。鲮鲤乃穿山甲也。

《鸡肋编》

【注释】

①科：使光秃。

②红糟：红曲酒酿造之最末，将发酵完成的衍生物，经筛滤出酒后剩下的渣滓。用于料理，可为防腐去腥、提味吊鲜。

【赏读】

日本著名汉学家青木正儿晚年曾春游江南，其中就有绍兴这一站。他对绍兴很向往，说及自己有三个愿望，一是要去看看镜湖，二是要去瞻仰徐文长青藤书屋的遗迹，三是要去品一品最上等的绍兴酒。

绍兴酿酒的历史很早，加以水土皆宜，故所酿之酒格外醇甜有味。《吴越春秋》里即写道，越王勾践酿美酒以献吴王，伍子胥的部队竟得之狂饮，积坛成山。此外，绍兴酒品种亦丰富，有女儿红、竹叶青、太雕、花雕、加饭、善酿等。而绍兴酒之最佳者，则为女儿酒。相传富家生女，即酿酒埋藏，待嫁女时掘酒请客。后来连生男孩子的人家也如是酿酒、埋酒，盼儿子中了功名时庆贺饮用，酒坛外饰朱红，名之为"状元红"。

嵇含《南方草木状》已然叙及"女儿酒"，说的便是南方生女儿的人家，孩子幼时即大量酿酒，待冬日池水干涸时，将盛酒的坛子封口埋于池中。日后当女儿出嫁时，才将埋在池中之酒刨出，用以宴客，极是珍重。至于女儿酒之口感，袁枚《随园食单》评价"其味甘鲜，口不能言其妙"。

此外，宋时婚事奢靡，耗费颇大，礼节繁多，而每一礼节皆与钱有关，由此导致以财相尚，嫁娶直以钱财相论的现象出现。酿酒只是小事，厚嫁才是正经，甚至嫁女之费用要高于娶妻，基本是嫁资倍于娶资的比例。福建嫁女儿，大摆宴席，来者往往达千百人之众，而合肥人办婚事，饮宴要"四十日而止"，可见排场大到怎样。

所谓女儿一出生，即开始酿酒，其实也是女孩家早早准备嫁妆之一种。譬如就有人生一女即种树万根，以便日后女儿出嫁，能卖掉这些木材换成嫁资。为了筹措嫁资，或变卖家产，或四处举债，而那些出身贫寒的女子，多只能婚嫁失时，或者为人妾氏，做低伏小，或者流落市井，乃至终老寺观，青灯黄卷了此残生。因此宋人颇有生男则喜，生女则戚的，不过如今倒似乎是正相反。

卷三

明人风土

俗 讳 陆 容[①]

民间俗讳，各处有之，而吴中为甚。如舟行讳"住"，讳"翻"，以箸为"快儿"，幡布为"抹布"；讳"离""散"，以梨为"圆果"，伞为"竖笠"；讳"狼藉"，以榔槌为"兴哥"；讳"恼燥"，以谢灶为"谢欢喜"。按江西人讳"饮药"为"吃好茶"，亦有趣也。

《菽园笔记》

【注释】

①陆容（1436～1494）：字文量，号式斋，太仓州（今属江苏）人。成化丙戌进士，官至浙江右参政，史称容与张泰、陆钶齐名，时号"娄东三凤"。性至孝，酷嗜读书。是编乃其札录之文，于明代朝野故实，叙述颇详，多可与史相考证。

【赏读】

陈垣先生在《史讳举例》卷八《历朝避讳》一节中指出，最早的避讳乃溯自秦始皇，因秦皇名"政"，故历书避"正月"为"端月"，且因其父名子楚，复亦改"楚"地为"荆"。总之很长时间以来，中国人都有避讳的习俗，尤其是君父尊长的大名，更是丝毫不得侵犯的。古时科举考试，考生若在名讳这关过不去，是断无可能侥幸的。

由此又延及生活中的大小事物，皆讲究一个避讳，所谓姜子牙百无禁忌,罗大经所言"畏死畏祸,百种禁忌"。譬如宋太祖赵匡胤名字里的"胤"和"印"音近,"故今世卖香印者,不敢斥呼,鸣锣而已"。赵与时《宾退录》记宋人儿童入学认为"男忌双,女忌只",故男子初入学,多为五岁或七岁。宋代京师的僧人忌讳人称"和尚",要以"大师"相呼,尼姑则讳言"师姑",要呼为"女和尚",商人则最讨厌人们提及"市井之徒""贩夫走卒"之类字眼。而很长时间以来,官员都认为正月、五月、九月不能上任,明人郎瑛认为因为这三个月属火,而"臣"音为商,商属金,而火之克金,故避忌之。也有人主张不得食用父母本命生肖动物之肉,若食之,必不得长寿,要遭报应。清代江宁地区人则认为新娘婚后一月之内,不得出入别人家,不然要备办香烛、纸马、牲牢等,还须男着女装、女着男装,夫妇双双顶礼以往。

因不同地区、民族以及不同阶层的人生活习惯与宗教信仰不同,各自会表现出不同的避忌。而有时恰恰是这些民间禁忌避讳,反映出了一个时代的人的内心面貌以及他们所恐惧的事物。

西湖物产殷富 田汝成①

湖中物产殷富,听民间自取之,故捕鱼搅草之艇,扰扰②烟水间,夜火彻旦。滨湖多植莲藕、菱芰、茭芡之属,或蓄鱼鲜,日供城市。谚云"西湖日销寸金,日生寸金",盖谓此也。湖中多杂鱼,而鲫鱼最美,骨软肉松,不数鲥鳊,独无鳜鱼,盖地气绝产者。正德中,有鱼黄而无鳞,肉翅能飞,一日冥雨,飞至洋坝头而坠。旧时湖中产蟹,林和靖③诗云:"草泥行郭索。"又云:"水痕秋落蟹螯肥。"今湖蟹绝无,盖宋时禁采捕,傍多葑田④,今直澄波彻底,旦旦而搅之,亦难乎其生育矣。其螺蚌虾鳖之属,生生⑤尤夥,网籍⑥交错。宋谚云:"南柴北米,东菜西水。"今改西鱼者,盖城中之水不藉西湖,而鱼产之富,岁岁不减也。湖中蕰藻苹荇诸水草,牵风演漾,弥蔓不绝,土人取之以供鱼食,岁计亦不下数百金也。

《西湖游览志余》

【注释】

①田汝成(1503~?):字叔禾,钱塘(今浙江杭州)人。曾任南京刑部主事、礼部主事等职。后罢官归里,盘桓湖山之间。博学工文,著述良多。因浪迹西湖,穷览湖山,又谙晓先朝遗事,遂撰成《西湖游览志》《西湖游览志余》。前者记西湖湖山胜迹,后者记南宋遗闻轶事。《四库全书总目提要》评为:"是书虽以游览为名,多记湖山之胜,实有关于宋元者为多。因名胜附以事迹,鸿纤巨细,一一兼核,非惟可广见闻,并可以参考文献。"

②扰扰：纷乱貌。

③林和靖：即林逋，字君复，宋代著名隐逸诗人。性孤高，喜恬淡，不慕荣利。隐居杭州西湖，结庐孤山，自谓"以梅为妻，以鹤为子"。有《林和靖集》。

④葑田：亦称"架田"。在湖沼深水中用木作架，将湖泽中葑泥移附架上，成为漂浮在水面上的农田，随水高下，故不受旱涝。

⑤生生：繁殖不息貌。

⑥籍（cè）：捕鱼所用竹帘。

【赏读】

《癸辛杂识》有一则故事，说是江西有张秀才者，未始至杭，胡存斋携之而来，一日泛湖，问之曰："西湖好否？"答曰："甚好。"曰："好在哪里？"答说："青山四围，中涵绿水，金碧楼台相间，全似着色山水。独东边偏无山，于是有鳞鳞万瓦，屋宇充满，是天生地设的好处也。"周密评说道："此语虽粗俗，然能道西湖面目形势，为可喜也。"

天生地设的好处自有天生地设的好景致。《儒林外史》里写"马二先生游西湖"：

> 这西湖乃是天下第一个真山真水的景致。且不说那灵隐的幽深，天竺的清雅，只这出了钱塘门，过圣因寺，上了苏堤，中间是金沙港，转过去就望见雷峰塔，到了净慈寺，有十多里路，真乃五步一楼，十步一阁，一处是金粉楼台，一处是竹篱茅舍，一处是桃柳争妍，一处是桑麻遍野。那些卖酒的青帘高扬，卖茶的红炭满炉，士女游人，络绎不绝，真不数"三十六家花酒店，七十二座营弦楼"。

至于西湖物产，《西湖小史》认为西湖里的物产无不极天下耳目声色之娱。论禅味，则有西来之栗，龙泓之茶。论滋味过人，则有花下之藕与湖中的莼菜。杨梅则是玉泉的顶好,樱桃则是亭皋的最佳,芡实当然首推横里,蜜桔则栖上独异。至于春初之竹笋,秋半之茭白,葛园之青李,三桥之红菱,皆属杭产,不得不提,而与慧山可相伯仲的虎跑泉水,更是名喧宇内的了。

如此则叫人好生羡慕西湖之物产,饶有声色者有之,朴素淡雅者亦有之,取之不竭谓之富,品类繁多谓之丰,难怪当年相传连仙女也要为她堕凡尘。

风俗日坏 何良俊[①]

　　风俗日坏,可忧者非一事。吾幸老且死矣,唯顾念子孙,不能无老妪态。吾家本农也,复能为农,上策也。杜门穷经,应举听命,次策也。舍此无策矣。吾儿玄之略涉经史,乐亲善人,似可与进者。第其性不谐俗,故归而结庐海上,修我耒耜,期不失先人素业耳。旧有一春联云:"诵诗读书,由是以乐尧舜之道;耕田凿井,守此而为羲皇之民[②]。"庐成,携子孙通处其中,尤不负初志,但时事惨恶,恐不能逸此暮景也。

《四友斋丛说》

【注释】

　　①何良俊(1506~1573):字元朗,号柘湖,明代戏曲理论家,文学家,江苏华亭(今上海松江)人。嘉靖时为贡生,后因仕途蹭蹬,辞官归隐,专事著述。博涉多方,自称与庄周、王维、白居易为友,因名所居为"四友斋"。著有《何翰林集》《何氏语林》《四友斋丛说》。

　　②羲皇之民:即伏羲氏时代之前的人,比喻生活无忧无虑,不受外界拘束之人。

【赏读】

　　何良俊此篇是在发牢骚。所谓"风俗日坏",连及明代社会面貌，其实指的是商业经济发达之后的人心丕变与世风不古。这种社会风貌的改变，就社会价值取向而言，是愈加认同商业的重要，愈加认可金钱的价值。这就使得传统的读书人越发感到自己社会地位的岌岌可危。

譬如东鲁古狂生的小说《醉醒石》就写道："读什么书，读什么书！只要有银子，凭着我的银子，三百两就买个秀才，四百是个监生，三千是个举人，一万是个进士……读什么书！若要靠这两句书，这支笔，包你老死白头。"如此直白地说出读书之无用且无价值。

随着商贾势力的日大，书生地位的下降，明代出现颇多读书人弃儒从商的现象。原先不为利移、不因势热的操品，在强大的现实生活压力下，也终于不得不做出改变。尤其是从明景泰年间开始，朝廷为了解决财政危机，实行了名为"纳监"的政策，即缴纳一定费用，即可入国子监读书，出监后亦可为官，所谓"俊秀子弟"。此法一经推广，时人即嘲讽说"那一窍不通的南北两监，算来足有几千"。

此外，在重商重金观念的影响下，日常生活中也无处不是孔方兄挂帅。官员到任、离任要送礼，逢年过节乃至平日起居都要送礼，即便连本该不过问世俗之事的僧道之流，也忙着交游达官显宦，甚至姚旅《露书》记晚明名僧雪浪蓄养"妖童"，作为款待客人之法，而那些隐士山人也被人讥嘲为"飞来飞去宰相家"。

不过"弃儒入商"之风也并非全部的社会现象，也有一大批商人是"由商入儒"。这种士商互动的现象，恰如余英时先生所指出的是"士魂商才"，传统儒家道德成为商人内心的价值判准，而经商的实干才能则为外显，进而形成了王阳明所谓的"四民异业而同道"的全新的社会现实。

看风水 张　瀚[①]

风水之说，自古有之，不始于郭璞[②]。《书》云："营卜瀍、涧东西。"《诗》谓："度其原隰，观其流泉。"盖不过远水患，处原避湿，得土之宜，而无浸淫之虞也，然皆为建都谋。至卜其宅兆，则葬埋以安亲体魄。孝子慈孙之心，惟欲得善地，永无崩蚀侵损患害是已。至璞创为骸骨得气，而子孙受荫之说。指某山为发源，指某山为过峡，指某山而凝结为穴；某山为龙，某山为虎，龙昂而虎伏；某山为鸶，某山为案，鸶欲有力，案欲有情；必如是乃延福泽，不然则否。于是贪求吉地，不独愚昧细民，即缙绅士大夫亦惑于此。未葬，谋求不遗余力，甚至构讼结雠。各谋利己，暴露迟久，迁徙再三。呜呼，惑之甚矣！

《松窗梦语》

【注释】

①张瀚（约活动在明嘉靖年间）：字子文，号元洲，明仁和（今浙江杭州）人。嘉靖十四年（1535）进士，授南京工部主事，历任庐州、大名知府。后出抚陕西，迁南京右都御史，改工部尚书。辞归故里，将平生见闻著录成《松窗梦语》八卷，因所居楼前有松树，忆往事如一梦，故名之。是书记载了明代经济、社会、文化、民情风俗等多方面内容，对研究明代社会经济、商业贸易具有重要参考价值。

②郭璞：字景纯，东晋学者，精天文、历算、卜筮，亦擅诗赋，后世追认其为堪舆家始祖。

【赏读】

古代中国，以替人看风水、觅阴宅为生的一群人，被称为"风水先生""堪舆家"。所谓看风水，是因为在传统农业社会生活中的中国人，相信一个人的命运与所居处的环境有着深密的关系，若不能与周围地理自然环境相协调，则有厄运环绕或命途不顺。

"堪舆"二字，就字面而言，"堪"是测天道，"舆"乃测地道，两者并观，自是测知天地之道。古代堪舆之术是作为建都择地之用，以水土适宜、无浸淫之虞的地点作为建设都城的合适选择。此后，相传郭璞写了《葬书》，将人死后阴宅地点的选择与山川地理相勾连，进而强调死者居处的完满与否会影响后世子孙的运命，由此，看风水成为中国传统风俗中特别重要的一项。而郭璞本人也被附会并追认为风水先生的祖师爷。而据王士性《广志绎》卷四所录，从事堪舆一道的人多为江西人，因江西地窄人稠，故须外出谋生，而堪舆、星相之类的活计最是能"虚往而实归"了，此外徽州人、永嘉人亦不乏。

而因为迷信堪舆之术，遂致出现颇多弊端。一是贪求吉地，死者死后多年不能下葬，尤以徽郡为甚；二是虽然落葬，但嫌阴宅不甚佳，欲另觅吉地，于是常常有数次迁葬的情况出现；再是为了争夺一块吉地，而兴起打斗、讼狱的也不乏有之，可见古人迷信风水到了何种程度。譬如岭南广州人，就往往惑于堪舆家之言，屡屡迁移葬地，甚至剖棺火尸，将骨殖纳入瓦瓶，号为"金城"。不过杨万里就曾直言，若堪舆之术果真灵验，那被追认为这行祖师爷的郭璞就不该被王敦所杀而死于非命，可见此道之虚妄。

打 行 叶权[1]

  吴下新有打行,大抵皆侠少,就中有力者更左右之,因相率为奸,重报复,怀不平。向见其侮一寺僧,每谈绝倒。僧业医,颇有赀,而出纳甚吝,诸少年恶之。饰一妓为女子,使一人为之父,若农庄人,棹小船载鱼肉酒果,俟无人,投寺中,乞僧为女诊脉,历说病源,故为痴态。列酒食饮僧,因与女坐,劝之,僧喜甚,无疑也。俄白僧,有少药金在船中,当持来相谢。故又久不返。僧微醺,则已挑女子而和之矣。比返,女泣以语其父。父大叫哭:"吾以出家人无他意,女已许其村人,奈何强奸之?"僧师徒再三解不已。喧闹间,则有数贵人从楼船中携童仆登寺。父哭拜前诉,贵人为盛怒,缚僧拽登舟。僧私问是何士夫,则某官某官也。僧大惧,叩头乞命,同行者为劝解,罄其衣钵与女父遮羞。指授毕,各驾船去,僧竟不知其被欺也。其术之至恶至巧者甚多,琐猥不堪悉记。后以数害良善,官府持之急,遂为乱城中,举火大噪,劫狱,几杀翁巡抚大立。幸此时海寇已平,竟就擒执。若往年内外响应,岂小变哉!

《贤博编》

【注释】

  ①叶权(1522~1578):字中甫,别号沙南,安徽休宁人。通

今博古，好旅游，《贤博编》及附录《游岭南记》，即为其根据遍游各地的耳闻目睹所编纂。是书内容颇广，对研究明代中叶以后江南社会经济、风土民俗、商贾贸易等方面，都有一定史料参考价值。

【赏读】

《苏州府志》云："市井恶少，恃其拳勇，死党相结，名曰'打行'，言相聚如货物之有行也。"明代中晚期，苏州等地开始出现了一群专事寻衅滋事、替人护卫或寻人麻烦的打手无赖，所谓"打行"，可见其不仅以打著名，还形成了一专门的行业，颇有势力。

朱国桢在其《皇明大事记》中，就将打行的肆虐与甘州兵变、大同兵变、辽东兵变、南京兵变等同列为大事，亦可见出其为害之巨。大抵言之，"打行"的成员大多为市井闲杂或街肆恶少年，平日游手好闲，若有人出钱招募，则啸聚一党，生事滋恶。而且出手凶狠，横行乡里，良善百姓每避之唯恐不及。此外，他们也多诓骗偷盗，凭借人多势众，互相结党行骗，被欺者往往事后都还不知。而此中人亦分三等，上者秀才贵介亦有之，中者为行业身家之子弟，下者才是游手好闲的里巷无赖之徒。

但"打行"之所以有如此令人震怖的气焰，究其因，并不完全因为他们无赖偷惰、恃强凌弱，而是因为"打行"的背后往往是权力与资本在作祟。他们经常为恶霸乡绅所驱使，甘为爪牙、耳目，譬如董其昌就曾招募这帮人等"肆行诈害温饱之家"。既有权力与资本撑腰，"打行"者也就更为肆无忌惮了。甚至民间结婚，有贫不能娶妻者，就纠集"打行"，公然抢亲，而民间讼事，也往往原告被告皆有"打行"保护，以免吃亏。

姑苏人聪慧好古 王士性[①]

姑苏人聪慧好古,亦善仿古法为之,书画之临摹,鼎彝之冶淬,能令真赝不辨。又善操海内上下进退之权,苏人以为雅者,则四方随而雅之;俗者,则随而俗之。其赏识品第本精,故物莫能违。又如斋头清玩、几案、床榻,近皆以紫檀、花梨为尚。尚古朴不尚雕镂,即物有雕镂,亦皆商、周、秦、汉之式,海内僻远皆效尤之,此亦嘉、隆、万三朝为始盛。至于寸竹片石,摩弄成物,动辄千文百缗[②],如陆子匡之玉,马小官之扇,赵良璧之缎,得者竞赛,咸不论钱,几成物妖,亦为俗蠹。

《广志绎》

【注释】

①王士性(1547~1598):字恒叔,号太初,又号元白道人,临海(今属浙江)人,明朝人文地理学家。喜游历,游踪几遍全国,凡所到之处,纤微之物,悉心考证,地方风物,广事搜访,详加记载,并成著作。著有《五岳游草》《广游志》《广志绎》等。

②缗(mín):古时穿铜钱用的绳子。引申指成串的钱,一千钱为一缗。

【赏读】

相传夏禹治水时,分天下为九州,苏州则属扬州境内。商末周初,此地又为吴国所在地,故苏州亦称吴。至少在唐代中后期,苏州经济已然十分发达,人口也迅速增长,有"衣食半天下"之称。南宋之时,"苏湖熟,天下足"的俗谚已经脍炙人口了。明清时期,苏州则为"东南一大都会",商业贸易十分繁荣,"上自京广,远连交厂,以及海外诸洋",皆有往来。当时天下号称"四聚",分别是北面的北京,南面的佛山,东面的苏州并西面的汉口。

据台湾学者邱澎生先生研究,清代前期的全国市场,由三个主要商业网络构成。一个是以长江中下游航道为干道而组成的东西向国内网络,一个是以京杭大运河、赣江、大庾岭商道为干道组成的南北向国内网络,另一个则是由东北到广州沿海的海运网络。以这三个商业网络为主轴,构成了当时的全国市场。而这三个商业网络恰好交汇于苏州地区,苏州也就自然而然地成为当时全国市场的中心。

除了商业的发达,苏州还是一个人文荟萃之地。苏州人善于对文化产品进行生产和改造,其产品迅速向外传播,成为其他地区仿效的对象,至少对整个江南地区社会风尚的形成有很大的影响。这种高度的人文氛围,有一个最简单、直接的例子,即苏州是当年全国的状元中心。

《两般秋雨庵随笔》里写道,一个苏州人在大庭广众之下不停夸耀苏州盛产状元。一个外地人看不过,吐槽道,苏州状元多也没什么了不起,这就好比河间出太监、绍兴出惰民、江西出剃头师傅、句容出剔脚匠一样,没什么大惊小怪的。此言一出,哄堂大笑,虽说这话不是什么好话,但至少说明了苏州作为状元产地,是当时所公认的。

经济的发达,文化的繁荣,自然使得苏州能"善操海内上下进退之权"了,成为如西方学者所认为的"中华帝国晚期江南地区,也可以说是整个帝国范围内,人口最多、最雅致、也是最繁荣的城市"。

中州俗淳厚质直　王士性

中州^①俗淳厚质直，有古风，虽一时好刚，而可以义感。语言少有诡诈，一斥破之，则愧汗而不敢强辩。其俗又有告助、有吃会。告助者，亲朋或征逋追负，而贫不能办，则为草具^②，召诸友善者，各助以数十百而脱之。吃会者，每会约同志十数人，朔望饮于社庙，各以余钱百十交于会长蓄之，以为会中人父母棺衾^③缓急之备，免借贷也。父死子继，愈久愈蓄。此二者皆善俗也。

《广志绎》

【注释】

①中州：河南古称。

②草具：指饭食粗劣。

③棺衾：棺材与衾被，泛指殓尸之具，引申为丧事。

【赏读】

古有九州，《尚书·禹贡》载九州为：冀州、兖州、青州、徐州、扬州、荆州、豫州、梁州、雍州。河南称"豫州"，因居九州之中，故称"中州"，又因境内平原较多，故亦称"中原"。中者，国之中，华夏之中也。"豫"之本义指"象之大者"，衍指人精神安舒，心气平和之象。

古人认为豫省居土之中，故受气颇正。杜佑《通典》谓："地居土中，物受正气，其人性和而才慧，其地产厚而类繁。"《中华风俗志》引《祥符县志》谓中州"士以节义自重，而羞于谒；民以敦睦为良，而耻告讦。平原修野，故其人坦易；巨涛大河，故其人结博"。

1923年，学者丁文江在《科学》杂志上发表《历史人物与地理的关系》，将二十四史中立传的人物，依照民国时期的省区划分及时代先后顺序排列起来，作一统计表。据此表所示，公元10世纪之前，陕西、河南两省在中国政治、经济、文化上的地位殆毋庸议。尤其汉唐二代，人才群集于关洛，占天下半数。彼时南人入洛，还不自觉有羞惭之感。

今人依丁氏之法，赓续之，如金鑫荣先生《思想地理的历史变迁——从中国思想家的地域分布谈起》一文以《中国思想家评传丛书》的273位传主为样本，梳理数据，从中"发现中国思想地理呈现的不对称性"，试图"勾画华夏主流思想在几千年的发展过程中逐次南移的历史轨迹"。

据统计，黄河流域从春秋到北宋占据了思想史发展的主流地位，计有91位传主，成为中国思想文化之渊薮。其中"又以豫西南和山东的大部分为多，两地相加共有68位，而其时长江流域的思想家只有27位"。延及两宋，尤其是南宋成为南北思想发展的鲜明文化地理分际线之后，中国经济及文化思想中心转到长江流域，南移格局基本定型，则据金文统计，长江流域这一时期的思想家计有73位，而整个黄河流域的思想家只有16位，形成鲜明比照。

学者曹聚仁在《万里行二记》中说道："洛阳全盛时代，有着都市的浮华习气，市井少年，也就是今日香港所谓'阿飞'，他们'钉梢''拆白'，所谓'瘪三'，也早在一千年前，开了上海、香港的风气之先。顾亭林所谓北人'饱食终日，无所用心'，南人'群居终日，言不及义'，也只是黄河流域经济破产，关洛不再是政治中心之近千年间的情形。"

杭俗儇巧繁华 王士性

杭俗儇①巧繁华,恶拘检而乐游旷,大都渐染南渡盘游②余习,而山川又足以鼓舞之,然皆勤劬③自食,出其余以乐残日。男女自五岁以上,无无活计者,即缙绅家亦然。城中米珠取于湖,薪桂取于岩④,本地止以商贾为业,人无担石之储,然亦不以储蓄为意。即舆夫⑤仆隶,奔劳终日,夜则归市骰酒,夫妇团醉而后已,明则又别为计。故一日不可有病,不可有饥,不可有兵,有则无自存之策。

《广志绎》

【注释】

①儇（xuān）：轻浮轻薄貌。

②盘游：游乐。

③劬：勤苦。

④米珠、薪桂：米贵得像珍珠,柴贵得像桂木。典出刘向《战国策·卷十六楚三》："楚国之食贵于玉,薪贵于桂。"

⑤舆夫：车夫或轿夫。

【赏读】

苏轼《杭州上执政书》所谓："然三吴风俗,自古浮薄,而钱塘为甚,虽室宇华好,被服粲然,而家无宿舂之储者,盖十室而九。"戴表元《学古堂记》也写到杭州"其地水秾山妍,其人机慧疏秀而清明,其俗通商美宦,安娱乐而多驰骋"。二公所言者,正本文之意。杭州山川佳胜,在在奇景,熏沐其中,自勾得人浸润山水里。若说杭州,道杭州,三字说尽,自来杭州好风景。而这风景非仅奇峰、异石、秀水、佳木,而在杭州人情与山水自然化融成一世间风景。杭州的山水有人味,杭州的人有山水气。

虽然不乏对于杭州人机巧聪秀、安于享乐的批评,但其实杭人深懂勤劬自食的道理。杭州地无旷土,田无不耕,但他们做工又不为钱,人无担石之储,只为"奔劳终日,夜则归市酦酒,夫妇团醉而后已",这等生活观念,可称现代。浮薄的杯酒,其实点滴皆辛苦,全无可指摘处。单以杭州妇女来说,《钱塘县志》就说得好,"妇女喜华服饰,而间阎之习尚勤率作,每日络丝精纸及箴纫履袜之类,日可入钱糊"。

杭州的紫气红尘里自有勤力自生的旺健民气。

火把节 　王士性

云南一省以六月二十四日为正火把节，云是日南诏诱杀五诏于松明楼①，故以是日为节。或云孟获为武侯擒纵而归②，是日至滇，因举火袚除。或又云是梁王擒杀段功③之日，命其属举火以禳之也。二十后各家俱燃巨燎于庭，人持一小炬，老幼皆然，互相焚燎为戏，烬须发不顾。贫富咸群饮于市，举火相扑达旦，遇水则持火跃之。黑盐井④则合各村分为二队，火下斗武，多所杀伤。自普安⑤以达于云南，一境皆然，至二十五乃止。

《广志绎》

【注释】

①"南诏"句：相传南诏王皮逻阁欲吞并其余五诏，命人建造松明楼，邀请其余五位诏主赴宴，后点火引燃，楼毁人亡。

②"孟获"句：即诸葛亮七擒七纵孟获事。

③"梁王"句：段功系第五代大理总管段隆之孙，后继兄段光为大理第九代总管。至正二十三年（1363）明玉珍及其弟明二率兵三万起义，攻占昆明，梁王巴匝拉瓦尔密逃奔楚雄。段功发兵平定，梁王遂拜段功为平章政事。至正二十六年（1366）七月，梁王听信谗言，疑段功有异心，密谋毒杀段功。

④黑盐井：即黑井镇，位于云南禄丰县。相传此地因黑牛导引而得盐，乃知名盐产地。

⑤普安：今贵州普安县，以古茶树而知名。

【赏读】

　　云南火把节，亦名星回节，乃西南地区彝、白、纳西、基诺、拉祜等彝语支各民族古老而重要的传统节日。具体节期，则因各民族和地区而略有不同，但大抵自六月二十四日开始，节期少则三日，多则七天、半月。

　　火把节盛况空前，人们载歌载舞，宰杀牲畜家禽，还要斗牛、斗羊、摔跤、赛马，好不热闹。此节之源起，历来众说纷纭。一说是彝族大力士阿提拉巴英武有力，得罪了天帝，天帝遂派出大量蝗虫袭击农田，阿氏带领民众砍伐松树，在六月二十四日那晚，以熊熊大火消灭蝗虫，从此人们就在是日燃炬游行，以为庆祝。此外云南白族传说，唐时南诏王皮逻阁欲剿灭其余五诏，遂命人建造了易燃的松明楼，邀请其余五诏王聚会，结果纵火毁楼，楼毁人灭，而这天恰是六月二十五日，日后人们为纪念是日，遂燃起火把。蒙古族则传说火把节源起于对情死者的追悼，彝族撒梅人认为源起于始祖神祭祀，拉祜族传说是源于征服恶魔的庆典，凡此种种，莫衷一是。

　　现代学者则认为火把节与彝族原本的十月太阳历颇有关系。太阳历将一年分为十大时段共计360天，余下几日则为年节，年节又分为"大年""小年"。并根据北斗星斗柄的指向，夏季斗柄上指时，恰为大暑；冬季斗柄下指时，则为大寒，而火把节即是过夏季的"小年"，故名为"星回"。也有学者认为火把节与火神崇拜密不可分，表达的是南方地区楚文化对于火的崇拜。

　　虽然此节源起纷呈，但就节日氛围而言，实为一狂欢节。第一日为迎火，人们以酒肉迎火神，妇女赶制荞馍、糌粑面，家人团坐分吃坨肉。至夜，老人击燧取火，祭司诵经祭火，此后火把分传，田边地角、山野沟渠皆有火光，希冀以火来驱邪避厄。第二日则为颂火,是火把节的高潮。赛马、摔跤、爬杆、射击、斗牛、斗羊等活动纷呈展开。而从傍晚开始,成千上万的火把蜿蜒山间,最后围成篝火,歌舞喧嚣,火光映天,而青年男女据说也会于这晚相会。第三日则为送火,是日夜,设祭火台,举行送火仪式,念经祈祷,祈求农作物丰收,人事安泰。

  星火燎原,幕天席地都是一火世界,光世界,暖世界。

武林书肆 胡应麟[1]

　　凡武林书肆，多在镇海楼之外及涌金门之内，及弼教坊，及清河坊，皆四达衢也。省试则间徙于贡院前。花朝后数日徙于天竺，大士诞辰也。上巳后月余，则徙于岳坟，游人渐众也。梵书[2]多鬻于昭庆寺，书贾皆僧也。

《少室山房笔丛》

【注释】

　　①胡应麟（1551~1602）：字元瑞，号少室山人，别号石羊生，浙江兰溪（今浙江金华）人，明朝著名学者、诗人和文艺批评家，著有《诗薮》等。《笔丛》四十八卷，分十二目，研索旧文，参校疑义，虽利钝互陈，而可资考证者亦不少。

　　②梵书：即佛书。

【赏读】

　　古代书店称书铺，亦名书坊、书肆、书林、经籍铺等。从功能上而言，书肆不仅贩售书籍，还往往连带有出版编辑的功能，类似今日的出版社。

　　虽然中国很早就有了书籍，但并非人人可得而致之，最初唯有王室和士族才有阅读书籍的资格。并且秦皇一统六国之后，除禁书焚书之外，更颁布了《挟书律》，对书籍的流通和阅读进行了严格的规定。书籍具有商品交易的特性，到汉武帝时才开始。因武帝下令征集散佚书籍，并设专人誊抄，复设五经博士，以为西汉太学之始。由此，文化日趋繁荣，书籍流通也更为频仍，而太学附近更有一称为"槐市"的综合市场，每月初一、十五营业，其中即有书籍的贩售。此后各地区也开始有了规模不一的书肆。王充即常常去洛阳书肆翻阅书籍，"一见辄能诵忆"。但那时印刷术尚未发明，不少学者即因家贫，无力购书，遂纷纷给书肆充当抄手，所谓"佣书"，以抄书作读书之途径，甚至以此为谋生之具。

唐代经济文化繁荣，尤其是雕版印刷术的产生，给书籍印刷和流通带来了极大便利。当时的苏州、扬州、长安及成都，即为全国四大图书销售中心。延及宋代，书肆更趋繁荣。福建建阳县的书坊街，被誉为"自唐为书肆所萃"，号为图书之府。宋本书印制精良，用纸讲究，自来即有一页宋版一两黄金之说。

明清两代，文化中心迁移至南方。全国重要的大规模图书交易中心分别是南京、苏州、杭州和北京，南方居其三。而重要的书肆区，诸如北京的慈仁寺、隆福寺、琉璃厂，杭州的拜经楼、抱经堂，南京的三山街、花牌楼、夫子庙，苏州的护龙街、观前街玄妙观等地，各地文人，汇聚此处，不仅是图书中心，也允为一地之文化中心。至于书肆中之书贾，因多年熏染，有不少也是学问专精者，"言及各朝书版、书式、著者、刻者，历历如数家珍，士大夫万不能及矣"，因此张之洞亦尝云，读书人该多往书铺里去，至少于目录之学，是有特别的好处的。

头脑酒　朱国祯[①]

凡冬月客到，以肉及杂味置大碗中，注热酒递客，名曰头脑酒，盖以避寒风也。考旧制，自冬至后至立春，殿前将军甲士皆赐头脑酒。

《涌幢小品》

【注释】

①朱国祯（1558～1632）：其名一作"国桢"，字文宁，号平极，乌程（今浙江湖州）人。累官国子监祭酒，右春坊等职，后谢病不出。留意典故，潜心著作，有《明史概》《皇明史概》等。《涌幢小品》三十二卷，盖国祯尝析木为亭，六角如石幢，结构略如穹庐，可择地而移，随意而张，忽如涌出，故以为名。《四库全书总目提要》评是书："杂记见闻，亦间有考证，其是非不甚失真，在明季说部之中，尤为质实。"

【赏读】

《水浒传》第五十一回《插翅虎枷打白秀英》中有一段："雷横听了，又遇心闲，便和那李小二到勾栏里来看。……去青龙头上第一位坐了……那李小二，人丛中撇了雷横，自出外面赶碗头脑去了。"此处的"头脑"即是山西太原名食。相传为明末清初遗民傅山所创制，明亡后，傅山"改黄冠装，衣朱衣，居土穴，以养母"，自述"处乱世无事可做，只一事可做，吃了独参汤，烧沉香，读古书,如此饿死,殊不怨尤也"。其老母陈氏晚年多病,山遂制一"八珍汤"。据说日后傅山还将食方传于南仓巷清真店,易名"清和元",意为去吃清人和元人的头脑,又写"杂割头脑"四字,暗寓亡国之恨,还得天亮前打着灯笼来吃,取"天不明人欲明"之意,总之皆为一抒遗民胸中之痛。

所谓"八珍"乃黄芪、良姜、羊肉、煨面、藕根、长山药、酒糟、腌韭菜。冬令食羊肉自是取羊肉性热可补虚御寒,而藕根则有清热解毒之功效,山药可解虚热消渴之症,黄芪补气固表,腌韭健胃壮阳,良姜则温脾祛寒湿。而据陆澹安先生在《水浒研究》中说:"我从前以为这种酒早已失传了,最近读者郭本堂先生来信告诉我,原来山西太原市至今还有'头脑酒'。每逢冬令,各饭馆都有出售,把羊肉数块和藕根等放在大碗里,用黄酒掺入。吃的时候,配以类似面包的熟食品,当地叫作'帽盒子'。初次吃这种酒,很难下咽,习惯之后就喜欢了。"另据明末徐复祚《花当阁丛谈》载,在明代,"头脑酒"亦被江南人称作"遮头酒"。盖时逢严冬,寒风吹彻,每令风尘中人迎风头疼欲裂,食一碗"头脑酒",周身暖热,可挡风寒。

头脑汤,我未曾尝过,倒是多读读傅山的文字,庶几也可令人醒脑避寒,不致思想卑琐,精神委顿。周作人《关于傅青主》一文末尾说得好,"古人云,姜桂之性老而愈辣,傅先生足以当之矣。文章思想亦正如其人,但其辣处实实在在有他的一生做底子,所以与后世只是口头会说恶辣话的人不同,此一层极重要,盖相似的辣中亦自有奴辣与胡辣存在也"。

二十四番花信风　谢肇淛[1]

　　二十四番花信风[2]者，自小寒至谷雨，凡四月八气二十四候，每候五日，以一花之风信应之：小寒，一候梅花，二候山茶，三候水仙；大寒，一候瑞香，二候兰花，三候山矾；立春，一候迎春，二候樱桃，三候望春；雨水，一候菜花，二候杏花，三候李花；惊蛰，一候桃花，二候棠棣，三候蔷薇；春分，一候海棠，二候梨花，三候木兰；清明，一候桐花，二候麦花，三候柳花；谷雨，一候牡丹，二候酴醾，三候楝花。过此则立夏矣。然亦举其大意耳，其先后之序，固亦不能尽定也。

《五杂组》

【注释】

①谢肇淛（1567～1624）：字在杭，号武林、小草斋主人，长乐（今属福建）人。历任湖州、东昌推官，南京刑部主事、兵部郎中等职。博学能诗文，又酷嗜藏书，收集宋人文集颇富，藏书名耀于东南。著有《小草斋集》《文海披沙》《史考》《风土纪》等。所著《五杂组》十六卷，多记掌故风物，为其读书有得之作，乃明季颇有影响的博物学著作。

②二十四番花信风：古人以五日为一候，三候为一节气。每年冬去春来，从小寒到谷雨这八个节气里共有二十四候，每候都有一花绽蕾开放。因其应期而至，故有"二十四番花信风"之说。

【赏读】

　　古人有"花木管时令,鸟鸣报农时"的说法。所谓"二十四番花信风"之说,据传源溯南唐徐锴的《岁时广记》:"花信风,三月花开时风,名花信风。"其义重在风信,而非花信。按《吕氏春秋》的说法:"春之得风,风不信,则其花不成。乃知花信风者,风应花期,其来有信也。"风与花,相约有信,迢递而来,恰如尔汝之交般默契有情。

　　而据学者程杰《"二十四番花信风"考》一文:"今所见完整的'二十四番花信风'名目始见于明初王逵《蠡海集》,后世有关'二十四番花信风'的整套说法都出于此。"

　　具体来说,王逵认为,古人以五日为一候,以一花之风信应对之。详而言之,小寒之一候梅花,二候山茶,三候水仙;大寒之一候瑞香,二候兰花,三候山矾;立春之一候迎春,二候樱桃,三候望春;雨水一候菜花,二候杏花,三候李花;惊蛰一候桃花,二候棣棠,三候蔷薇;春分一候海棠,二候梨花,三候木兰;清明一候桐花,二候麦花,三候柳花;谷雨一候牡丹,二候酴醾,三候楝花。花竟也就到了立夏了。

　　而十二月亦各有别称,一月柳月,二月杏月,三月桃月,四月槐月,五月榴月,六月荷月,七月兰月,八月桂月,九月菊月,十月芙蓉月,十一月葭月,十二月腊月。

　　一花名一月,一月属一花。好风催好花,好花伴好风。中国人真是有情意,用木心《九月初九》里的话说是:"中国的'人'和中国的'自然',从《诗经》起,历楚汉辞赋唐宋诗词,连绾表现着平等参透的关系,乐其乐亦宣泄于自然,忧其忧亦投诉于自然。在所谓'三百篇'中,几乎都要先称植物动物之名义,才能开诚咏言;说是有内在的联系,更多的是不相干的相干着。……中国的'自然'宠幸中国的'人',中国的'人'阿谀中国的'自然'?孰先孰后?孰主孰宾?从来就分不清说不明。"

南北墓祭不同 谢肇淛

北人重墓祭。余在山东,每遇寒食,郊外哭声相望,至不忍闻。当时使有善歌者,歌白乐天《寒食行》,作变征之声①,坐客未有不堕泪者。南人借祭墓为踏青游戏之具,纸钱未灰,履相错,日暮,墦②间主客无不颓然醉倒。夫墓祭已非古,而况以焄蒿③凄怆之地为谑浪酗酊之资乎?

《五杂组》

【注释】

①变征之声:征,古代五声之一,乐声中征调变易,常作悲壮之音。

②墦(fán):坟墓。

③焄蒿(xūn hāo):祭祀时祭品散发的气味。后亦用指祭祀。

【赏读】

《旧唐书》载:"寒食上墓,《礼经》无文,近代相沿,浸以成俗,士庶之家,宜许上墓地,编入五礼,永为常式。"冬去春来,草木萌发滋荣。人们来到先人坟茔,或给坟墓添土除草,或奉供祭品,烧化纸钱,一如古诗所言:"南北山头多墓田,清明祭扫各纷然。纸灰飞作白蝴蝶,泪血染成红杜鹃。"而恰逢阳春三月,据《武林旧事》载,清明前后十日,城中士女艳妆靓饰,接踵联肩,翩翩游赏,以至画船箫鼓,终日不绝。清人袁景澜《吴郡岁华纪丽》也说道，拜埽哭罢，并不急于归家，必就其路之所近，趋芳树，择园囿，游庵堂、寺院及旧家亭榭，列座尽醉，杯盘酬劝，踏青拾翠，所谓"有歌者，哭笑无端，哀往而乐回，以尽一日之欢"。

钱穆《晚学盲言》四六"生与死"云："唯中国人对人类死生之想法则与各民族皆不同。中国人先分人生为两方面，一曰身生活，又一曰心生活。身生活属于气质，今称物质生活。心生活谓之德性，今称精神生活。中国人之灵魂观亦与其他民族各异。中国人分魂魄为二。魄属体，故曰体魄。人死骨肉埋于地下，魄亦随之。骨肉腐朽，魄亦散失。魂则不附体而游散，故曰魂气，亦曰神魂。后死者制为木主神位，使死者之魂有所依主，而藏之宗庙，岁时节令，以祭以拜。故古人祭在庙，不在墓。死者之魂，亦与生者之心相通，乃得显其存在。……

"故中国人所重在生，不在死。孔子曰：'祭神如神在。我不与祭，如不祭。'神在祭者之心中，祭乃祭者自尽其心。至于心外是否真有神，是否真能来享受，孔子似所不问。故曰：'慎终追远，民德归厚。'葬祭其死，可使生者德性归厚，厚死即所以厚生。不仅死者可以长留生者之心中，抑且身体发肤受之父母，生者之体即从死者来，是死生身心实相通。即从物质躯体言，六尺之躯，百年之寿，此乃个人之小生命。"

厌 胜 谢肇淛

　　木工于竖造之日，以木签作厌胜之术，祸福如响，江南人最信之，其于工师不敢忤嫚①。历见诸家败亡之后拆屋，梁上必有所见，如说听所载，则三吴人亦然矣。其他土工、石工莫不皆然，但不如木工之神也。

《五杂组》

【注释】

　　①忤嫚：忤逆、怠慢意。

【赏读】

　　所谓"厌胜"之术，即通过诅咒来制服人物的方法。类似端午节喝雄黄酒、佩艾叶，春节挂春联、贴门神，其实皆是习厌胜之术。至于传统手工业制造领域，木匠有厌胜之法，则是为众人所公认的了。

　　古时木匠被称为"梓人""梓匠"等，《礼记·曲礼下》里认为天子之有六工，木工即为其一，其余五种是土工、金工、石工、兽工和草工。可见木工的重要性很早就为人所公认。此外，由于中国古代建筑物，绝大多数都为木制结构，并且发展出了自身独特的艺术结构，即所谓斗拱，如此更见出木工之重要。

　　古时造房建屋有颇多禁忌。首先，破土动工之日一定要择取一黄道吉日，并且焚香祭奠土地神，使此地的蛇虫鼠蚁乃至神鬼妖魅，都能闻讯避走，不然即便房子修好了，仍旧会虫蚁不断，居住者亦不会顺利。而营造房舍的间数也与人的祸福穷通有莫名的关涉对应，木工的职业大全《鲁班经》里就说道，除了一间之外，单数房间是吉，双数房间乃凶。

而整个营造过程中最重要的一道工序即是上梁。自然上梁日亦必择黄道吉日，且要备办五色钱、香火灯烛、三牲水果等，然后匠师开始一套完整的祭祀典仪，以安顿诸神，打退诸煞，如此居住者方可运命昌盛。上梁时，鞭炮轰鸣，主梁上写有"上梁大吉"四字，并歌颂词。上梁结束后，木匠会将钱币、糖果、馒头、米糕和面粉等蒸制的"仙桃"置于红绸之上，所谓"抛仙桃"，众人随之争抢，此谓"接宝"。古时家中有人上梁，亲友必往贺，热闹异常，越热闹亦越吉利。而为了吉利之故，一些人家还会在梁上放置金钱，用为厌胜之法，不过这倒是经常便宜了盗贼，凿开屋脊，将梁上财宝盗取，所以经常有人家屋脊断裂。

既如此，如本段所言，木匠势必不能得罪怠慢。因唯恐其于上梁过程中，施厌胜之法，具体做法乃是暗中将一些晦气致殃之物藏入房内，如此给主人家带来祸事。据说初时乃东家克扣工钱，或使气欺凌，致使木匠以此术行报复之计。因此，日后有种说法，一工程之中，唯木匠最难伺候。

男子裹脚 陶奭龄①

先府君以八座②家居,一敝袴③十年不易,绽补几无完处。朱少傅④衡岳里居侍养,官已三品,客至或身自行酒。近时一二贫士,偶猎科名,辄暴殄天物,穷极滋味,服饰起居,无不华焕,衵衣⑤亵服⑥,红紫烂然,至于梳头裹脚,亦使僮奴代为,不知闲却两手何用。

《小柴桑喃喃录》

【注释】

①陶奭龄(1571~1640):字君奭,一字公望,号石梁,会稽(今浙江绍兴)人。与其兄陶望龄并称"二陶"。著有《小柴桑喃喃录》。

②八座:古时中央政府的八种高级官员。后用指高官。

③袴:通"裤"。

④少傅:为"三公九卿"中"九卿"之一,夏朝始设,至周以少师、少傅、少保、冢宰、司徒、宗伯、司马、司寇、司空为九卿,历代多沿置。后世或多作为皇帝对有功之臣的表彰,为虚职。

⑤衵(rì)衣:内衣之谓。

⑥亵服:古人家居时所穿着的便衣。

【赏读】

《镜花缘》里写林之洋入了女儿国,被选为贵妃,被逼缠足,见是书第三十三回"粉面郎缠足受困":

接着有个黑须宫人,手拿一匹白绫,也向床前跪下道:"禀娘娘:奉命缠足。"又上来两个宫娥,都跪在地下,扶住"金莲",把绫袜脱去。那黑须宫娥取了一个矮凳,坐在下面,将白绫从中撕开,先把林之洋右足放在自己膝盖上,用些白矾洒在脚缝内,将五个脚趾紧紧靠在一处,又将脚面用力曲作弯弓一般,即用白绫缠裹,才缠了两层,就有宫娥拿着针线来密密缝口:一面狠缠,一面密缝。林之洋身旁既有四个宫娥紧紧靠定,又被两个宫娥把脚扶住,丝毫不能转动。及至缠完,只觉脚上如炭火烧的一般,阵阵疼痛。不觉一阵心酸,放声大哭道:"坑死俺了!"

可偏偏有男子乐意受这生不如死的折腾。据王明清《挥麈余录》载,宋时建炎末年任枢密计议官的向宗厚面若滑稽之状,裹华阳巾,缠足极弯,长如钩,以此取悦皇帝。则可知宋人已有男子缠足者。

而男人缠足者,最为知名,也最臭名昭著者,莫过于明代的桑冲。据明人陆粲《庚巳编》卷九"人妖公案"条载:明成化年间,桑冲来至晋州聂村生员高宣家,自称系赵州民人张林之妾,因不堪丈夫打骂逃出来,想投宿一晚。高见其乃举止袅娜的少妇,毫不起疑,即留其在南房内宿歇。谁知高宣女婿赵文举陡起色心,夜半潜入南房求欢,两人推搡之际,赵文举将冲按倒在炕上,欲强行解开其衣裙,"用手揣无胸乳,摸有肾囊",冲遂败露,立刻被高家捆送晋州衙门。经审讯,才知桑冲曾拜一个叫谷才的人为师,学习女红,紧缠双足,男扮女装,之后从"离家到今十年,别无生理,在外专一图奸,历经四十五府州县,及乡村镇店七十八处,到处用心打听良家出色女子","但计十年,奸通良家女子一百八十二人,一向不曾事发"。直到碰到同为色中饿鬼的赵文举,方才拆穿真相。

春　画　沈德符[①]

春画[②]之起，当始于汉广川王[③]。画男女交接状于屋，召诸父姊妹饮，令仰视画。及齐后废帝，于潘妃诸阁壁，图男女私亵之状。至隋炀帝乌铜屏，白昼与宫人戏影，俱入其中。

唐高宗镜殿成，刘仁轨[④]惊下殿，谓一时乃有数天子。至武后时，则用以宣淫。杨铁崖[⑤]诗云："镜殿青春秘戏多，玉肌相照影相摹。六郎酣战明空笑，队队鸳鸯浴锦波。"而秘戏之能事毕矣，后之画者，大抵不出汉广川、齐东昏之模范。惟古墓砖石画此等状，间有及男色者，差可异耳。予见内庭有欢喜佛，云自外国进者，又有云故元所遗者，两佛各璎珞严妆，互相抱持，两根凑合，有机可动，凡见数处。大珰[⑥]云：每帝王大婚时，必先导入此殿，礼拜毕，令抚揣隐处，默会交接之法，然后行合卺。

盖虑睿禀之纯朴也。今外间市古董人，亦间有之，制作精巧，非中土所办，价亦不赀，但比内廷殊小耳。京师敕建诸寺，亦有自内赐出此佛者，僧多不肯轻示人。此外有琢玉者多旧制；有绣织者，新旧俱有之。闽人以象牙雕成，红润如生，几遍天下，总不如画之奇淫变幻也。工此技者，前有唐伯虎，后有仇实甫[⑦]，今伪作纷纷，然雅俗甚易辨。倭画更精，又与唐、仇不同，画扇尤佳。余曾得一筐[⑧]面，上写两人野合，有奋白刃驰往，又一挽臂阻之者，情状如生，旋失去矣。

《万历野获编》

【注释】

①沈德符(1578~1642):字景倩,又字虎臣,浙江秀水(今浙江嘉兴)人,万历四十六年(1618)举人。家世仕宦。博洽多闻,尤熟于时事和朝章典故。仿欧阳修《归田录》之体例,随录见闻,成三十卷笔记,书名寓"野之所获"之意,万历四十七年又编成《续编》十二卷。举凡典章制度、朝廷政事、文人交游、仙释鬼怪、民间风俗等,无不记之,堪称有明一代百科大全,向为治史者所倚重。

②春画:即春宫画,多摹画男女交媾之事。

③汉广川王:此处指汉广川王之子刘海阳。

④刘仁轨:字正则,唐代著名军事家。

⑤杨铁崖:杨维桢,字廉夫,号铁崖,元末明初著名诗人、文学家、书画家和戏曲家。

⑥大珰:宫中掌权势的太监。

⑦仇实甫:即仇英,明代著名画家,与沈周、文征明、唐寅并称"吴门四家"。

⑧箑(shà):扇子。

【赏读】

春画虽然为正人君子视作诲淫之具,但其实早有学者指出,在古代,春宫图还具有多种作用。首先,以儒家思想为主流价值观的中国古代社会,对于性知识、性技巧的介绍途径是很有限的,春画在这方面就起到了性教育的科普作用。

此外,还有专门表现男女交媾情状的小雕像,明代宫廷还曾烧制有男女私亵之状的器皿。市面上则有瓷制的水果，由上下两半合成，上半为盖，揭去则见果内有男女二人交媾，这类物件旧时称为"压箱底"，因藏于新娘嫁妆的箱底而得名，用意乃为性启蒙、祈子和辟邪。古人又普遍相信春画有驱邪避祸的功用，因为相传火神系女子，见春画辄娇羞避走，故此常常以春画作为避火之具。尤其是藏书家，即往往在书中夹杂此物，以避火光之灾。

而沈德符提及的欢喜佛，亦为具有同样作用的物件。旧时宫中皇帝大婚前，即往秘殿中参拜"喜神"，亦即学习人道。或者以猫狗交配之戏，让宫中子弟观而效之。

春画在明代的风行，当可视为彼时社会性观念的重要材料。事实上，明代的春药生意也很好。明世宗就是春药大户，不仅要内廷制作采办，更要派人去民间广为搜访。当时春药制作主要有两种方法，一种是用红铅取童女月经初潮而熬炼之，另一种则是用秋石取童男之尿而烹炼。这种制作方法的背后，其实和中国人固有的文化心理观念关涉很大。此外，紫河车，亦即男胎之胞衣，被视为春药珍物；蛤蚧因雌雄同体，也被古人视为有益人道交合之物。各种或内服或外用的春药都在明代史无前例地大肆生产，可见明代社会性爱风气之一斑。

丐　户　沈德符

今浙东有丐户者，俗名大贫。其人非丐，亦非必贫也，或云本名惰民，讹为此称。其人在里巷间，任猥下杂役，主办吉凶及牙侩之属，其妻入大家为栉工①及婚姻事，执保媪诸职，如吴中所谓伴婆者，或迫而挑之，不敢拒亦不敢较也。男不许读书，女不许缠足，自相配偶，不与良民通婚姻，即积镪巨万、不得纳资为官吏。

《万历野获编》

【注释】

①栉工：旧时专替人梳头理发之人。

【赏读】

所谓"丐户"，并非是流落市井以乞讨为生的江湖乞丐，而是有固定职业和居所，家庭也可称完满，但社会地位极其低下，甚至还不及游方乞食的乞丐来得自由的人。据说丐户前身为宋朝杨家将杨延昭部将焦光瓒手下的士卒兵丁，他们变节投降了金兵，日后金兵北归，宋人遂将这批人打入另册，贬为堕民，称为"丐户"。甚且规定凡人家有吉凶之事，丐户都要过去供奔走差遣，且平日衣服居处特异，戴狗头帽，住低矮小房，子孙永不得参加科考，良民亦不与之通婚，情状极为穷窘。

就历史实情而言，乞丐可说是社会中一个极重要的群体。他们大多因失去土地而无力谋生，或因天灾人祸不得已背井离乡，或是挥霍家财自甘堕落，总之不论他们出于怎样的原因，结果都是依靠行乞来谋生。

不过即便身份微贱，属下九流之类，但亦不可小觑这类人。余者不论，乞丐里也出过大人物，譬如唐睿宗李旦和明太祖朱元璋。此外，由于人数众多，乞丐也有自己的社会组织，即所谓丐帮。在头目"团头"的分配协调下，不同的乞丐群体互相妥协博弈，若协调不成，当然会拼打起来。而整个丐帮的头目称为"杆子"，由官府挑选得力之人来担任。到了清朝，乞丐亦有两种，一种是普通的贫贱乞丐，另一种则是游手好闲坐吃山空的八旗子弟，后一种尤为麻烦。

既成一组织，丐帮也与其他社会组织一样，有自己供奉的行业神。譬如他们会供奉之前提到的唐睿宗李旦为自己的祖师爷；又或是奉佛教中释迦牟尼的有力施主之一的须达多，亦即孤独长者；又或奉南宋刘宰为丐帮守护神，因其死后为神，职掌蝗虫，可使蝗灾免却，故奉之。至于沦为乞丐，入了丐籍，则后世子孙永不得翻身，直到清代才准许丐民脱籍，但也要到第五代子孙始可应考功名。

结缘豆 刘侗[①]

四月八日[②]舍豆儿，曰"结缘"。十八日，亦舍。先是拈豆念佛，一豆，佛号一声，有念豆至石者。至日（四月八日）熟豆，人遍舍之，其人亦一念佛，啖一豆也。凡妇不见答于夫姑婉若者，婢妾摈于主及姥者，则自咎曰："身前世不舍豆儿，不结得人缘也。"

《帝京景物略》

【注释】

①刘侗（1593~1636）：字同人，号格庵，麻城（今属湖北麻城市）人，明代著名散文家。与于奕正合撰《帝京景物略》，于收集材料、参订体例，刘撰写文字。是书主要记述北京地区的山川园林、庵庙寺观、桥台泉潭并岁时风俗。自述"景一未详，裹粮宿舂；事一未详，发箧细括"，文字幽雅隽洁，颇有风致。

②四月八日：相传四月初八是佛祖释迦牟尼生日。佛祖从母亲胁下诞生时，天龙喷洒香雨洗涤佛身。此后各佛寺皆在此日用名香浸水，浇灌释迦牟尼诞生像，谓之"浴佛"，亦称"灌佛"，以纪念佛之诞辰。故是日即称为"浴佛节"。

【赏读】

四月八日，相传为佛祖诞生之日，乃传统的佛教节日。但浴佛节最初在北方是每年腊月八日，在南方则为四月八日。直到皇祐年间，圆照禅师在开封传法，北方地区的浴佛节方才逐渐改易为四月八日。

这一天，各大禅院寺庙都要举行浴佛斋会，"煎香药糖水"相馈赠，名为"浴佛水"。而据金盈之《醉翁谈录》卷四所载，当日僧尼之流齐集开封相国寺，城里的老少男女骈聚此处，可谓人山人海。众僧环列既定之后，有一四尺多大的金盘置于佛殿之前，同时还有一层极大的紫色幕布帐幔覆盖其上，帐幔华丽异常，用金线织出龙凤与花木的形状。吹锣击鼓，灯烛相应，罗列香花，一尊金色的太子佛像，"高二尺许，置于金盘中"，众僧举扬佛事，其声震地，士女则恭敬朝拜。这时这尊金色的佛太子突然活动起来，在金盘里"周行七步"，观者愕然。过一会儿，僧人揭开紫色帐幔，露出九条饰以金宝的龙，水从金龙的嘴里喷进金盘，"须臾，盘盈水止"。然后，有德高僧即以一只长柄勺子，从盘里舀水，给佛太子沐浴。待浴佛既毕，瞻礼的人群遂纷纷向僧人请求浴佛之水，相传此水可以治疗眼疾与其他疾病。

此外，浴佛日还有行像与舍缘豆之俗。行像，指的是将沐浴过的太子佛像放在白象上，巡游街道，供信徒瞻拜。舍缘豆，则是僧人把煮熟的豆子施舍众人，这一风俗多在北方盛行。在浴佛日之前，僧人就开始拣豆子，每拣一粒豆，便宣一声佛号"南无阿弥陀佛"，在佛诞日这一天再把豆子煮熟，施舍众人。被舍者，每食一粒亦宣一声佛号，从而与佛结缘。

明嘉靖《吴江县志》就记载道：四月八日，僧尼浴佛遍走闾巷，煮锡水豆以馈人，名浴佛豆，受者要答以钱粟。《日下旧闻考》里也写道，京师僧人念佛号者，辄以豆记其数。至四月八日佛诞生之辰，煮豆微撒以盐，邀人于路请食之，以为结缘。不过也有无赖僧人，每于是日借此勾搭良家妇女的，也算是别一种"结缘"吧。

鲁藩烟火 张 岱[①]

兖州鲁藩[②]烟火妙天下。烟火必张灯，鲁藩之灯，灯其殿、灯其壁、灯其楹柱、灯其屏、灯其座、灯其宫扇伞盖。诸王公子、宫娥僚属、队舞乐工，尽收为灯中景物。及放烟火，灯中景物又收为烟火中景物。天下之看灯者看灯外，看烟火者看烟火外，未有身入灯中、光中、影中、烟中、火中，闪烁变幻，不知其为王宫内之烟火，亦不知其为烟火内之王宫也。

殿前搭木架数层，上放"黄蜂出窠""撒花盖顶""天花喷礴"。四旁珍珠帘八架，架高二丈许，每一帘嵌孝、悌、忠、信、礼、义、廉、耻一大字。每字高丈许，晶映高明。下以五色火漆[③]塑狮、象、橐驼[④]之属百余头，上骑百蛮，手中持象牙、犀角、珊瑚、玉斗诸器，器中实"千丈菊""千丈梨"诸火器。兽足蹑以车轮，腹内藏人，旋转其下。百蛮手中，瓶花徐发，雁雁行行，且阵且走[⑤]。移时，百兽口出火，尻[⑥]亦出火，纵横践踏。端门内外，烟焰蔽天，月不得明，露不得下。看者耳目攫夺，屡欲狂易[⑦]，恒内手持之。

昔者有一苏州人，自夸其州中灯事之盛，曰："苏州此时有烟火，亦无处放，放亦不得上。"众曰："何也？"曰："此时天上被烟火挤住，无空隙处耳！"人笑其诞。于鲁府观之，殆不诬也。

《陶庵梦忆》

【注释】

①张岱（1597～1689）：一名维城，字宗子，又字石公，号陶庵，别号蝶庵居士，晚号六休居士，山阴（今浙江绍兴）人。寓居杭州。出生仕宦世家，少为富贵公子，爱繁华，好山水，晓音乐，精戏曲，明亡后不仕，贫困不堪，入山著书以终。明末清初著名文学家、史学家。著述宏富，有《夜航船》《琅嬛文集》《西湖梦寻》等。《陶庵梦忆》共八卷，卷首自序所谓："想余生平，繁华靡丽，过眼皆空，五十年来，总成一梦。"

②鲁藩：明洪武三年，朱元璋封其子朱檀为鲁王，次年建鲁王府于滋阳（今兖州）。

③火漆：封蜡，以松脂与石蜡加入颜料制成，遇火则变黏软，故用以封瓶口、信件等。

④橐驼：即骆驼。

⑤且阵且走：排成固定队形行进。

⑥尻（kāo）：脊骨末端，屁股。

⑦狂易：癫狂发疯状。

【赏读】

据《武林旧事》《西湖老人繁盛录》等书载，南宋时烟火已颇为繁盛。每逢元夕，宫中要放大烟火"百余架"，而民间则到霍山之侧，"放五色烟火，放爆竹"。大烟火绚丽锦绣，多用药线编排成楼阁亭台、人物花鸟等形象，每一点燃，光彩烂然；小烟火则多在纸筒中装火药，点燃后焰光四射，有的还能在地上盘旋游走。明清两代，爆竹烟花更为流行，俗云"糖瓜祭灶，新年来到。闺女要花，小子要炮"。且爆竹烟花的花色品种亦远超宋元，制作也日益精巧。明代放烟火俗称"放盒子"。因当时烟火多是将药线烟火编排好后放入盒子，搭架燃放。

清代爆竹烟花更较明代为胜。《燕京岁时记》"灯节"条载，有专门的花炮棚子制造各色烟火，竞巧争奇。有盒子、花盆、烟火杆子、线穿牡丹、水浇莲、金盘落月、葡萄架、旃火、二踢脚、飞天十响、五鬼闹判儿、八角子、炮打襄阳城、匣炮、天地灯等名目。富室豪门，争相购买，银花火树，光彩照人，车马喧阗，笙歌聒耳。

齐如山《中国风俗丛谈》中说道："元旦只是放鞭炮，灯节则有筒花、起花、双响、炮打灯、花盆、葡萄架、八角子、连升三级等等，种类很多。规模较大的、特见技术的，则有盒子、炮打襄阳城等等。"特别是末一种，尤为可观，"先扎成一段城式，有门楼，有防御工事，有炮台等等，彼一头系于远处，丝上系一起花。放时把起花燃着，起花即顺铁丝直往扎烟火之处，碰到机关，城上之炮火，即燃放起来，炮火齐发，有炮弹，有火箭，万火齐飞，一丝不紊"。

扬州瘦马 张　岱

扬州人日饮食于瘦马①之身者数十百人。娶妾者切勿露意，稍透消息，牙婆驵侩②咸集其门，如蝇附膻，撩扑不去。黎明，即促之出门，媒人先到者先挟之去，其余尾其后接踵伺之。至瘦马家，坐定，进茶，牙婆扶瘦马出曰："姑娘拜客。"下拜。曰："姑娘往上走。"走。曰："姑娘转身。"转身向明立，面出。曰："姑娘借手睄睄。"尽襭③其袂，手出、臂出、肤亦出。曰："姑娘睄相公。"转眼偷觑，眼出。曰："姑娘几岁了？"曰几岁，声出。曰："姑娘再走走。"以手拉其裙，趾出。然看趾有法④，凡出门裙幅先响者，必大，高系其裙，人未出而趾先出者必小。曰："姑娘请回。"一人进，一人又出，看一家必五六人，咸如之。看中者，用金簪或钗一股插其鬓，曰"插带"。看不中，出钱数百文，赏牙婆或赏其家侍婢，又去看。牙婆倦，又有数牙婆踵伺之。一日、二日，至四五日，不倦亦不尽，然看至五六十人，白面红衫，千篇一律，如学字者一字写至百至千，连此字亦不认得矣。心与目谋，毫无把柄，不得不聊且迁就，定其一人。插带后，本家出一红单，上写彩缎若干，金花若干，财礼若干，布匹若干，用笔蘸墨，送客点阅。客批财礼及缎匹如其意，则肃客归，归未抵寓，而鼓乐、盘担、红绿、羊酒在其门久矣。不一刻而礼币、糕果俱齐，鼓乐导之去，去未半里而花轿、花灯、擎燎、火把、山人⑤、傧相、纸烛、供果、牲醴之属，门前环侍。厨子挑一担至，则蔬果、肴馔、汤点、花棚、糖饼、桌围、坐褥、酒壶、杯箸、龙虎寿星、撒帐牵红⑥、小唱弦索之类，又毕备矣。不待复命，亦不待主人命，而花轿及亲送小轿一齐往迎，鼓乐灯燎，新人轿与亲送轿一时俱到矣。新人拜堂，亲送上席，小唱鼓吹，喧阗热闹。日未午而讨赏遽去，急往他家，又复如是。

《陶庵梦忆》

【注释】

①瘦马：旧时扬州从事"养瘦马"的牙公牙婆低价买来贫家幼女，教以琴棋书画诸般技艺，复高价卖给四方商贾士绅做妾，俗称瘦马。类如贩马者养瘦马为肥而终高价卖出。

②牙婆驵侩（zǎng kuài）：牙婆，三姑六婆中一种，专为富室购置买妾买丫头等事。陶宗仪《南村辍耕录·三姑六婆》曰："六婆者，牙婆、媒婆、师婆、虚心婆、药婆、稳婆。"驵侩，原指马匹交易的经纪人，后泛指各类贸易之经纪人。

③褫（chǐ）：夺去，此处指撩起女孩衣服。

④看趾有法：古时女子裹足，选妻妾时，于女足纤细与否甚为在意。

⑤山人：旧时以卜卦算命为营生之人，此处指婚礼中之帮闲人等。

⑥撒帐牵红：撒帐，婚俗之一。新婚夫妇入洞房，分左右坐于床，伴娘遂抛掷金钱糖果，因是撒向床内，故名之。牵红，以红巾牵引新人入洞房。

【赏读】

清人吴炽昌《客窗闲话》卷四"瘦马"条：金陵匪徒，在四方贩买幼女，选其俊秀者，调理其肌肤，修饰其衣服，聘请老师教导，凡书画琴棋、箫管笛弦之类，无一不能。等到破瓜之年，则重价售与宦商富室为妾，或竟入妓院，名之曰"养瘦马"。要之，牙婆驵侩先出资买下贫苦家庭中面貌姣好的女孩，此后教以歌舞、琴棋、书画，调习训导，待出落成曼妙之姿再卖与富人做妾，从中谋取暴利。

明代渔色之风颇盛，"扬州瘦马"品第分明，其教习规矩谨严，用今人话说是自有一套行业标准。明人王士性《广志绎》就指出，"天下不少美妇人，而必于广陵者"，即在于保姆教训，严闺门，习礼法。上等女子善琴棋歌咏，最上等的书画亦精，次者则善刺绣女工。此外侍奉长辈，退让同辈，进退有据，不失分寸，不致掀起醋海波澜，费男子心神，"故纳侍者类于广陵觅之"。可见"瘦马"针对的客户并非图一夕之欢的嫖客，而是要正经八百纳为姬妾的大户人家，所以"三从四德"之礼照旧是她们的核心价值观，礼仪周全，容貌可观，然而顶顶要紧是"不费男子心神"！犹如玩偶，既可远观，又可亵玩，却始终不必担心这玩偶脾气发作，惹老爷不悦。

和下等妓女相比，"瘦马"似别有才艺，其实也不过骗骗客主。沈德符就拆穿道：所谓能琴者，不过《颜回》或《梅花》一段。所谓能画者，不过兰竹数枝。能下棋的，也不过起局数着。会唱歌的，不过《玉抱肚》《集贤宾》一二调。面试之后，至再至三，马上露马脚！至于所谓会写字，更可笑。如果对方是官僚，就写"吏部尚书大学士"，是孝廉的，就写"第一甲第一名"之类，老爷们一开始非常诧异，以为奇绝，马上纳聘讨回家，之后再使之操笔，则此数字之外，根本不会其他的了。

方 物 张 岱

越中清馋无过余者,喜啖方物。北京则苹婆果、黄黪①、马牙松②,山东则羊肚菜、秋白梨、文官果、甜子,福建则福桔、福桔饼、牛皮糖、红乳腐,江西则青根、丰城脯,山西则天花菜③,苏州则带骨鲍螺④、山查丁、山查糕、松子糖、白圆、橄榄脯,嘉兴则马交鱼脯、陶庄黄雀,南京则套樱桃、桃门枣、地栗团、窝笋团、山查糖,杭州则西瓜、鸡豆子、花下藕、韭芽、玄笋、塘栖蜜桔,萧山则杨梅、莼菜、鸠鸟、青鲫、方柿,诸暨则香狸、樱桃、虎栗,嵊则蕨粉、细榧、龙游糖⑤,临海则枕头瓜,台州则瓦楞蚶、江瑶柱,浦江则火肉,东阳则南枣,山阴则破塘笋、谢桔、独山菱、河蟹、三江屯蛏、白蛤、江鱼、鲥鱼、里河鳇。远则岁致之,近则月致之,日致之。耽耽逐逐⑥,日为口腹谋,罪孽固重。但由今思之,四方兵燹,寸寸割裂,钱塘衣带水⑦犹不敢轻渡,则向之传食四方,不可不谓之福德也。

《陶庵梦忆》

【注释】

①黄黪:即黄芽菜。

②马牙松:北京大白菜。

③天花菜:五台山产台蘑。

④带骨鲍螺：此物之详细制法可见《陶庵梦忆》卷四"乳酪"条。

⑤龙游糖：龙游，位于浙江兰溪，以产糖知名。

⑥耽耽逐逐：语出《易·颐》："虎视眈眈，其欲逐逐。"形容贪婪貌。

⑦衣带水：河流宽如衣带。喻水面狭窄，后亦泛指仅隔一水，极其邻近。语出《南史·陈纪下·后主》："隋文帝谓仆射高颎曰：'我为百姓父母，岂可限一衣带水不拯之乎？'"

【赏读】

所谓"方物"，即是地方名产。张岱所写的"方物"，每一样都对应着产地，换句话说，这些食物好比是原产地的象征符号。我们想起北京，则惦念北京的苹婆果；想起山东，则想起那里的羊肚菜；想起福建，则是福橘和福橘饼；想起苏州，跌入脑际的却是山楂糕、松子糖；杭州则鸡豆子、花下藕、塘栖蜜橘之类。食物与产地有着不可名状的暧昧关系，似乎一地的性格神采全都融铸在一个橘子里，一块糖里，一块肉里。

明代，尤其晚明，社会上弥漫着一股享乐主义的风气。就饮食而言，除了张岱写过的"方物"之外，各地确有不少名品。《戒庵老人漫笔》记嘉定南翔产的三黄鸡，嘴、足、皮毛皆为黄色者，方为上品，相传此鸡不仅味美，且有疗疾之效；《长安客话》记卢龙塞外有一种毛色深黄的黄羊，乃野味珍品；福建以荔枝、蛎房、子鱼和紫菜并称"四美"；辽东的海参明代已经很出名了，认为其性足可与人参相媲美；明代广东人已喜吃"鱼生"，即生鱼片，就中尤以鲩鱼为首选；江浙的四腮鲈鱼和黄花鱼都是名品，为人推重；福建的延平豆腐很是知名，有"延平豆腐邵武伞，建阳妇人不用拣"之俗语。

上述还只是明代方物中之一粟，由此可以想见明代饮食之发达，如此自然促进了整个文人社会对于饮食的重视，纷纷编撰各种饮食书籍，故较之前代，明朝各种食谱、菜谱、酒谱特别多，庖厨之事，终于也成了一种专门的学问。

西湖香市 张 岱

西湖香市①,起于花朝,尽于端午。山东进香普陀者日至,嘉、湖②进香天竺③者日至,至则与湖之人市焉,故曰香市。

然进香之人市于三天竺,市于岳王坟,市于湖心亭,市于陆宣公祠④,无不市,而独凑集于昭庆寺,昭庆寺两廊故无日不市者。三代八朝之古董,蛮夷闽貊之珍异,皆集焉。至香市,则殿中边甬道上下、池左右、山门内外,有屋则摊,无屋则厂,厂外又棚,棚外又摊,节节寸寸。凡胭脂簪珥、牙尺剪刀,以至经典木鱼、伢儿嬉具之类,无不集。

此时春暖,桃柳明媚,鼓吹清和,岸无留船,寓无留客,肆无留酿。袁石公⑤所谓"山色如娥,花光如颊,温风如酒,波纹如绫",已画出西湖三月。而此以香客杂来,光景又别。士女闲都⑥,不胜其村妆野妇之乔画;芳兰芗泽⑦,不胜其合香芫荽⑧之熏蒸;丝竹管弦,不胜其摇鼓欹笙之聒帐⑨;鼎彝光怪,不胜其泥人竹马之行情;宋元名画,不胜其湖景佛图之纸贵。如逃如逐,如奔如追,撩扑不开,牵挽不住。数百十万男男女女老老少少,日簇拥于寺之前后左右者,凡四阅月方罢,恐大江以东,断无此二地矣。

崇祯庚辰三月,昭庆寺火。是岁及辛巳、壬午洊饥⑩,民强半饿死。壬午虏鲠⑪山东,香客断绝,无有至者,市遂废。辛巳夏，余在西湖，但见城中饿殍舁出，扛挽相属。时杭州刘太守梦谦，汴梁人，乡里抽丰⑫者，多寓西湖，日以民词馈送。有轻薄子改古诗⑬诮之曰："山不青山楼不楼，西湖歌舞一时休。暖风吹得死人臭，还把杭州送汴州。"可作西湖实录。

《陶庵梦忆》

【注释】

①香市：即庙会。因源起于香烛生意，故名之。

②嘉、湖：即浙江嘉兴与湖州。

③天竺：西湖北高峰下三寺，上、中、下三天竺，上天竺为法喜寺、中天竺为法净寺、下天竺为法镜寺。

④陆宣公祠：唐名臣陆贽，谥忠宣公，西湖孤山山麓有其祠庙。

⑤袁石公：即袁宏道，明代文学家，字中郎，又字无学，号石公，荆州公安（今属湖北公安）人。与其兄袁宗道、弟袁中道并有才名，合称"公安三袁"。所引文系出自其游记《西湖一》。

⑥闲都：雅丽俊美貌。

⑦芗泽：香气。《史记·滑稽列传》："罗襦襟解，微闻芗泽。"

⑧芫荽：即香菜。

⑨聒帐：谓通宵宴饮，管弦齐作。

⑩洊（jiàn）饥：连年饥荒。洊，再，重。

⑪房鲠：房，指清兵；鲠，通"梗"，阻塞意。

⑫抽丰：以各种名目向人索取财物，俗称打抽风。

⑬古诗：指宋人林升《题临安邸》："山外青山楼外楼，西湖歌舞几时休？暖风熏得游人醉，直把杭州作汴州。"

【赏读】

古老中国本无烧香，汉之前，所谓烧香多用以祭祀，将牲体和玉帛置柴上，燃柴生烟，以示告天，而香品亦原始，不过焚兰、蕙、椒、桂之类，故明周嘉胄《香乘》引《天香传》谓："香之为用，从上古矣。所以奉神明，可以达蠲洁。三代禋祀，首惟馨之荐，而沉水熏陆无闻也。"直到佛教传入中土，方才有之。在佛门看来，"香为佛使"，燃香之际，亦表示佛门弟子信众的戒定真香，且佛家认为好香如正气，若能亲近多闻，则能提引人心。

当烧香成为民间之普遍信仰活动时，则沾上了一层游艺之气，亦如《醒世姻缘传》第六十八回说的"这烧香，一为积福，一为看景逍遥"。以这西湖香市而言，每年春天的二三月间，杭州妇女就赶到上、中、下三天竺并西湖边上各寺庙烧香祈愿。

在明代，泰山、武当山和普陀山，这三山是最受百姓欢迎的烧香圣地。因为泰山乃群山之宗，人们相信"泰山奶奶掌管天下人的生死福禄"，所以特别重视。而武当山为真武大帝的道场，与泰山形成南北对峙的局面。普陀山的善才岩、潮音洞则向来被认为乃观音大士的化现之地，所以妇女往赴烧香的特别多。尤其是二月十九被认为是观音娘娘生日，信众不计道途辛苦皆在当日赶来，数十万朝山香客一齐涌进佛寺，露天而坐，直到次日清晨，这叫"宿山"。

据范祖述《杭俗遗闻》"天竺香市"条载，每逢二月十九观音圣诞，信徒甚重。他们认为凡祈晴祷雨，无不感应。十八日文武百官，自抚台以下皆亲往拈香，百姓也纷纷于十八日晚间出城。所以自茅家埠起，一路夜灯，至庙不绝。当日去者，自城门至山门十五里中，挨肩擦背，何止万万。其盛况可见一斑。

如此大的排场，自然也形成了一个极大的消费机会。梁绍壬《两般秋雨庵随笔》卷四"香市"条亦云，西湖昭庆寺山门前，两廊设市，卖木鱼、花篮、耍货、梳具等物，皆寺僧作以售利者也。每逢香市，此地妇女填集如云。

秦淮河房　张　岱

秦淮河①河房,便寓、便交际、便淫冶,房值②甚贵,而寓之者无虚日。画船箫鼓,去去来来,周折其间。河房之外,家有露台,朱栏绮疏,竹帘纱幔。夏月浴罢,露台杂坐。两岸水楼中,茉莉风起,动儿女香甚。女各团扇轻纨,缓鬓倾髻,软媚着人。

年年端午,京城士女填溢,竞看灯船。好事者集小篷船百什艇,篷上挂羊角灯如联珠,船首尾相衔,有连至十余艇者。船如烛龙火蜃,屈曲连蜷,蟠委旋折,水火激射。舟中镦钹星铙,宴歌弦管,腾腾如沸。士女凭栏轰笑,声光凌乱,耳目不能自主。午夜,曲倦灯残,星星自散。钟伯敬③有《秦淮河灯船赋》,备极形致。

《陶庵梦忆》

【注释】

①秦淮河:此处为南京城中的内秦淮,所谓"十里秦淮"。
②房值:即房租。
③钟伯敬:即钟惺,字伯敬,湖北竟陵人,明代著名文学家,与谭元春并称"钟谭",为竟陵派代表。

【赏读】

《儒林外史》里说,这南京乃是明太祖建都的所在,里城门十三,外城门十八,穿城四十里,沿城一转,足有一百二十多里。城里几十条大街,几百条小巷,都是人烟凑集,金粉楼台。城里一道河,东水关到西水关,足有十里,便是秦淮河。水满的时候,画船箫鼓,昼夜不绝。城里城外,琳宫梵宇,碧瓦朱甍,在六朝时,是四百八十寺;到如今,何止四千八百寺!大街小巷,合共起来,大小酒楼有六七百座,茶社有一千余处。不论你走到哪一个僻巷里面,总有一个地方悬着灯笼卖茶,插着时鲜花朵,烹着上好的雨水。茶社里坐满了吃茶的人。到晚来,两边酒楼上明角灯,每条街足有数千盏,照耀如同白日,走路的人,并不带灯笼。那秦淮河到了有月色的时候,越是夜色已深,更有那细吹细唱的船来,凄清委婉,动人心魄。

十里秦淮,晚明时臻于极致,其最早则可以追溯到孙吴时期。孙权定都南京,并在秦淮河一带修建都城,沿河两岸随之也就出现了河房。临水而居,风光旖旎,自然也就使文人骚客、达官贵人竞相在此修筑河房。到了明代,秦淮河一带更是南北商贾辐辏云集,繁荣异常。而就中很重要的一个原因,乃是贡院恰建在河畔,每年都有数万考生到此考试,连带催生了一大批书肆、客栈、茶楼、青楼的商业消费。按照余怀在《板桥杂记》里的说法,妓家亦有本帮、苏帮、扬帮之别,妍媸各异,芬芳罗绮,嘹亮笙歌,不知今夕何夕。

毗邻贡院,加以风景秀美,河房租金也就高得出奇。而最夺人眼目的,当属这秦淮佳丽了。以马湘兰、顾媚、李香君为首的秦淮八艳,在国事云乱的晚明,翩然登场,背后是国破山河在,眼前是一个朝代的斜阳晚景,她们的故事与情事不仅是一曲艳歌,更是一出大戏。于是秦淮河不仅有了衣香鬓影与钗裙凌乱,也有了情怀激烈的沉痛与哀丝急管的感慨。此后历朝文人迭有歌咏,不仅咏昔日的逐水繁华,也是为伤悼旧日年光。只是这繁华已不再。

泰安州客店　张　岱

客店至泰安州①，不复敢以客店目之。余进香泰山，未至店里许，见驴马槽房二三十间；再近，有戏子寓二十余处；再近，则密户曲房，皆妓女妖冶其中。余谓是一州之事，不知其为一店之事也。

投店者，先至一厅事，上簿挂号，人纳店例银三钱八分，又人纳税山银②一钱八分。店房三等：下客夜素早亦素，午在山上用素酒果核劳之，谓之"接顶"。夜至店，设席贺，谓烧香后求官得官，求子得子，求利得利，故曰贺也。贺亦三等：上者专席，糖饼、五果、十肴、果核、演戏；次者二人一席，亦糖饼，亦肴核，亦演戏；下者三四人一席，亦糖饼、骨核，不演戏，用弹唱。计其店中，演戏者二十余处，弹唱者不胜计。庖厨炊灶亦二十余所，奔走服役者一二百人。下山后，荤酒狎妓惟所欲，此皆一日事也。若上山落山，客日日至，而新旧客房不相袭，荤素庖厨不相混，迎送厮役不相兼，是则不可测识之矣。泰安一州与此店比者五六所，又更奇。

《陶庵梦忆》

【注释】

①泰安州：今山东泰安，位于泰山脚下，是登泰山的必经之路。

②税山银：即上山所须缴纳的费用。

【赏读】

张岱这篇《泰安州客店》是明代旅店业的一份好资料。《水浒传》第七十四回也写及泰山香客店，"（东岳）庙上好热闹，不算120行经商买卖，只客店也有1405间，延接天下香客，到了菩萨圣节之时，也没安人处，许多客店都歇满了"。

顾名思义，旅店是供人于行旅途中歇宿之地，又称旅舍、道店、客店、客舍、行馆等。相较主要为官方服务的驿馆，旅店属于民营商业，有钱即可入住。尤其是宋代开始，商品经济与贸易的日趋发达，旅店业也随之得到了巨大的发展。不仅大城市有众多旅店，即连荒寒之地，也有旅店供人歇宿。而不少私人开设的旅店，生意颇好，宋初宰臣赵普即有私家邸店，盈利颇丰，徽宗朝宰臣何执中，"邸店之多，甲于京师"。

《梦粱录》记南宋临安城里北关附近有数十处高级"榻房"，房舍数千间之多，且营造在水边，四面环水，故"不惟可避风烛，亦可免偷盗"，考虑极其周到。而著名的客店亦所在多有，《东京梦华录》中即记有汴梁城内州桥东街巷迤东，"沿城皆客店，南方官员商贾兵役，皆于此安泊"。"清风楼"为东京城内之"无比客店"；每月五次开放"万姓交易"的相国寺附近，客店栉比，其中相国寺东门大街附近的"熙熙楼客店"主要下榻的都是南北往来客商；潘楼街南面的"鹰店"，则"只下贩鹰鹘客"。房间亦有差等，最好的是"头房"，单人雅间，至于贩夫走卒则往往要挤在一张大通铺上了。

古代旅店不惟供人饮食歇宿，还设有仓库，供住客暂时安置货物。当客人要贩售货物时，还须为其介绍有资质的牙人，监督双方贸易是否有偷税漏税之嫌。此外根据客人需要，代为雇人雇车，甚至还要为旅途寂寞的客人提供一夕之欢的娼妓,也是常有的事,所以张岱说泰安州客店后头有供妓女住宿的"密户曲房"。

而与今日入住宾馆的手续一样,古时住店也须登记,所谓"店簿""店历"。这份客人登记簿要逐月定期交官方查验,既为便于管理,也可作为向店家收税的一份凭据。

卷四

清代风物

花不应候 屈大均[①]

　　岭南花不应节候。予诗:"花到岭南无月令。"又云:"梅喜炎洲暖,长开在菊前。"谓十月间梅与菊齐发也。正月菊亦有花。白沙[②]诗:"春到东篱花亦知,红桃白李正当时。东风自领芳菲去,也为秋香作意吹。"海南荷花,尝与梅菊相接,蕊小而香清,腊月尤胜。陈觉诗:"五月芙蕖冬更香,解陪梅菊到冰霜。"嵇含[③]云:"岭外多花,在春华者冬秀,夏华者春秀,秋华者夏秀,冬华者秋秀。其华竟岁,故妇女之首,四时未尝无花。"昌黎诗:"二年流窜出岭外,所见草木多异同。冬寒不严地恒泄,阳气发乱无全功。浮花浪蕊镇长有,才开还落瘴雾中。"诸花亦多香,盖炎德之所韫发。而陆贾[④]言:"南越境百花不香",然今兰、蕙、桂、莲、玫瑰等花与中州同,亦未尝不香。岂地气日盛,视昔有以异欤!

　　岭南花不可以时序限之,予有《秋日对花诗》云:"重阳节过即芳菲,么凤枝头啄不稀。梅蕊竟先黄菊放,却嫌绿萼得霜肥。"又云:"花历天南最不同,吹嘘不必定春风。东君自解行秋令,先遣梅开九月中。"又《冬日对花》云:"六种争开向药栏,冬来花事不曾残。天南春色无来去,长与东皇共岁寒。"六种者,梅、菊、月贵、高丽菊、雁来红、水仙也。岭南花大抵盛于秋冬,至初春已尽。花朝时,但有绿叶及结子青青而已。昌黎诗:"南方二月半,春物亦已少。"

《广东新语》

【注释】

①屈大均(1630~1696):字翁山、介子,号莱圃,广东番禺人。明末清初著名学者、诗人。曾与魏耕等进行反清活动,与陈恭尹、梁佩兰并称"岭南三大家"。《广东新语》二十八卷,卷首自序:"予尝游于四方,阅览博物之君子,多就予而问焉。予举广东十郡所见所闻,平昔识之于己者,悉与之语。语既多,茫然无绪,因诠次之而成书也。"

②白沙:即陈献章,字公甫,号石斋,因曾在白沙村居住,人称白沙先生。明代著名思想家、教育家、书法家、诗人。

③嵇含:字君道,自号亳丘子,谯国铚县(今安徽省濉溪县)人。"竹林七贤"之一嵇康孙,好学,善文章。著有《南方草木状》,是书绍介岭南植物,向为推重。

④陆贾:汉初思想家,政治家,著有《新语》。

【赏读】

屈大均所谓"花不应候",乃广东之地的特殊风土所致。古人另有唐花一艺,则是完全依凭人工来改善温度,进而改变花期。《齐东野语》卷十六云:凡花之早放者,名曰堂花。方法是以纸饰密室,凿地作坎,置花其上,再敷以粪土。然后置沸水于坎中,之后汤气熏蒸,鼓扇微风,温度和湿度好比盛春天气一般,如此过几个晚上,花即开放。类似牡丹、梅、桃之类的,都可用此法。独独桂花则不行。因为桂花必凉而后放,要将其置之石洞岩窦间,鼓以凉风,养以清气,竟日乃开。周密指出,这种方法本质上乃揠苗助长，然则必须非常了解花之寒温特性，而后才能掌握其中的诀窍。

以火烘之，而令花开，其法自汉即有之。汉代的大官园，冬天种葱韭菜茹，即是覆以屋庑，尽夜加温，菜因得温气而皆生。明代，草桥花农，掌握了这一土窖煴火之法，得以十月中旬仍能向宫廷进贡牡丹，元旦则进椿芽、黄瓜等蔬菜。

《燕京岁时记》"唐花"条就写道，每至新年，人们就以唐花互相馈赠。牡丹呈艳，金橘垂黄，满座芬芳，温香扑鼻，三春艳冶，尽在一堂，故又称为堂花。可见唐花买卖已成节令一俗。

然则岭南花之不应节候，此为岭南之特性，全为自然。唐花之不应时令，则端为人工。非时吐艳，元气大伤，违逆天性，强自盛放，则盛放之后迅即枯萎，不可复荣，故周密云："草木之生，欲遂其性耳。封植矫揉，非时敷荣，人方诧赏之不暇，噫！是岂草木之性哉！"

燕窝菜 屈大均

崖州[①]海中石岛，有玳瑁山，其洞穴皆燕所巢。燕大者如乌，唼鱼辄吐涎沫，以备冬月退毛之食。土人皮衣皮帽，秉炬探之，燕惊扑人，年老力弱，或致坠崖而死。故有多获者，有空手而还者。是为燕窝之菜，或谓海滨石上有海粉，积结如苔，燕啄食之，吐出为窝，累累岩壁之间。岛人俟其秋去，以修竿接铲取之。海粉性寒，而为燕所吞吐则暖，海粉味咸，而为燕所吞吐则甘，其形质尽化，故可以清痰开胃云。凡有乌、白二色，红者难得，盖燕属火，红者尤其精液。一名燕疏，香有龙涎，菜有燕窝，是皆补草木之不足者，故曰蔬。榆肉[②]产于北，燕窝产于南，皆蔬也。石花亦然，石花出崖州海港中，三月采取，过期则成石矣。

《广东新语》

【注释】

①崖州：三亚古称。

②榆肉：即大榆蘑，分布在黑龙江、吉林等地。

【赏读】

《红楼梦》第四十五回《金兰契互剖金兰语　风雨夕闷制风雨词》写到宝钗看了黛玉的药方，以为颇不妥，劝她该多吃些燕窝，

"每日早起，拿上等燕窝一两冰糖五钱，用银吊子熬出粥来，要吃惯了，比药还强"。可惜吃了"比药还强"的燕窝的林黛玉，终究红颜薄命。

燕窝本乃金丝燕所筑巢。此燕飞行极速，一般不落在平地上，多栖止于陡峭的山崖，故其窝也多筑于峭壁之上。而其筑巢，不用泥土，基本以其唾液为主，黏合其余杂物，诸如苔藓、海藻之类，极其辛苦。

中国人食燕窝的历史据说可追溯到唐朝。相较其余诸种食物，燕窝以其采撷困难、药用价值高而获致了不可比拟的地位，居四大传统名贵食品——燕、鲍、翅、参之首，成为中国饮食中的殿堂级菜品。清叶梦珠《阅世编》记明末清初燕窝菜之价格，"予幼时每斤价银八两，然犹不轻用。顺治初，价亦不甚悬绝也。其后渐长，竟至每斤纹银四两，是非大宾严席，不轻用矣"。可知燕窝基本都是作为款待上宾时，才会烹制的高级料理。

然而其实燕窝本无味，故须用诸多上佳食料辅之，这亦颇合古人所谓无味故能受众味的思想。而且燕窝并不如我们所想的那般讨喜，甚至在元代贾铭的《饮食须知》一书中还说："燕窝，味甘平，黄黑霉烂者有毒，勿食。"倒是到了清代，燕窝成为场面菜里的绝对主角，燕窝在席，均为头菜。乾隆皇帝每日晨起，据说还以燕窝漱口，难怪高官巨贾，上行下效，蔚成风潮。别的不说，单这《红楼梦》就有十几处写到燕窝，是以清人裕瑞曾批评《红楼梦》："写食品处处不离燕窝，未免俗气。"

可中国人从来不怕俗气，就怕失面子，虽然挣面子的方法总是透着大俗气！

舟楫为食 屈大均

广为水国,人多以舟楫为食。益都孙氏云:南海素封①之家,水陆两登。贫者浮家江海,岁入估人舟算缗。中妇卖鱼,荡桨至客舟前,儵忽以十数。弱龄男女崽,身手便利,即张罗竿首,画钓泥中。鳖、蟹、蜃、蛤之入,日给有余,不须衣食父母。又舟人妇子,一手把舵筒,一手煮鱼,囊中儿女在背上,日垂垂如负瓜瓠,扳罾②摇橹,批竹纵绳,儿女苦襁褓,索乳哭啼,恒不遑哺。地气多燠③,既省絮衣之半,跣足④波涛不履袜。或男女同展,男子冬夏止一裤一襦,妇人量三岁益一布裙,如是则女恒余布。地惟粳稻,土厚获多,人日计米一升。加以鱼、蚌、乌菱、蕉、橘、薯、芋,减炊米十可二三,如是则男有余粟,故古称饶富居甲焉。按吾广多杂食物,而水居尤易为生。顾禾虫之埠,蠘蚬之塘,皆为强有力者所夺。以渔课为名,而分画东西江以据之,贫者不得沾丐⑤余润焉。蛋人⑥之蚬荸虾篮,虽毫末皆有所主。海利虽饶,取于人不能取于天也。

广州凡食物所聚,皆命曰栏。贩者从栏中买取,乃以鬻⑦诸城内外。栏之称惟两粤有之,粤东之栏以居物,粤西之栏以居人,居物者以果栏为上。果蓏之实,四时间百品芬甘,少干多湿,可爱也。

《广东新语》

【注释】

①素封：无官爵封邑而富比封君者。《史记·货殖列传》："今有无秩禄之奉，爵邑之入，而乐与之比者，命曰'素封'。"

②罾（zēng）：一种古代用木棍或竹竿做支架的固定式方形渔网。

③燠（yù）：暖，热。

④跣足：赤脚。

⑤沾丐：使人受益。

⑥蛋人：蛋家人，两广福建一带长年以渔船为家者。

⑦鬻（yù）：卖。

【赏读】

"疍民"亦称"蛋民"，是唐宋以来分布在广东、海南、福建、广西等沿海地区的水上居民群体。多逐水而居，世代以舟楫为室，谙熟水性，善于操舟，随处栖止。多赖捕鱼、采珠、摆渡、游艇为生，信奉龙、蛇并有整套的祭祀典仪，亦多善歌谣，颇能咏唱。

昔年陈序经曾撰著《疍民的研究》一书，就疍民起源、地理分布、人口、教育、职业和生活等方面进行专门论述。是书指出，关于疍民起源的传说、学说约有三十余种，大致可分为六大类：或认为疍民船舶如鸡蛋之半剖形，上盖以篷，故曰"疍艇"，主人以此为家，故曰"疍家"；或认为"疍"即南方夷人，与"蜑""蛋""蛋"等字通假，此说始见于隋，南宋以来被普遍用来称呼疍民；或以疍民似蛟龙之子，行水中三四十里不遭物害，又称"龙人"；或传说"疍民"本系广州南岸陆上居民，因某年江水泛滥以致财产全失，遂以蛋充税，后官府课税严苛，不得已只能逃到船上去，官府遂禁止其重返陆地,如此漂泊湖海;更有甚者传说"疍民"乃明末李自成旧部,事败后,流窜福建,为逃避捉拿而漂流江上,这一传说类型甚至追溯至勾践称霸后范蠡浮游江湖的故事;另有种说法是说"疍民"乃古百越族的一支属水上生活的,以渔猎为生的古老民系,多"断发文身",常在水中。种种传说,莫衷一是。

据说"疍民"忌讳颇多,船舱内多设祖宗灵位,四时烧香。船上行走不穿鞋,亦不准穿鞋者登船。饮食时,切忌碗盘餐具等倒置覆放,吃鱼亦不准翻鱼身,忌女人跨过船头最前端之龙头,忌分娩后未足一月的妇女上船,忌在船头大便,亦忌陌生人靠近船尾操舵处。

此外,还有疍女可以嫁上岸,疍男不娶岸上之女之规矩。男女结婚当日,水面船只凡是经过迎娶新妇的轿船,无论新交旧识,皆可上船讨米酒喝,称为"新妇尿"。而又传疍民贞操观念淡薄,婚前交合与寡后再嫁皆不在意,极少"守节",甚至多为娼者。清俞蛟《潮嘉风月记·丽景》记疍户惟麦、濮、苏、吴、何、顾、曾七姓,以舟为家,互相配偶。生女则视其姿貌之妍媸,或留抚畜,或卖邻舟。

赵翼《檐曝杂记》"广东蛋船"条则称:"广州蛋船不下七八千,皆脂粉为生计,猝难禁也。"胡朴安《中华全国风俗志》亦云:"粤有所谓水鸡者,即所谓蛋妇也,以其居水滨故名……所撑之艇曰河艇,装潢美丽,洁净非常,每当夕阳西下,则灯火齐明,沿河一带,如西濠口、长堤、沙基等处,济济溶溶,触目皆是。"

屐　屈大均

　　庄子云：以跂蹻为服。跂者，屐也。蹻者，屩①也。木曰屐，麻曰屩，古人皆着屐。《异苑》云：晋文公哀介子推，拊木视其屐曰，悲乎足下。《孔丛子》云：孔穿振方屐见平原君。晋延嘉中，京师长者皆著木屐。妇女始嫁，作漆画屐，五色采为系。《汝南先贤传》云：戴良嫁女，布裳木屐。吴时粤有赵妪，常著金蹋蹀，或著金箱齿屐，居象头斗战。今粤中婢媵，多著红皮木屐。士大夫亦皆尚屐，沐浴乘凉时，散足著之，名之曰散屐。散屐以潮州所制拖皮为雅。或以抱木为之，抱木附水松根而生，香而柔韧，可作履，曰抱香履。潮人刳之为屟②，轻薄而奭③，是曰潮屐。或以黄桑、苦楝，亦良。香山土地卑湿，尤宜屐。其良贱至异其制以别之。新会尚朱漆屐，东莞尚花绣屐，以轻为贵。史称邯郸女子，跕屣④躧利屣⑤。利者，轻也。广州男子轻薄者，多长裙散屐，人贱之，呼为裙屐少年。

《广东新语》

【注释】

　　①屩（juē）：古代一种草编的鞋履，轻便，适宜行走。亦称"屐"

　　②屟（xiè）：古代鞋的木底。

③耎：通"软"，柔、弱。

④跕屣（dié xǐ）：拖着鞋子，足尖轻轻着地而行。

⑤利屣：舞屣。

【赏读】

雨鞋为屐。唐颜师古《急就章注》："屐者，以木为之而施两齿，所以践泥。"可知屐以木制，鞋底装有双齿，防滑，又免泥泞污浊。如今人暑天穿凉鞋出门，即自矜新潮，其实汉时洛阳就流行着木屐出门，女子出嫁亦多着木屐，屐上敷彩画，并以五彩带系之，一点不输今天的名牌款式。

而相传南朝诗人谢灵运创制了一种便于登山的"谢公屐"，《宋书》卷六十七《谢灵运列传》载，谢灵运家产丰厚，喜欢登山，且每每喜欢那些深山幽峻之地，即便岩嶂千重，也不以为意。登山时，常着木屐，上山则卸去前齿，下山则卸去后齿。梁朝时，贵族子弟多着高齿屐，《颜氏家训·勉学第八》形容这帮子弟"无不熏衣剃面，傅粉施朱，驾长檐车，跟高齿屐"，从容出入，"望若神仙"。

粤东地区，往往得一时风气之先，于是少年打扮潮辣，长裙散屐之外，还有好些出格之举动。譬如《岭南杂事诗钞》中记有"横楼"，指的是两层的珠江冶游船，纨绔子弟每每入夜张灯，佐以箫管，绕以珠翠，选色征歌，岁无虚日，一片声色繁华。而轻佻少年，于路途偶见妇女，辄调戏谑笑，粤俗则谓之"勾脂粉"。又有男子扮女装而狎邪者，名曰"镜妆会"。而那些镇日无所事事的贵公子，粤俗称为"阿官仔"，尝有诗谓"富家少年不知愁，酒地花天恣冶游。转瞬繁华春梦歇，阿官仔也雪盈头"，劝诫此辈青春不再，白发无情，不容终日放荡蹉跎。

拜 年　褚人获①

元旦拜年,明末清初用古简,有称呼。康熙中则易红单,书某人拜贺。素无往还,道路不揖者,而单亦及之,大是可憎。犹记文衡山②一绝云:"不求见面惟通谒,名词朝来满敝庐。我亦随人投数纸,世情嫌简不嫌虚。"

《坚瓠集》

【注释】
①褚人获(1635~?):字稼轩,又字学稼,号石农,长洲(今江苏苏州)人。明末清初文学家。著作颇丰,有《坚瓠集》《读史随笔》《退佳琐录》《隋唐演义》《圣贤群辅录》等。
②文衡山:即文征明,原名壁,字征明。因先世衡山人,故号衡山居士,世称"文衡山",明代著名画家、书法家、文学家。

【赏读】
古时元旦拜年,与今日不同。大抵如明人王锜《寓圃杂记》所言:"京师元旦,主人皆出贺,唯置白纸簿并笔砚于几。贺客至,书其名,无迎送也。"换言之,来宾与主人无论认识与否,皆望门投帖,宾主并不相见,登簿而已。

至于拜年的规矩,邓云乡先生《燕京风土记·拜年》云:"按北京老规矩:年初一本家同宗拜年,初二至亲姥姥舅舅家拜年,初三之后给老师、同学、同寅友朋拜年。清代官吏拜年,只是望门投刺，递个片子，并不真拜。有的则派小孩坐车，捧着拜帖匣子，挨门递片子拜年，大人根本不在车中。而所到之家，也都挡驾免礼，说主人外出拜年去了，也许他正在屋中睡大觉，或同朋友打牌呢。这就是官场的气派。而把拜年的任务交给小孩，直到我小时还是如此。"

唐鲁孙先生《闲话故都年景·拜年》记："北平城里城外地方辽阔，骡车走得又慢，从初一到初五要拜几百家的年，要不是望门投帖，这个年岂不是要拜到元宵节吗？因为这种投帖式拜年，完全是种形式。凡是交游素广的人，想出了取巧办法，开张清单交给子弟近亲代为投片拜年，反正不往家里请，彼此心照，永远也不会穿帮的。有的人自己没有车，各大街都有停放拉买卖的骡车的地方，叫'车口'，可到那儿去雇。讲好了价钱之后，另外有两件事情也要先行讲妥。一是赶车的戴官帽（红缨帽）要加多少钱，递片子又要加多少钱。因为赶车的不戴官帽，彼此之间是买卖生意，一戴官帽，就有主仆之分了，所以得多加钱；代递名片可以使坐车的免去上下车之劳，并且免去跟门房说若干废话，自然要多加点钱了。"

唐先生另一篇《谈谈故乡的年俗》则记道："北方还有一个规矩，古板人家正月初一到初五要忌门。所有妇女都不在初五以前到人家家拜年，有些南方妇女不懂这个规矩，到人家家拜年，一律挡驾。到了初六，家家要接姑奶奶回家团聚，这跟台湾初二女儿回娘家、姑爷来拜年，情理是一样的。"

人 日 褚人获

《北史》：魏帝宴百僚，问："正月七日，何故名人日？"众不能对。魏收曰："晋议郎董勋曰正月一日为鸡，二日为猪，三日为羊，四日为狗，五日为牛，六日为马，七日为人。时邢邵①在座，亦甚忸②焉。"按东方朔《占年书》谓其日晴则所生之物育，阴则灾。杜少陵诗："元日至人日，未有不阴时。"用此。又八日为谷，关系尤重，而人罕及之。古人人日贴人形于帐，亦登高。

《坚瓠集》

【注释】

①邢邵：北朝魏、齐时文学家，"邵"一作"劭"，字子才，河间鄚（今河北任丘）人，北朝三才之一。

②忸（nǜ）：惭愧貌。

【赏读】

人日，即农历正月初七，亦称"人胜节""人庆节""人七日"等。八日之中，此一日被看作是关系人安危祸福的要紧日子。古人以这天的阴晴来占卜当年人事之凶吉，若是晴明温和，则当年万事安泰，若阴寒惨烈，则很可能疾病衰耗。为讨吉利，正月初一至八日各有忌讳，初一不杀鸡、初二不杀狗、初三不杀猪、初四不杀羊、初五不杀牛、初六不杀马、初七不行刑。每逢初七日，人人都盼望天气晴明，《燕京岁时记》"人日"条："初七日谓之人日。是日天气晴明者则人生繁衍。"故古人常于是日举行风俗活动，以寄托思念、祷祝吉祥。

在人日节这天，有四大习俗：一是家家要烧七种菜合成的羹即"七宝羹"来吃，以象征七日之数；二是用彩帛剪成人形，或以金属箔刻绘人形，即所谓"人胜"，以象征人日；三是流行制做佩戴"华胜"，华胜，是一种发饰，也称花胜、彩胜，人们剪彩为花，佩于发际，每当人日，则邻居亲友间互相赠送此物，以为一岁之祥；四即是出游登高，驰骋情怀，纾解心绪，强身健体，此俗直到唐代还颇盛行。隋诗人薛道衡《人日思归》诗："入春才七日，离家已二年。人归落雁后，思发在花前。"

据胡朴安《中华全国风俗志》载，正月初七安徽人"以饴糖掇炒米成团，谓之太平团，食之一岁人口太平。且以馈饷他人，谓之饷太平。俗以为想太平之意"。浙江湖州则"家家吃叠砂团子，俗名曰人口团，食者可一年人口平安"。闽人则"以是日取菜果七种作羹，名七宝羹"。湖南则"食煎饼，于庭中作之，云熏天"。陕北一带则有"用糠著地上，以艾炷炙之，名救人疾，俗以疾七"的风习。"疾七"取"疾弃""疾去"之谐音，同为去疾求吉之意。

送 穷 褚人获

高阳氏子衣敝食糜,正月晦日巷死,世于是日作糜,弃破衣,祝于巷口,名送穷①除贫鬼。唐人以正月下旬送穷,姚合②诗云:"万户千门看,无人不送穷。"韩退之《送穷文》亦云:"正月乙丑晦,主人使奴星结柳作车,缚草为船,载糗与粮,牛系轭下,引帆上樯,三揖穷鬼而告之。"至今池阳③风俗,以正月二十九日为穷九,扫除屋室尘秽,投之水中,谓之送穷。

《坚瓠集》

【注释】

①送穷:正月初五"送穷",其意为祭送穷鬼。穷鬼,据陈元靓《岁时广记》引《文宗备问》载:"颛顼高辛时,宫中生一子,不着完衣,宫中号称穷子。其后正月晦死,宫中葬之,相谓曰'今日送穷子'。"相传穷鬼乃颛顼之子,羸弱瘦小,性喜穿破衣烂衫,故宫中号为穷子。

②姚合:字大凝,吴兴(今浙江湖州)人。授武功主簿,人因称为姚武功。与贾岛友善,诗亦相近,世称"姚贾"。

③池阳:今陕西省泾阳县和三原县的部分地区。

【赏读】

正月初五,民间谓之"破五"。除夕辞旧,初一迎新,到破五之日，则是送穷。春节时，家内不许扫地，至初五日五更，方扫地下尘土，将屋内秽土扫到袋内送出门外，名曰"送穷"。不过送穷日不一而同。有以正月二十九日为送穷日，《岁时广记·月晦》引《图经》："池阳风俗，以正月二十九日为穷九日，扫除屋室尘秽，投之水中，谓之送穷。"有以正月初六为送穷日的，《岁时广记·人日》引宋吕原明《岁时杂记》："人日前一日，扫聚粪帚，人未行时，以煎饼七枚覆其上，弃之通衢以送穷。"也有以正月初三为送穷日，顾禄《清嘉录》即引《远平志》，认为送穷日为正月三日，人多扫积尘于箕，并加敝帚，委诸歧路以送穷。各地送穷之日虽各有不同，但多在正月，以此祈祷来年财运亨通。

考诸送穷之法，亦多为剪纸为妇人，或洒扫屋宇，后弃之街衢，而行者则拾取供奉。故钱锺书《管锥编·全上古三代秦汉三国六朝文》第二十八则云："此所送之穷即彼所迎之富，一物也，遭弃曰'穷'，被拾曰'富'，见仁见智，呼马呼牛，可以参正名齐物焉。"

送穷之外，当然也要迎财神。锺毓龙《说杭州》记：正月初五日，要烧纸敬神，所谓"烧五纸"，商铺尤必须行之。因此日为五路财神日，又叫"烧青龙纸"，亦曰"做好日"，自是日起，各家店铺皆齐齐开门迎客。此前四日，唯茶坊、酒肆、杂货等店不歇业，故唤它们为"长生店"。此外，是日还须"买寸金糖供祖先，取日进存金之意"。

至于人人喜爱之财神爷，民间有诸多传说。文财神锦衣玉带，冠冕朝靴，脸色白净，面带笑容，一说是财帛星君李诡祖，一说是殷纣之叔比干，一说是"商圣"范蠡。而一向和文财神并坐庙中的，则是武财神玄坛真人赵公明——他黑面虬髯，手执钢鞭，胯下黑虎，身穿铠甲。相传宋代蔡京家资巨万，民间羡其富有，都说他是财神转世，而其生日正是正月初五，民间遂于是日祭祀他。但后来蔡京遭贬，老百姓又觉其不够正大，遂换了这位玄坛真人赵公明。

折　柳　褚人获

天下万木，莫不本于大造，而柳独列于二十八宿[1]者，盖柳寄根于天，倒插枝栽，无不可活。其絮飞满天，着沙土亦无不生，即浮水亦化为萍。是得木精之盛，而到处畅遂其生理者也。其光芒安得不透着天汉，列于维垣哉！送行之人岂无他枝可折而必于柳者，非谓津亭[2]所便，亦以人之去乡，正如木之离土，望其随处皆安，一如柳之随地可活，为之祝愿耳。

《坚瓠集》

【注释】

[1]二十八宿：古人将天空中可见之星分成二十八宿，东西南北四方各七宿。自西向东排列为东方苍龙七宿（角、亢、氐、房、心、尾、箕），北方玄武七宿（斗、牛、女、虚、危、室、壁），西方白虎七宿（奎、娄、胃、昴、毕、觜、参），南方朱雀七宿（井、鬼、柳、星、张、翼、轸）。

[2]津亭：古代建于渡口旁的亭子，古人往往在此送行。

【赏读】

"折柳赠别"之俗汉唐特盛。《三辅黄图·桥》："霸桥，在长安东，跨水作桥，汉人送客至此桥，折柳赠别。"这是有关折柳赠别之俗的最早文字记载了。罗隐《柳》诗："灞岸晴来送别频，相偎相倚不胜春。自家飞絮犹无定，争解垂丝绊路人。"写的就是这个意思。

民间相传，战国末年，秦将王翦率兵伐楚，关中父老送至灞上。恰值暮春，绿柳低垂，风吹絮落，百姓折下柳枝，插在出征将士的盔甲上，以为祝吉。日后折柳赠别渐成送行习俗。不过此说于史无征。故通常皆以为"柳""留"谐音，故折柳以赠行人，借此表达不舍、留恋之意。

五代何光远《鉴诫录》卷八记：诗人雍陶官简州阳安，送客至桥，然情未已。揖让既久，欲更前车，客说道："此处呼为情尽桥，向来送迎至此礼毕。"陶遂下马，题其桥楹，改为"折柳"。然后写了一首诗："从来只有情难尽，何事名为情尽桥。自此改名为折柳，任他离恨一条条。"据说自兹送别，咸吟是诗。

此外，折柳赠别另有一说是因古人视柳树为可辟邪却鬼的"鬼怖木"。北魏贾思勰《齐民要术》载："正月旦取柳枝著户上，百鬼不入家。"段成式《酉阳杂俎》亦载："三月三日，赐侍臣细柳圈，言带之可免虿毒。"此外清明时亦有"插柳"之俗，贴柳叶于鬓，俗称"柳叶符"，俗谚亦有"清明不戴柳，红颜成皓首"之说，可见柳之辟邪功用。故折柳赠别或亦有存望行者一路平安，令鬼魅望而生畏、不得近身的心意。

此外复有折柳寄远之俗。钱锺书《谈艺录·补订》有说："古有折柳送行之俗，历世习知。然玩索六朝及唐人篇什，似尚有折柳寄远之俗。送一人别，只折一次便了；寄远则行役有年，归来无日，必且为一人而累折不已，复非'河上江上'，而是门前庭前。……盖送别赠柳，忽已经时，'柳节'重逢，而游子羁旅，怀人怨别，遂复折取寄将，所以速返催归。"

水包皮 李斗①

浴池之风，开于邵伯镇之郭堂，后徐宁门外之张堂效之，城内张氏复于兴教寺效其制以相竞尚，由是四城内外皆然。如开明桥之小蓬莱，太平桥之白玉池，缺口门之螺丝结顶②，徐宁门之陶堂，广储门之白沙泉，埂子上之小山园，北河下之清缨泉，东关之广陵涛，各极其盛。而城外则坛巷之顾堂，北门街之新丰泉最著。并以白石为池，方丈余，间为大小数格，其大者近镬③水热，为大池，次者为中池，小而水不甚热者为娃娃池。贮衣之柜，环而列于厅事者为座箱，在两旁者为站箱。内通小室，谓之暖房。茶香酒碧之余，侍者折枝按摩，备极豪侈。男子亲迎前一夕入浴，动费数十金。除夕浴谓之"洗邋遢"④，端午谓之"百草水"⑤。

《扬州画舫录》

【注释】

①李斗（？~1817）：戏曲家。字北有，号艾塘（一作艾堂），江苏仪征人。博通文史兼通戏曲。作有传奇《岁星记》和《奇酸记》，又有《艾塘曲录》《艾塘乐府》《永报堂诗集》及《防风馆诗》等。《扬州画舫录》费时三十年，"仿《水经注》之例，分其地而载之"。上自仙宸帝所、下至篱落储胥；旁及酒楼茶肆、胡虫奇姐之观，鞠戈流跄之戏，莫不科别其条，了如指掌，而扬州一郡

之风尚荣华在在可见。

②螺丝结顶：浴室名。房屋宽敞，楼层愈高则愈小，形如螺丝，故名之。后败于战火，沿用为巷名。

③镬（huò）：古代的大锅。

④洗邋遢：过年风俗之一，洗净污秽，以期来年诸事清吉。

⑤百草水：端午节，古人在水中加入各种草药洗浴以去除"五毒"。

【赏读】

扬州人的"早上皮包水，晚上水包皮"天下闻名。前者说的是扬州人爱喝早茶，后者说的是扬州人爱去澡堂洗澡。

古人视洗澡为大事，考究得很。《说文·水部》谓："沐，濯发也。""浴，洒身也。""澡，洒手也。""洗，洒足也。"据考古研究发现，专门用于沐浴的屋室在先秦时已经出现。春秋战国，浴室称"湢"。不过这浴室只有在诸侯王居室中才有，《礼记·内则》有"外内不公湢浴"的规矩，则证明当时浴室已分男女，而传世的"南宫尚浴""尚浴府印"等文物则说明古时皇室有"尚浴官"专职负责洗浴之事。秦汉时洗浴还常伴以香料，如《楚辞·九歌》里所说"浴兰汤兮沐芳"。古人还认为在见尊长客人，尤其是人臣朝见天子之前要洗沐身体，而若祭祀祖先，更要"斋戒沐浴，洁清致敬"。至于每年的三月上巳，官民皆于是日赴水边洗沐，"膏泽沐浴，洗去污辱，振除灾咎，更与福处"。唐宋之后，习俗以每年五月初五为"浴兰节"，是日多药浴，以祛秽防病。

延及宋元，沐浴一事更趋大众化。据《马可波罗行纪》载："杭州人皆习惯每日洗澡，不先行沐浴就不用膳。"而且据他所记，杭州人"幼时不分季候即习于冷水浴"。如此大需求，势必催生一批澡堂，据资料，当时杭州约有三千余家澡堂，而据《能改斋漫录》载:"所在浴室必挂壶于门。"当时浴室,又称"香水行"。而既为澡堂,则必不单指沐浴一事,其时已有后世澡堂之揩背、修指甲、按摩等服务,亦有茶水果品供应。

洗澡时,则多用澡豆、皂角等。《梦溪笔谈》里写王安石面色黧黑,门人以为他得什么病了,很是担心。结果大夫说,并非得病,而是污垢,要他用澡豆洗面。

叶梦得《石林燕语》载,吴冲卿、韩持国等三数人颇友善,无日不过从,遂"相约每一两月好相率洗沐定力院"。而《宋史·蒲宗孟传》记此君有洁癖,平日有大洗面、小洗面、大濯足、小濯足、大澡浴、小澡浴之分。可见至此沐浴一事,已成为整个世俗社会的日常生活习惯之一,且视为一种上佳的生活享受。

皮包水 李 斗

吾乡茶肆，甲于天下。多有以此为业者，出金建造花园，或鬻故家大宅废园为之。楼台亭榭，花木竹石，杯盘匙箸，无不精美。辕门桥有二梅轩、蕙芳轩、集芳轩，教场有腕腋生香、文兰天香，埂子上有丰乐园，小东门有品陆轩，广储门有雨莲，琼花观巷有文杏园，万家园有四宜轩，花园巷有小方壶，皆城中荤茶肆①之最盛者。天宁门之天福居，西门之绿天居，又素茶肆②之最盛者。城外占湖山之胜，双虹楼为最。其点心各据一方之盛。双虹楼烧饼，开风气之先，有糖馅、肉馅、干菜馅、苋菜馅之分；宜兴丁四官开蕙芳、集芳，以糟窖馒头得名，二梅轩以灌汤包子得名，雨莲以春饼得名，文杏园以稍麦③得名，谓之鬼蓬头，品陆轩以淮饺得名，小方壶以菜饺得名，各极其盛。而城内外小茶肆或为油镟饼，或为甑儿糕，或为松毛包子，茆檐荜门④，每旦络绎不绝。

《扬州画舫录》

【注释】

①荤茶肆：指兼售茶点的茶社。

②素茶肆：指纯以茶水为业的茶社。

③稍麦：即烧卖。

④茆檐荜门：房屋简陋。茆，通"茅"。荜门，用竹荆编制而成的门。

【赏读】

茶肆，自是人喝茶聊天之处，不过作为古代中国少有的"公共空间"，茶肆承担的功能和扮演的角色是多种多样的。甚至在宋代，人们就专门批评茶肆的五方杂处和三教九流，《梦粱录》即认为"茶肆是五奴打聚处"，其中亦有诸行借工卖伎人会聚行老，谓之"市头"，而茶肆楼上不乏妓女，因此明确警告人们，这些茶肆"多有吵闹"，"非君子驻足之地也"。

宋代之后的很长一段时间，茶肆不仅未曾蓬勃发展，甚至基本宣告消亡。直到明代中后期，杭州等地才开始出现茶馆。《西湖游览志馀》就写道，明嘉靖二十六年三月，有李氏者，忽开茶坊，饮客云集，获利丰厚，于是远近效之，没几天，就开了五十多家茶馆。

而扬州人一直有泡茶馆的习惯。朱自清先生写扬州茶馆，看得人口水流下来：

> 扬州最著名的是茶馆，早上去下午去都是满满的。扬州茶馆吃的花样最多。坐定了沏上茶，便有卖零碎的来兜揽，手臂上挽着一个黯淡的柳条筐，筐子里摆满了一些小蒲包，分放着瓜子花生炒盐豆之类。又有炒白果的，在担子上的铁锅里爆着白果，一片铲子的声音。得先告诉他，才给你炒。炒得壳子爆了，露出黄亮的仁儿，铲在铁丝罩里送过来，又热又香。还有卖五香牛肉的，让他抓一些，摊在干荷叶上；叫茶房拿点好麻酱油来，拌上慢慢地吃，也可向卖零碎的买些白酒来喝。
>
> 叫茶房烫干丝是不可少的。烫干丝先将一大块白豆腐干飞快地切成薄片，再切成细丝，放在小碗里；用开水一浇，干丝便熟了；沥去了水，拨成圆锥似的，再倒上麻酱油，搁一撮虾

米和干笋丝在尖儿，就成。说时迟，那时快，刚瞧着在切豆腐干，一眨眼已端来了。烫干丝就是清的好，不妨碍你吃别的。

接着该要小笼点心。扬州的小笼点心，肉馅儿的、蟹肉馅儿的、笋肉馅儿的且不用说，最可口的是菜包子、菜烧卖，还有干菜包子。菜选那最嫩的，剁成泥，加一点儿糖一点儿油，蒸得白生生的，热腾腾的，到口轻松地化去，留下一丝儿余味。干菜也是切碎，也是加一点儿糖和油，燥湿恰到好处；细细地咀嚼，可以嚼出一点橄榄般的回味来。这么着每样吃点儿也并不太多。要是有饭局，还尽可以从容地去。但是要老资格的茶客才能这样有分寸；偶尔上一回茶馆的本地人外地人，却总忍不住狼吞虎咽，最后总不免捧着肚子走出。

盐商奢丽 李 斗

扬州盐务,竟尚奢丽,一婚嫁丧葬,堂室饮食,衣服舆马,动辄费数十万。有某姓者,每食,庖人备席十数类。临食时,夫妇并坐堂上,侍者抬席置于前,自茶面荤素等色,凡不食者摇其颐,侍者审色则更易其他类。或好马,蓄马数百,每马日费数十金。朝自内出城,暮自城外入,五花灿著①,观者目眩。或好兰,自门以至于内室,置兰殆遍。或以木作裸体妇人,动以机关,置诸斋阁,往往座客为之惊避。其先以安绿村为最盛,其后起之家,更有足异者。有欲以万金一时费去者,门下客以金尽买金箔,载至金山塔上,向风飏之,顷刻而散,沿江草树之间,不可收复。又有三千金尽买苏州不倒翁,流于水中,波为之塞。有喜美者,自司阍②以至灶婢,皆选十数龄清秀之辈;或反之而极,尽用奇丑者,自镜之以为不称,毁其面以酱敷之,暴于日中。有好大者,以铜为溺器,高五六尺,夜欲溺,起就之。一时争奇斗异,不可胜记。

《扬州画舫录》

【注释】

①五花灿著:喻马之毛色靓丽。唐开元、天宝间,常将马之鬃毛剪成花瓣形状,三瓣者为三花马,五瓣者为五花马,后泛指良骥。

②司阍：看门人。

【赏读】

扬州盐商兴盛于清康乾年间。清初，两淮一带"其煮盐之场较多，食盐之口较重，销盐之界较广，故曰利最多也"。清政府以官督商引制度进行盐业买卖，并在扬州设立两淮巡盐御史、两淮盐运史，盐商则须每年先购买盐引，凭此到指定盐场购买一定数量的盐，然后辗转贩运，享有一定的专卖特权。淮扬盐商的销盐区基本为安徽、河南、湖南、湖北、江西等省份，是当时清廷在全国划分十一个盐区中最大的一个，"盐课居赋税之半，两淮盐又居天下之半"，故扬州盐商于此获利甚厚，其"富者以千万计"，"百万以下者皆谓之小商"。

经济资本的壮大，必然带来生活习尚的变化。据嘉庆《扬州府志》卷六十《风俗志》，明朝初年的扬州尚民风淳朴，百姓生活亦尚俭素，及至成化、弘治以后，盐商麇集，自此广陵风气大变，"民多嗜利，好宴游，征歌逐妓，袨衣媺食，以相夸耀"。

就饮食而言，盐商大抵都有私人厨师，自己也精于品鉴，甚至还可亲下庖厨，盐商吴楷的"肉笑靥"、江藩的"十样猪头"、僧文思的"文思豆腐"等都颇负盛名。豪富之家，一餐之费数金，日食万钱亦属常有，水陆奇葩，龙肝凤髓等都是桌上之物，以至南下归京之后的乾隆也"每饭不忘扬州"。就出行来说，明中叶以前，扬州士大夫大多安步当车，此后出现两人乘舆，日后则转趋豪奢，"通乘四轿，夏则轻纱为帷，冬则细绒作幔，一轿之费，半中人之产"。再就衣饰言之，扬州城内有一"彩衣街"，好比今日大城市之商业街，靓衣华服，且每以京城衣饰款式为潮流范本，竞相趋慕，妇人无事，则日以冶容妆饰为务，甚至有闾巷轻薄少年亦修容装鬓，傅粉施黛、香薰膏沐，一如妇人。而居停住处，更是极尽钱财，高堂曲榭、宅邸连云自不必说，更每好附庸风雅，起造园林，其中曲江楼、菰浦一曲、荻庄、小玲珑山馆、休园等特负时誉，园亭花石之胜，夺人目睛。

生活靡丽之外，盐商中也有热心风雅之辈。如马曰璐、马曰琯兄弟藏书甚富，聚书十万卷，宋版元刻，靡不悉备。编纂《四库全书》时，朝廷征求海内秘本，马曰璐之子马裕进献而被采用的书籍即达七八百种之多。而又最善待文人，广交文士，出重金重修扬州著名的梅花书院，延请著名文士长期住家，如杭州文士厉鹗即充分利用马氏藏书，在马家完成了百卷《宋诗纪事》巨著。而另一位寄居于马氏小玲珑山馆的著名史学家全祖望，一度罹患恶疾，马家亦千金延请扬州名医为其诊治，故马曰琯去世后，袁枚在凭吊其挽诗中曾言"横陈图史常千架，供养文人过一生"。

扬州面馆　李　斗

野食谓之饷。画舫多食于野,有流觞、留饮、醉白园、韩园、青莲社、留步、听箫馆、苏式小饮、郭汉章馆诸肆,而四城游人又多有于城内肆中预订者,谓之订菜,每晚则于堤上分送各船。城内食肆多附于面馆,面有大连[①]、中碗、重二之分。冬用满汤,谓之大连;夏用半汤,谓之过桥。面有浇头,以长鱼[②]、鸡、猪为三鲜。大东门有如意馆、席珍,小东门有玉麟、桥园,西门有方鲜、林店,缺口门有杏春楼,三祝庵有黄毛,教场有常楼,皆此类也。乾隆初年,徽人于河下街卖松毛包子,名"徽包店",因仿岩镇街没骨鱼[③],面名其店曰"合鲭[④]",盖以鲭鱼为面也。仿之者有槐叶楼火腿面。合鲭复改为坡儿上之玉坡,遂以鱼面胜。徐宁门问鹤楼以螃蟹胜。而接踵而至者,不惜千金买仕商大宅为之。如涌翠、碧芗泉、槐月楼、双松圃、胜春楼诸肆,楼台亭榭,水石花树,争新斗丽,实他地之所无。其最甚者,鳇鱼、车螯[⑤]、班鱼、羊肉诸大连,一碗费中人一日之用焉。

《扬州画舫录》

【注释】

①大连:大碗连汤面之简称。

②长鱼:黄鳝。

③没骨鱼:抽去鱼骨之后的鱼肉。

④合鲭:《西京杂记》卷二:"五侯不相能,宾客不得来往。娄

护、丰辩，传食五侯间，各得其欢心，竞致奇膳，护乃合以为鲭，世称五侯鲭，以为奇味焉。"后泛指美味。

⑤车螯：一种海产软体动物。

【赏读】

扬州的面品有大连、中碗、重二三种规格。所谓大连，是大碗连汤面之简称。一般冬季最吃香，天冷风寒，一碗热乎乎的汤面吃下去，周身通泰，身暖心满。夏天，面馆里则卖"过桥面"，常见的是长鱼、鸡、猪三种原料做的三鲜浇头。

曹聚仁先生《食在扬州》一文说："昔日扬州，生活豪华；扬州的吃，就是给盐商培养起来的。扬州盐商几乎每一家都有头等好厨子，都有一样著名的拿手好菜或点心。盐商请客，到各家借厨子，每一厨子，做一个菜，凑成一整桌。"

唐鲁孙先生亦曾写过富春茶社的面。在《扬州的富春花局·卖花木·卖面点》一文中，唐先生说道："富春有两种面固然一般面馆不预备，就是富春也要应时当令才能吃得到呢！每年到了野鸭季节，他家有一种野鸭煨面应市。上海有名中医师夏应堂、张聋彭，对于年高体弱的人，总劝人多吃野鸭，说是可以益气补中，所以野鸭煨面成为食补双佳的美味。富春在野鸭季儿，每天准备的数量也不会太多，要看当年野鸭进货多少而定。有一年左卫街一家盐栈，在富春请些外路客人吃野鸭煨面，头一天还到富春特别关照过，结果第二天端上来不过二十碗左右，就没法再添了。车螯白汤面，汤是用鳝鱼骨头熬的，所以下面的汁水其白胜雪，汤浓味正，腴不腻人。泰县大东酒楼白汤肴蹄面，泌浆赛乳，味醇肉烂，两者在苏北里下河一带，同是脍炙人口的面点。"

金带围 李 斗

瑞芍亭在药栏外芍田中央。卢公转运扬州时,三贤祠花开三蒂,时以为瑞。以马中丞祖常"瑞芍"额于亭,联云:"繁华及春媚,红药当阶翻。"杭堇浦①史有诗云:"红泥亭子界香塍②,画榜高标瑞芍称。一字单提人不识,不知语本马中丞。"又云:"交枝并蒂倚东风,幻出三头气自融。细测天心征感应,为公他日兆三公。"又云:"瑟瑟清歌妙入时,雕阑深护猛寻思。可知十万娉婷色,只要翻阶一句诗。"皆志此时胜事也。扬州芍药冠于天下,乾隆乙卯,园中开金带围一枝,大红三蒂一枝,玉楼子并蒂一枝,时称盛事。

《扬州画舫录》

【注释】

①杭堇浦:即杭世骏,清代著名学者。字大宗,号堇浦,室名道古堂,仁和(今浙江杭州)人。生平勤力学术,著述颇丰,著有《道古堂集》等。

②塍(chéng):田间土埂。

【赏读】

宋王禹偁《红药诗序》:"芍药之义,见之《郑诗》,百花之中,其名最古。"《诗经·郑风》有句:"维士与女,伊其相谑,赠之以芍药。"故芍药古早乃是离别之象征,得名"可离""离草"。而其花期多在春末夏初之间,陶穀《清异录》载其别名"婪尾春",因婪尾酒乃最后之杯,芍药殿春,故有是名。

远自南北朝时期,扬州即以芍药著称,此后更为知名。李时珍言:"昔人言洛阳牡丹、扬州芍药甲天下。今药中所用,亦多取扬州者。"自宋代始,芍药渐为富贵征兆,是以陆佃《埤雅》云:"世谓牡丹为花王,芍药为花相。"而史上盛传一时的"四相簪花"的故事更使得芍药在花丛中的地位扶摇直上。

沈括《梦溪笔谈·补笔谈》卷三载:韩魏公庆历中以资政殿学士帅淮南。一日,后园中有芍药一干分四歧,歧各一花,上下红花,中间黄蕊间之。当时扬州芍药,未有此一品,故依形而呼为"金缠腰"。韩魏公很是诧异,遂开一会,欲招四客以赏之,以应四花之瑞。正好那时王歧公为大理寺评事通判,王荆公为大理评事签判,皆如之,尚少一客,命下人取过客历,求一朝官来补足。过客中无朝官,唯有陈秀公时为大理寺丞,遂命同会。至中筵,剪四花,四客各簪一枝,甚为盛集。后三十年间,四人皆为宰相。

四人各簪一枝"金缠腰",日后果皆荣登宰辅,借用龚自珍所谓"科以人重科亦重,人以科传人可知"一句,芍药,亦真可说是花以人重了。如此清贵逼人的故事自使扬州芍药美名天下,一洗早年"可离"的凄苦气。是以每当芍药盛放,士人皆丛集一处,借品花而赋诗,借赋诗而炫才,一时风雅。清代小说《风月梦》第四回还提及扬州专设有芍药市,一些大户人家也纷纷种植芍药,作为身份的象征。

《燕京岁时记》里说芍药花期最为应序,"虽加以燃煴之力,不能易候而开,是亦花中之强项令矣"。看来此"花相"较之可以人工改变花期的"花王"牡丹要有品节得多了。

不倒翁　赵　翼①

儿童嬉戏有不倒翁。糊纸作醉汉状，虚其中而实其底，虽按捺旋转不倒也。吴伟业②集中有诗。考之《摭言》，则唐人已有此物，名酒胡子③，乃劝酒具也。卢汪连举不第，赋《酒胡子》长篇以寓意，序曰："巡觞之胡，听人旋转，所向者举杯，颇有意趣。然倾倒不定，缓急由人，不在酒胡也。乃为之作歌。"按此，则其形制与今所谓不倒翁者正相似，特其名不同耳。

《陔余丛考》

【注释】

①赵翼（1727～1814）：字云崧，一字耘崧，号瓯北，又号裘萼，江苏阳湖（今江苏常州）人。官至贵西兵备道，旋辞官，主讲安定书院。长于史学，考据精赅。所著《廿二史札记》与王鸣盛《十七史商榷》、钱大昕《廿二史考异》合称清代三大史学名著。

②吴伟业：即吴梅村，字骏公，号梅村，世居江苏昆山。明末清初著名诗人，与钱谦益、龚鼎孳并称"江左三大家"。长于七言歌行，自成新吟，后人称之为"梅村体"。

③酒胡子：隋唐时期，酒宴上用以行酒令的酒具。雕镂形貌颇似胡人，碧眼虬发，上轻下重，扳倒后能自行竖立。行酒令时，命人使其旋转，当旋转停止时，其手指向座席上的那位宾客就要据酒令而饮罚酒。此酒具因形貌似胡人且用手指方向，故又称"指巡胡"。

【赏读】

宋窦革《酒谱酒令》云："今之世，酒令其类尤多。有捕醉仙者，为偶人，转之以指席者。"南宋张邦基《墨庄漫录》亦云，酒席上刻木为人，底部尖锐，置于盘中，左右攲侧，久之力尽乃静。视其传筹所至，酬之以杯，谓之劝酒胡。可见，不倒翁原系酒席间劝酒、行酒令之物。

中国之酒令源起于西周，周代尚设有"立之监""佐主史"等令官，督责饮酒者不准过度，不准有失礼仪，违者予以惩处。后汉贾逵并撰写《酒令》一书，此后更趋繁密，大备于隋唐。宋蔡居厚《蔡宽夫诗话》云，唐人饮酒必为令，以为助兴之具。酒令大致可分八类，律令、文字令、口语令、筹令、博令、占卜令、歌舞令和其他。上古时期且将酒令称为施政，故又名"觞政"，亦称"酒章""酒律"。

阮葵生著《茶余客话》，卷二十有一则说得好。在他看来，酒令严于军令，亦为末世之弊俗也。而君子饮酒，率真量情，文士儒雅，概有斯致。只有那些市井仆役才以逼酒为恭敬，以虐人为慷慨，以大醉为欢乐，读书人若是跟他们一样，必是无礼无义不读书者。

学者刘东认为中国古代的酒文化在摆脱了华夏文明初创阶段那种醉醺醺的文化模式之后，"被赋予了新的价值内涵，以执行新的文化功能"。它"所造成的形神相分的欣快幻觉，不再被用来谋求人与神的沟通，而转过来被用于化解人与人的隔膜和差别。尽管等级是森严的，礼法是刻板的，但只要循规蹈矩，人们毕竟可以相安无事地饮酒作乐，尽欢而散。在这里，适度的酒精仍足以给人带来快乐，只不过它已变成了一种理性限度之内的快乐，而不是非理性的快乐"。

扫晴娘 赵 翼

  吴俗久雨后,闺阁中有剪纸为女形,手持一帚,悬檐下以祈晴,谓之扫晴娘。按元初李俊民①有《扫晴妇》诗:"卷袖搴裳手持帚,挂向阴空便摇手。"其形可想见也。俊民,泽州人,而所咏如此,可见北省亦有此俗,不独江南为然矣。又其序云:"所以使民免于溢之患。则不独祈晴,又以之祈雨。"

《陔余丛考》

【注释】

  ①李俊民:字用章,自号鹤鸣老人,泽州晋城(今属山西)人,金代文学家。

【赏读】

  《燕京岁时记》载:"六月乃大雨时行之际,凡遇连阴不止者,则闺中儿女剪纸为人,悬于门左,谓之扫晴娘。"

  《中华全国风俗志》"吴县之扫晴娘"条:吴县如遇久雨,则用纸剪为女子之状,名曰扫晴娘。手执扫帚,纸人须颠倒,足朝天,头朝地,意思是足朝天可扫去雨点也。用线穿之,挂于廊下檐下,等天气晴朗之时,再将扫晴娘焚去。此外又有一种求晴之法,则是以破旧不堪之旧灯笼,取出烧掉,据说这也是颇有效果的。

  今人靳之林先生在其所著《中华民族的保护神与繁衍之神——抓髻娃娃》一书中亦提及"扫天婆",且描述甚详:"抓髻娃娃神通广大，无所不能，不仅能延续生命、繁衍后代，而且威力无边，洪水涝灾、淫雨连绵时节，剪个手拿笤帚的纸人用红线系上挂在院子里，或系在木棍、高粱秆上，插在墙上或院子里（有的也贴在窑洞里），叫'扫天婆''扫天媳妇'。它们有的梳髻，叉开双腿，双手举帚；有的梳髻戴胜，叉开双腿，双手举帚，左右饰云；有的双手持帚，足下腾云；有的双手举帚，左右双鸡；有的一手持帚，一手持锣；有的是一手举帚一手举掸，腾空而起，扫掉乌云。河南灵宝剪扫天媳妇，'上扫天，下扫地'。挂在院里时，口中念叨着：'扫天媳妇你是神，你上东南扫块云。'"

关于"扫晴娘"之源起，说法众多。有说是原型系女娲，因女娲补天，而下雨不止，则是天漏，故善于补天之女娲亦可止雨，《淮南子·览冥训》所谓，"女娲炼五色石以补苍天……积芦灰以止淫水"。亦有"旱魃"说，据《山海经·大荒北经》所载，黄帝大战蚩尤，蚩尤请来风伯雨师，使狂风暴雨大作。黄帝则请来女魃，使风消雨止，遂败蚩尤。然而女魃因沾染人间秽气，没法再重返天界，且其所居之处，方圆百里之内滴雨无存，故称旱魃。是以淫雨不止时，人或求其止雨，亦属自然。亦有"大头和尚"说，如日本民间之"晴天娃娃"，剪纸做人偶，悬于檐际，据说还要妇女儿童在人偶上写满"照"字。

豫北民谣："扫晴娘，扫晴娘，三天扫晴啦，给你穿花衣裳，三天扫不晴，扎你的光脊梁。"听来甚是健朗。

乾嘉杭州衣食风尚　　沈赤然[①]

　　吾乡妇人衣袖，乾隆十余年间率广八寸，后增至一尺，渐又增至一尺二寸，卅年以来，皆尺五六矣，几与僧道衣等。又其初衣皆对襟无缘饰，迩时又有扬矜、大矜之制。而无论衫袄裙裤，必以青缯[②]遍缘数层，非此则谓之村。始仅城市如此，既而乡镇妇女亦无不以此为美观。于是一衣一裙之费又加半。

　　余幼时见凡燕客者，约则五簋[③]，丰则十品。若仓促之客，不过小九盘而已。其后日渐盛设，碗必如斗，盘必如盆，居山必以龟鳖，居泽必以鹿兔，所费已倍往昔矣。近年以来，吾杭富人一席之费，几至六七千文，盖又务为精别相高，虽罗列数十品，绝无一常味也。甚而有某姓者，尝以钱五十千治一席，又以十千买初出鲥鱼二尾为尝新。

《寒夜丛谈》

【注释】

　　①沈赤然：字鳄山，号梅村，浙江仁和人。官直隶丰润县知县，有廉能。罢后，闭户著书。工诗古文辞，以诗著称。著有《五砚斋诗钞》《文钞》《寄傲轩读书随笔》及《寒夜丛谈》等。

　　②缯（zēng）：《说文》："缯，帛也。"现泛指丝织品。

　　③簋（guǐ）：古代盛食物的器具，圆口，双耳，盛行于商朝至东周。

【赏读】

乾隆时期之豪奢非仅天子一人,几乎举国皆如此,其极者当为江南。

清人龚炜《巢林笔谈》卷五"吴俗奢靡日甚"条与沈记可以合观:吴俗奢靡为天下之最,日甚一日而不知反。小时候看到只有士人才着裘,如今则连里巷妇孺都穿裘衣了;大红线顶过去是十得一二,今则十八九矣;过去拮据的人家,穿衣服都十分朴素,如今则平民之家都有团龙立龙之饰、泥金剪金之衣;至于饮馔,则一席不费千钱不为丰,长此以往,其何以堪?

清人欧阳兆熊《水窗春呓》卷下"豪富二则"条所述富豪席氏、陶氏之事,更令人于彼时江浙豪富之豪奢靡丽瞠目结舌。乾隆中,江浙殷富至多,拥巨万及一二十万者更是难计其数,唯至百万级,才谈得上声名流播。洞庭山富室尤多,席氏居首,而嘉兴秀洲区王江泾镇的陶氏则与之相埒,两家且为亲家。一日,陶至席所,自泊舟处至席屋约二里许,夹道皆设灯棚,夜行不秉炬,至则张乐欢宴累日。席间,席谓陶曰:"我家还有什么不够好的地方吗?"陶答说:"无他,惟大厅地砖纵横数尺,有点像行宫之物。书斋窗外的池塘少了一些荷芰。"席闻言默然。孰料约两个时辰后,席复邀陶过水榭,则已荷蕖盈目,芳华锦绣了,待送客出,则大厅地砖皆易为及尺矣,陶乃大惊服。

1793年6月,英国使臣马嘎尔尼出使清朝,清廷之接待令其大开眼界,其在《乾隆英使觐见记》中写道:"吾船自天津至此(通州),一路供给之物,如酒、肴、蔬、果之属,罔不穷极奢贵,伺候之人亦殷勤逾恒。……而食必盛馔,羹味之鲜美,既为吾毕生之所未尝,而条面及它种面食又白净如雪,清洁可口,是亦不可思议矣。……中国官场接待上宾,当于宾客到馆之一日起至离馆之一日止,令伶人继续演剧,自晨至暮不可稍休。"

休 沐 　郝懿行[①]

汉以后,京朝官休沐[②]之期率以五日,盖因于古也。《小雅·采绿》首章言:"予发曲局,薄言归沐。"次章言:"五日为期,六日不詹。"所以必五日者,天道五日一变。《逸周书·时训》篇凡言节侯皆云"又五日",是其征也。人事恒象之,故《内则》[③]云:"五日则燂汤请浴,三日具沐。"或三或五,特举大数,然则不言休沐,明有所包,不待言也。渔洋[④]《笔记》六云:"唐宋京朝官,遇令节即放假休沐,又有旬休之制。"引《文昌杂录》言:休假岁凡七十六日:元日、寒食、冬至,各七日云云;夏至、中元、下元、腊日等,各三日云云;立春、人日、中和节、立夏、端午、立秋、七夕、立冬等,各二日;上、中、下旬,又各一日。包拯奏言:"每节假七日、废事颇多,请令后只给假五日。"当时,京朝官优游如此。此风至明不复有矣,然宋人犹谓每春花时,只于担上见桃李,何也?余谓此语妙有意味,渔洋盖未思耳。今京朝官红尘扑面,素衣化缁[⑤],春满皇都,未见青草,遥望绿荫,悬知是树,街头菜担上插桃李花,不知渔洋尔日倘未之见耶?

《晒书堂笔录》

【注释】

①郝懿行(1757~1825):字恂九,号兰皋,山东栖霞人,官

户部主事。清代著名学者、经学家、训诂学家。长于名物训诂及考据之学，于《尔雅》研究尤深。著有《尔雅义疏》《山海经笺疏》《易说》《书说》《春秋说略》《竹书纪年校正》等。

②休沐：休息洗沐，休假之谓。

③《内则》：《礼记》篇名。内容为妇女在家庭内必须遵守的规范和准则，所谓"以闺门之内，轨仪可则，故曰内则"。

④渔洋：即王士禛，原名王士禛，字子真、贻上，号阮亭，又号渔洋山人，新城（今山东桓台县）人，清初杰出诗人、学者、文学家。诗为一代宗匠，与朱彝尊并称，康熙时继钱谦益而主盟诗坛。好为笔记，有《池北偶谈》《古夫于亭杂录》《香祖笔记》等。

⑤素衣化缁：白衣变成黑衣，喻尘土极多。晋陆机《为顾彦先赠妇》："京洛多风尘，素衣化为缁。"

【赏读】

秦朝以前，并未有正规节假日，也谈不上什么休假制度。朝廷官员几乎每天都要上班，若有他务，不能照常工作，则需提前请假并经皇帝批准，此为"告"，所谓"古者名吏休假曰告"。

逮及西汉，出现了周期性的休沐制度。《初学记》卷二十："休假亦曰休沐。《汉律》：'吏五日得一下沐。'言休息以洗沐也。"依汉制，凡朝廷官员，每五日可休假一天，是为"休沐"。因当时各级官员多集中在署衙办公和食宿，倘无特令，平日亦不得私自回家，只有到了"休沐"之日，才可回去洗澡更衣，走亲访友。

延及唐朝，休沐制度更趋完善。依唐制，凡各级官员每十天可休假一天，此为"旬假"。即在每月的上、中、下旬的最末一日放假休息，韦应物即有"九日驱驰一日闲"之句。亦有各种节假，如元日、冬至各七天，寒食并清明共四天，中秋、夏至及腊日各三天；此外正月七日、十五日、晦日、春社、秋社、二月八日、上巳日、四月八日、端午、三伏、七夕、中元、重阳、十月一日外加春分、立秋、秋分、立夏、立冬等，各一日；还有田、授衣假各十五日，至于定省节（每三年探望父母一次）三十五日，婚假九日，丧假、病假等，随时更张。

宋朝则是假日最多的一个朝代。据宋庞元英《文昌杂录》所述，元日、元宵节、寒食、天庆节、冬至等各休假七日，天圣节、夏至、先天节、中元节、下元节、降圣节、腊日等各三天，立春、人日、中和节、春分、春社、清明、上巳、天祺节、立夏、端午、天贶节、初伏、中伏、立秋、七夕、末伏、秋社、秋分、授衣节、重阳、立冬等则各休假一日。同时宋朝官员还有各类其他假期，诸如省亲假、婚嫁、丧假、私忌假等。

官员休假之外，按宋制，那些编配囚徒每旬给假一日，元日、寒食与冬至则各给假三日，而若在流徙、羁押的过程中得悉家人亡故或随行家属有病患、亡故事宜，也可酌情得到"住程假"。此外，宋朝官营手工业作坊中，雇工亦有节假日，包括每月三日的旬假，以及元旦、寒食、冬至各休假三日，圣节、请衣、请粮、请大礼等则休假一日。

要之，很长一段时间内，中国古代的休假制度基本为"旬休制"，直到清末维新派引进了西方星期日休息制度，才使得传统假日制度发生了根本改变。

梅　浆 _{郝懿行}

京师夏月，街头卖冰。又有手两铜镜，还令自击，泠泠作声，清圆而浏亮，鬻酸梅汤也。以铁椎凿碎冰掺入其中，谓之冰振梅汤，儿童尤喜呷之。《内则》说饮有"醷"，郑康成注："梅浆"即是物也。又有"滥"，郑注云："以诸和水也，纪、莒之间名诸为滥。"《释文》云："干桃、干梅皆曰诸。"孔疏谓："以诸杂糗饭之属和水也。"

《晒书堂笔录》

【赏读】

《燕京岁时记》"酸梅汤"条："酸梅汤以酸梅合冰糖煮之，调以玫瑰木樨冰水，其凉振菌。以前门九龙斋及西单牌楼邱家者为京都第一。"

酸，本系五味之一。在醋未诞生之前，古人多用梅作调酸之味。《尚书》："若作和羹，尔惟盐梅。"梅子捣碎后取其汁水，成梅浆，这就是"醷"，《礼记·内则》"浆水醷滥"即言此。

梅子可入食。或制成蜜饯、梅脯之类小食，古代名为"梅煎"。李时珍《本草纲目》讲到的"梅浆"，夏日调水引用，大概就是酸梅汤的雏形吧。而相传明太祖朱元璋流落市肆时，曾因暑湿闹病，遂自己采乌梅煮成药汤，用铜碗服用后治好了病，后来为谋生果腹亦曾贩卖乌梅，是以后世就把朱元璋奉为发明酸梅汤的祖师爷了。

夏日卖梅浆，冰盏之声清脆可听。邓云乡先生《冰盏儿》一文描摹细致：

> 一到热天，在胡同口上，槐树下面，就有卖冰镇食品的小摊子。……放一大罐子酸梅汤，也是用小瓷碗盛来卖。卖的人头剃得精光，身穿白布背心，一边叮叮嚓嚓地敲着"冰盏"，一边叫卖着：
>
> "又解渴，又带凉，又加玫瑰又加糖，不信您就闹碗尝一尝！酸梅的汤儿来——哎——一个大一碗哟……"

所谓"冰盏"是什么呢？那是两个像酱油碟子大小的铜碟子，擦得明光铮亮。其不同于一般碟子者，是底部的一圈颇高。敲时把两个碟子重合起来，托在掌中，用大拇指搬动上面一个小碟的边沿，两碟相击，便发出极为清脆的响声，构成为一种特殊的音乐了。

夏元瑜先生《酸梅汤和信远斋》一文写道：

> 酸梅汤盛在一只青花白底的大瓷坛里，周围用冰镇着。摊位上，一定有一个铜制的"幌子"。所谓"幌子"者，乃各种商店皆有一特定之悬挂物，表示它是卖什么东西的。酸梅汤的幌子不挂起来，而是放在摊位上，它是一根直立的铜柱，约一尺高，小酒杯粗细，其上像新月，牛角似的分为二岔，擦得光泽耀目。管摊位的人手中拿着两个小小的铜盏，两盏之间夹着个手指头，所以能把二盏叠击，清脆之音不绝。

麻蛋烧猪　　梁绍壬①

煎堆一名麻蛋,以面作团,炸油镬中,空其内,大者如瓜。粤中年节及婚嫁,以为馈遗。德清佘半眉曾以八律咏之,警句云:"安得规模如此大,不堪心腹竟全空。""四面圆光皆客气,一番投赠半虚花。"又粤俗最重烧猪,娶妇得完璧②,则婿家以此馈女氏,大族有用至百十头者,盖夸富也。如不致送,则媒氏随押妆奁③,背负其女而归矣。其他赛愿敬神等事,率皆用之。最足奇者,观音诞辰亦荐此品,岂佛门清净之戒,不到南天欤?

《两般秋雨庵随笔》

【注释】

①梁绍壬(1792~?):字应来,号晋竹,浙江钱塘(今浙江杭州)人,清代学者。梁氏濡染家学,能诗文,但年命不永。所著《两般秋雨庵随笔》,凡八卷,内容驳杂,文笔清丽,可为清代中期社会状况参考之助。

②完璧:此处指女子是否为处女。

③妆奁:女子梳妆所用镜匣,代指嫁妆。

【赏读】

女子婚后三天,照例有"回门"一说,亦即"归宁"。出嫁女子,须回家问安父母,一般以三日为期,所谓"三朝回门"。这天新郎亦同往,岳家呼为"新客",女家要设宴款待,宋氏还准备鼓吹,送婿回宅邸。

而本条所记,则知粤东女子归宁之日,男家须备办多头烧猪,此乃新娘婚前守贞的证据,若没有烧猪,则显然是说新娘婚前即与人有染,夫家有权逐新娘出门,女家亦视为奇耻大辱,玷污门风。《清稗类钞·婚姻类》亦记粤中婚嫁,嫁女者恒惴惴不安,恐烧猪不至,若久待不来,则女家"对坐愁叹,引为大辱",既至,则又"举家相庆",还要将烧猪分赠亲友,配以红色馒首若干,所谓"麻蛋"。

此外,回门之日,据清陈坤《岭南杂事诗钞》记,还有"等双石"之俗。即女家必要请亲友中善于酬酢之辈来款待新郎,男家也要安排酒量好的人伴往,就是今人熟悉的伴郎。据吴永章先生笺证,双石之说源起于农民挑猪去卖,因猪重,故另一头须以石相压,才能保持平衡。及至猪卖出后,石头自然无用,随意弃置,伴郎即如这石头,一待婚礼结束,也就废弃无用了。

而新妇进门之后,婆婆小姑之类的关系总是难处理稳洽的。所以粤中又有"撩耳"之说,亦即新人须雇盲女唱曲,以博得婆婆欢心,本意是希望姑丈能"勿偏听",兼听则明,日后可以少生些是非。

女儿布 梁绍壬

潮俗嫁女,以葛布办装,称家多寡。其极精细者,名女儿布,所以遗蒿砧①者。婚姻道衰,夫妇相弃,布乎布乎,非以结绸缪者乎,是可伤也。

《两般秋雨庵随笔》

【注释】

①蒿砧:妻称夫曰蒿砧。

【赏读】

粤俗,女孩子尚未出嫁时,即在家专意织布,为将来出嫁用,女心绵密,故所织布业格外精细,是嫁妆的必备之物。且此道也特别能见出女孩子的心思专精与女工巧拙,尤为细巧者,纤细如蝉翼,远观,非烟非雾。同时,女儿布也象征着女子对未来夫君的一往情深,希望日后夫妇永结欢好,切勿相弃。

此外,粤俗,民家嫁女一月前,待嫁新娘即严禁出门,名"住阁",而为免其寂寞,请女友相伴,此为"伴阁"。然后开始哭嫁,所谓"歌堂",所歌者大抵是不舍离别父母、感念养育之恩之类。而出阁先一日,亲友与席者皆唱歌,据道光《广东通志》记有歌词云"灯芯点着两头火,为侬操尽几多心"。然后由亲戚中尊贵者亲自送新郎入房,名曰"送花"。此后接连数夕,亲友还要来索取糖梅啖食,这叫"打糖梅",一众皆唱歌,而据说歌美者得糖益多。

而据《岭南杂事诗钞》记，粤省娶妇之家挑选日子，若有小不利，即用朱笔写"麒麟到此"四字，粘贴于门厅彩舆，以求吉利。而贫苦人家，迫于生计，不得已只能卖女做妾，又恐邻里讪笑，即事先跟纳妾者声明，先要用大花轿鼓吹登门迎娶，好似明媒正娶，以博颜面。但至中途则改装前往，粤人称此为"半路吹"。

粤俗且流行买童养媳。若童养媳将来不作儿媳妇，则作为养女，这叫"买花墩"。日后亦可由养父母做主婚配，但为与亲身女儿相区别，则据吴永章先生说是，"女儿出嫁，在厅堂上轿"，而花囡妹"则只能在门前禾坪上轿"。

升官图 袁景澜①

升官图以官阶升降为图，以穴骼②双双掷之，更投局上，以点数多少，为进身职官之差。以么为赃，绯为德，六为才，二三五为功。其才德功多者，为特进，为超升。其赃私再犯、三犯者，为降黜，为出局。其官名则杨左孙周诸忠臣也。得忠臣者胜也。《谈书》谓之百官铎，明倪鸿宝③所造，官名皆从其时。然其制在唐时已有之，特与今不同耳。

《吴郡岁华纪丽》

【注释】

①袁景澜（1804～1879）：又名袁学澜，字文绮，号巢春，元和（今苏州）人。家素封，能诗，著声吴下。所著《吴郡岁华纪丽》，记述苏州岁时风土，自元日至除夕，以月设卷，共十二卷三百零四条，荟萃群书，广征史料，而末附录前人并一己诗作，足资涵泳。

②穴骼：即骰子。

③倪鸿宝：即倪元璐，字汝玉，号鸿宝，浙江上虞人。明代著名书画家。

【赏读】

赵翼《陔余丛考》卷三十三"升官图"条谓："世俗局戏有

'升官图',开列大小官位于纸上,以明琼掷之,计点数之多寡,以定升降。……今'升官图'一名'百官铎',有明一代官制略备,以明琼掷之定迁擢,有赃则降罚,相传为倪鸿宝所造。"

邓云乡先生《升官图》一文于此游戏描述颇详:

> 升官图是一张木版印的、按照明清两代官制排列的格子图,正中一个长方形格子,分成三个竖格,顶头两个大字:中间"太师"、右面"太傅"、左面"太保"。大字下面,用横线隔开,用小字注明"德、才、功、赃"四种奖惩办法。如"太师"下注:"德进贺双仪""才进贺单仪""功致仕还乡""赃贬吏部主事"。就是用四面写了"德才功赃"的"拈拈转儿"(即陀螺)旋转,转出什么字就得到什么结果。由哪里玩起呢?这张正方形的图,围绕中心"内阁"太师处共分三圈,都是一样的格子,按上下级分出各种衙门,如京中"六部"、外省督抚州县都有。在一边有一行横排竖格,是"出身",由"白丁"到"状元"共十五六格,把明清二代可以作为"出身"的都列上了。玩时就是由"白丁"玩起,最后的目标是进入"内阁"为止。
>
> 玩时各人先准备一个标记,置放"白丁"处。随着旋转陀螺,按结果移动标记。如"白丁"下注云:"德秀才、才监生、功童生、赃不动。"这样旋出"德"来,标记就移到"秀才"一格中,其他依次类推。"赃"本来是应该降级的,但"白丁"无处可降,只好不动了。再如"知县"格,那便是:"德知府、才知州、功不动、赃典史。"这样就是两个升的机会,一个降的可能,一个不动,这样逐步升上去,直到内阁,才能得到"贺仪",赢一两个铜板;弄不好,刚刚进去,又旋一个"赃"被贬了出来,还要再旋半天才能进去。玩这个,也许有人说,这不是从小就想升官吗?但是也使孩子们从小就知道:贪赃的事情是实在做不得的。

上巳修禊 袁景澜

江南山水平远,与骑便于游。节届重三①,山塘波渌,白堤士女,竞出寻芳,集池亭流觞曲水,效修禊故事。《周礼》:"女巫掌岁时祓除衅浴。"《注》谓:"三月上巳,水上衅浴之类。"《风俗通》云:"禊者,洁也,于水上衅洁之也。巳者,祉也。邪疾已去,祈分祉也。"维时,鱼鯈接流,凫鹥②浮渚,香烟绀宇③,翠柳亭台。杏花天十里一红白,游人鼻无它馥。莺呖呖,劝人去采兰也;蝶翩翩,引人出湔裙④也。丹青开于远岫⑤,笙歌和以好风。粥香饧白市,诗牌酒盏筵,借以祓除不详,陶写情兴焉。

《吴郡岁华纪丽》

【注释】

①重三:指农历三月初三日,故名重三。古时以农历三月上旬的第一个巳日定为"上巳",旧俗以此日在水边洗濯污垢,祭祀祖先,称为祓禊、修禊。魏晋以后将上巳节固定为三月三日,此后相沿成习为水边饮宴、郊外游春的节日。

②凫鹥(fú yī):凫,水鸟,俗称野鸭;鹥,鸥之别名。

③绀宇:即绀园,佛寺别称。

④湔(jiān)裙:湔,洗涤。古时农历正月元日至月晦,女子洗衣于水边,以避灾祸。

⑤远岫：远处山峦。

【赏读】

  古时每逢三月上旬第一个巳日，女巫循例在河边举行消灾驱邪之仪式，人们到河边用浸泡了香草的水沐浴自洁，祓除疾病和不祥，此为"禊"或"祓禊"。三月上巳日本历年不同，至魏晋时始以三月初三代之，后相沿成习。《周礼·春官·女巫》："掌岁时祓除衅浴。"郑玄注曰："岁时祓除，如今三月上巳如水上之类。衅浴，谓以香薰草药沐浴。"可见周代即有此风。

  两汉至唐宋，上巳节盛极一时。所谓上巳风光好放怀，此时上巳之日已不再仅是行沐浴祓禊之仪式，而是游戏取乐的大好时节。其中最知名的就是作"流杯曲水之饮"了。

  据南朝梁人吴均《续齐谐书》载，一日晋武帝问尚书郎挚虞，三月三日流行曲水流觞是何故？挚虞答说，汉章帝时，有个叫徐肇的人，生了三个女儿，结果竟都在三月初三这天夭折了。一村人都以为怪事，所以相携来到河畔盥洗，想以三月桃花水洗掉身上的晦气。且将酒杯置于水上，任其流转，这就是曲水流觞的典故。晋武帝闻言，不甚愉悦："这等说来，曲水流觞并非什么好事啊。"旁有一尚书名束皙者，接话说："挚虞乃小生耳，不足以知此。我来给陛下说说吧，早在周公建成洛邑的时候，就有曾让流水承载酒杯顺水而行的，故有逸诗云'羽觞随波'。而秦昭王即在三月上巳当日，将酒杯置于流水弯转之处，结果有一金人忽自河中跃出，献剑一把，并说，您定能统治西戎。后来秦国果一扫六合称霸诸侯，于是金人出水之地遂被立为曲水流觞之地。此后两汉相沿，遂成盛集。"武帝听了很是高兴，立马赏赐束皙金五十斤，却把挚虞贬官为阳城县令。

  隋唐以后，三月三携酒食出游，游春聚饮蔚然成风。隋卢思道

《上巳禊饮》诗:"山泉好风日,城市厌嚣尘。聊持一樽酒,共寻千里春。"唐代长安的曲江池,更是游览胜地。每逢上巳,皇帝都在这里大宴群臣,"曲江流饮",名重一时。杜甫《丽人行》有句:"三月三日天气新,长安水边多丽人。"

此外,民间还有戴荠菜花、挑荠菜之俗。据《钱塘县志》载:"上巳,出游西湖,士女皆带荠花。"这花还有个好名头,俗称"眼亮花",民谚云"三春戴荠花,桃李羞繁华"。苏州民间还插荠菜花于灶上,据说可以驱赶虫蚁。而据洪迈《夷坚三志己》卷四《萧县陶匠》载:萧沛土俗,多以上巳节群集郊野,倾油于溪水不流之处,用占一岁休咎,曰油花卜。褚人获《坚瓠集》则记吴中以上巳蛙鸣占卜,若蛙鸣,则无水患,俗为"田鸡报"。

不过,唐宋之后,上巳节已不似前此风光了。范成大《观禊帖有感三绝》有句:"三日天气新,禊饮传自古。今人不好事,佳节弃如土。"

小满动三车　袁景澜

小满①节届，蚕妇煮茧，缫车缲丝，昼旦勤作，赶早赶卖。郊外菜花至是结实，收子到油车压油，以俟估贩。插秧之人挈水溉田，桔槔②盈路，救旱备涝，忙踏水车。名曰小满动三车，谓丝车、油车、田车也。是时，农忙乍起，人鲜游息③。赵师秀④诗："乡村四月闲人少。"良不诬也。

《吴郡岁华纪丽》

【注释】

①小满：二十四节气之一，夏季的第二个节气。系夏熟作物籽粒始趋灌浆饱满，然未成熟。《月令七十二候集解》："四月中，小满者，物至此小得盈满。"

②桔槔（jié gāo）：井上汲水用的杠杆工具。

③游息：游玩憩息。

④赵师秀：字紫芝，号灵秀，亦称灵芝，又号天乐，永嘉（今浙江温州）人。南宋诗人，与徐照（字灵晖）、徐玑（字灵渊）、翁卷（字灵舒）并称"永嘉四灵"。

【赏读】

《太平御览》引《三礼宗义》云："物之生长小得并满，故以小满为名也。"言此时农作物小有收获。

小满分三候："一候苦菜秀，二候靡草死，三候麦秋至。"意思是小满节气中，苦菜已然生长蓬勃。所谓"靡草"，《七十二候集解》谓其"靡草葶苈之属"，乃至阴之所生，故至夏则枯死。《月令》："麦秋至，在四月；小暑至，在五月。小满为四月之中气，故易之。秋者，百谷成熟之时，此于时虽夏，于麦则秋，故云麦秋也。"

民谚有"小满不满，干断思坎""小满不满，芒种不管"之说。"立夏小满正栽秧""秧奔小满谷奔秋"，故农人皆于此时抓紧早稻追肥、中稻插秧，而若田里水量稀少，即致田坎干裂，难以插秧，影响收成，是以蓄水保水自为头等大事。

又，传说小满日乃蚕神诞辰。古时养蚕忌讳极多，蚕宝宝金贵之极，稍有不慎，则万般辛苦皆无所获。《中华全国风俗志》"湖州养蚕之习俗"条谓：每届养蚕之期，各家购极大花纸二张，贴于门上，谓之门神将军。亦有赴庙中焚香祷祝者，谓之拜蚕花五圣。其用意在乞怜于神之默佑，使蚕花旺盛也。又当蚕初出时，不准生人进门，在置蚕之前，须说吉祥语。蚕长大蜕皮，谓之眠，隔数日为二眠。待至三眠、大眠完全后，蚕即不动，亦不食叶，俗谓起仰。是时用稻草制成之架子，待蚕置诸草上，下用火罐使蚕感热，即可吐丝做茧，谓之上山。

是书"嘉兴农民之生活"条谓：三月最忙碌，农民于此时往往饮食不饱，睡眠不足。四月蚕已上簇，即预备缫丝。缫丝毕，即收豆、割麦、播谷。故农谚云：跨出丝车，踏进水田。五月须锄田、灌水、插秧、施肥、芟草，妇女织绸者亦预备络丝。有语蚕事后即织绸者。……总之，一年中三时最忙：一曰蚕忙，即养蚕；二曰水忙，即种稻；三曰旱忙，即收获。若蚕事兴旺，五谷丰登，则熙熙暤暤，安度新年；否则愁容满面，奔走告贷矣。

阿弥饭 袁景澜

浴佛日,市肆采杨桐叶及细冬青,染饭作青色,名青精饭,或作糕式售卖。僧寺以乌叶染米,或取南田烛叶煮汁渍米,造黑饭,以馈檀越①,编户②以之供佛,名阿弥饭,亦名乌米饭。

《吴郡岁华纪丽》

【注释】

①檀越:即施主,施与僧众衣食,或出资举行法会等之信众。
②编户:编入户籍之平民,此处泛指平民。

【赏读】

阿弥饭,本名乌饭、乌精饭、青精饭、乌米饭等。其制法乃以南烛树叶(俗称"乌饭草")捣碎取汁,用浸粳米,蒸熟成饭。之后将饭晒干,复浸其汁,再作蒸晒,据说此过程须反复九次。宋人林洪《山家清供》卷上中说:"采枝叶捣汁,浸上白好粳米,不拘多少,候一二时,蒸饭曝干,坚而碧色,收贮。"蒸煮后的米饭颗粒甚小,其黑若珠,可袋装供行旅之用,且久贮不坏,香润可口。

佛门四月初八食乌饭之俗,相传典出目连救母的故事。目连母因事而入地狱,孝子目连每日拿饭食到地狱伺母,饭食却常被地狱小鬼吃掉。目连遂采杨桐树树叶捣碎成汁,做成乌饭。因米系黑色,小鬼以为是不洁之物,遂不敢吞吃,其母乃得食。

浴佛日,信众往往赴寺庙为亲人超度灵魂并向寺庙施舍钱财,寺僧即以所备乌饭向施主发放，亦有僧尼到民间发放。《中华全国风俗志》载安徽泾县"浴佛节"："四月八日，泾县浮屠，是日浴佛，谓之浴佛节。有五色香水，民家采乌桐叶染饭，青色有光，曰乌饭。与之相馈遗。"故乌饭又有"阿弥饭"之别名。元代《燕都游览志》云："先是四月八日梵寺食乌米饭，朝廷赐群臣食之。"足证其影响之广。

佛门之外，或以为吃乌饭乃道教之俗。李时珍《本草纲目·谷部》卷二五云："此饭乃仙家服食之法，而今之释家多于四月八日造之，以供佛耳。""青精"者，青乃东方之色，"精"当精华，两者合观，乃取青阳精华之意。宋人阮阅《诗话总龟·咏物门下》说青精饭，"色青而有光，食之资阳气"。

道家典籍《三洞珠囊》说王褒，服青精饭之后，趋步峻峰如飞鸟。而唐宋时食青精饭者亦不少，杜甫《赠李白》："岂无青精饭，使我颜色好。"又名"青精稻"，元稹《和乐天赠吴丹》："万过《黄庭经》，一食青精稻。"陆龟蒙《四月十五日道室书事寄袭美》云："乌饭新炊芘臛香，道家斋日以为常。"陆游《小憩长生观饭已遂行》："道士青精饭，先生乌角巾。"

曝书翻经　袁景澜

六月六日^①，故事：曝书籍图画于庭，以辟蠹去霉蒸，亦或晒其服物用。老儒破书、贫女敝缊，反覆勤日光。豪家富族，曝衣则登楼，绮秀毕陈，云霞光灿，香飘彩桁^②，隔院传风，裘落毳毛，洒空霏雪。曝书则分箧，缥缃^③并列，古色斑斓，麻纸唐文，躞^④池金玉，刻丝宋画，楼阁仙山。至佛宇禅宫，亦出贝叶经，集村姬为翻经会^⑤，令跪烈日中，翻经曝之，云翻经十次，可转男身，借以敛钱，实诞慢不足信也。

《吴郡岁华纪丽》

【注释】

①六月六日：此日正当盛夏，一年中太阳最炽烈之日。古人即将此日当作曝晒衣服、物件、书卷的日子。此俗在东汉崔寔《四民月令》中说是七月初七之风俗，《世说新语》记阮咸事亦云七月初七，可见晋代翻晒衣服书卷之俗仍在七月初七，后方衍变为六月初六。

②桁（hàng）：衣架。

③缥缃：缥，淡青色；缃，浅黄色。古时常以淡青、浅黄色丝帛作书囊书衣，因以指代书卷。

④躞（xiè）：书卷之杆轴。

⑤翻经会：古人亦将六月初六之日作翻经节。相传唐高僧玄奘

西天取经，不慎将所取经书丢落水中，急忙捞起晒干，才得以完好带回，由此寺院皆在六月初六将所藏经书翻检出来曝晒。

【赏读】

六月六，正当酷暑，俗谚云："六月弗热，米谷弗结。"《世说新语》记："七月七日，北阮盛晒衣，皆纱罗饰绮。"可见晋代翻晒东西之俗仍在七月初七，后世方衍变为六月初六。《燕京岁时记》载："京师于六月六日抖晾衣服书籍，谓可不生虫蠹。"

六月六，亦是沐浴日。沈德符《万历野获编》卷廿四载，妇女多于六月六日沐发，谓沐之则无腻垢。京师的大象亦在此日洗于廊外水滨，一年唯此一度。民间亦有"六月六，猫儿狗儿同沐浴"之说，俗名猫狗生日。田汝成《西湖游览志》里说当时人甚至有因给猫狗洗浴而致"汩没淤泥，踉跄就毙者"。明人沈榜《宛署杂记》卷十七则记六月六日，各家取井水收藏，以造酱醋，浸瓜茄。水必须取五更初汲者，如此则久不败坏。曝晒所有衣服，是日皇宫之内亦晒銮驾。《帝京岁时纪胜》亦载：此日"内府銮驾库、皇史宬等处，晒晾銮舆仪仗及历朝御制诗文书集经史。士庶之家，衣冠带履亦出曝之。妇女多于是日沐发，谓沐之不腻不垢。至于骡马猫犬牲畜之属，亦沐于河"。

亦有"六月六，请姑姑"之俗。旧时每逢六月六这天，各家各户都要将已出嫁的老少姑娘请回家。相传此俗典出春秋战国时狐偃改过之故事。晋国宰相狐偃是随文公重耳流亡列国的功臣，封相后勤理朝政，威望甚高。每逢六月初六狐偃生日，总是贺客盈门。久之，因功而骄，时日一长，众人对其皆有腹诽。而狐偃的女儿亲家即是当时功臣赵衰，直言相劝，孰料狐偃非但不听，还当众责骂亲家，以致赵衰一气而死。他的儿子恨岳父不讲仁义，决心为父报仇。翌年，晋国夏粮遭灾，狐偃出京放粮，临走时说，六月初六一定赶回来过生日。其婿得知后，欲于狐偎生日暗除之，并谋于其妻。狐偎女不忍，终返家密告于母。狐偎于放粮中亲见百姓对其不满，大悟己错，更闻女婿设计欲杀己，愈加悔痛。于六月六日登门向婿请罪，翁婿终和好如初。为此，狐偎每年六月六都要请女儿、女婿回来。之后流传民间，率皆效仿，也都在六月六请回闺女。

  六月六亦是"天贶节"。据说，此俗起源于宋真宗赵恒。某年之六月六日，赵恒声称上天将赐其天书，遂定是日为天贶节，还在泰山脚下的岱庙建造了一座宏大的天贶殿。田汝成《熙朝乐事》载宋时杭州于是日"作会于显应观，因以避观。……游湖者，多于夜间停泊湖心，月饮达旦。而市中敲铜盏、买冰雪者，铿聒远近"。

巧果乞巧 袁景澜

吴中旧俗,七夕①,市上卖巧果,以麦和糖,绾作苎②结形,或剪作飞禽之式,油煮令脆,总名巧果。闺中儿女,陈花果香灯、瓜藕之盘。于庭中露台,礼拜双星,为乞巧会,令儿女辈悉与,谓之女儿节。以青竹戴绿荷,系于庭,作承露盘。男女罗拜月下,以线刺针孔辨目力。明日视盘中蜘蛛令丝者,谓之得巧。余皆举露饮之。贵家巨族,结彩楼于庭,为乞巧楼;穿七孔针,名曰弄影之戏。见天河中耿耿白气,或耀五色,以为双星渡河征见,便拜得福。

《吴郡岁华纪丽》

【注释】

①七夕:农历七月初七。传说是日牛郎织女鹊桥相会。又名乞巧节,盖东晋葛洪《西京杂记》载:"汉彩女常以七月七日穿七孔针于开襟楼,人俱习之。"

②苎(zhù):苎麻。

【赏读】

七夕相传为牛郎织女双星相会之日。其说甚古,《诗经·小雅·大东》已有"跂彼织女,终日七襄。虽则七襄,不成报章。睆彼牵牛,不以服箱"的话。东汉时已有牛郎织女的传说。而早在西汉已有织女渡河之说,《白帖》卷九五引《淮南子》佚文曰:"乌鹊填河成桥,渡织女。"魏晋南北朝,牛郎织女七月七日相会之说,愈加流衍。

七月七日,俗称女儿节。《西京杂记》载:"汉彩女常以七月七日穿七孔针于开襟缕,俱以习之。"可见汉代已有乞巧之俗。《舆地志》里说齐武帝起穿针楼,七月七日,宫人多登之穿针。《开元天宝遗事》则记七夕日,宫中以锦结成楼殿,高百尺,可以容纳数十人,瓜果酒炙与坐具皆有陈设,祭祀牛女二星,妃嫔则各以九孔针五色线向月穿之,若能穿过则为得巧之侯,百姓皆纷纷仿效。

七夕要陈设瓜果祭祀织女。据《后汉书》云:"牵牛主关梁,织女主瓜果。"故陈设瓜果,是为乞求织女保佑瓜果粮食丰收。又有"喜蛛应巧"之说。据《荆楚岁时记》载,陈瓜果于庭中以乞巧,有喜子(蜘蛛)网于瓜上,则以为符应。至唐时,则如《开天遗事》所说,捉蜘蛛于小盒中,至翌日晨开,视蛛网稀密以为得巧之侯。密者言巧多,稀者言巧少。宋时,其法亦不同。《东京梦华录》说,七月七夕"以小蜘蛛安合子内,次日看之,若网圆正谓之得巧"。周密《乾淳岁时记》:"以小蜘蛛贮合内,以候结网之疏密为得巧之多久。"则南北朝视网之有无,唐视网之稀密,宋视网之圆正,以为验巧之法。

唐宋时,七夕日还有买"磨喝乐"之俗。邓之诚先生注《东京梦华录》引《五百弟子本起经》:"罗喉罗是释迦牟尼佛的亲生儿子,因他居母腹七年而得名。他天生聪颖、密行第一。"可见是位童佛。此一源自印度之物,传至中土,逐渐与本土之"宜男""祈子"之民众心理相契合,成为唐宋七夕节特有的泥塑玩具,而以苏州所产最为机巧。其形象多为孩童打着一张伞状的荷叶作玩耍状。时人或用于乞巧摆设,或供奉于家中,南方称作"巧儿"。《西湖老人繁胜录》载:"御街扑卖摩侯罗,多着乾红背心,系青纱裙儿;

亦有着背儿，戴帽儿者。"制作精巧者，价亦不菲，"悉以雕木彩装栏座，或用红纱碧笼，或饰以金珠牙翠，有一对值数千者……"

而各地七夕之俗亦不尽同。广西百色，传说七月七日晨，仙女要下凡洗澡，饮其澡水可避邪延寿，此水名"双七水"。广州人每以七月七日鸡初鸣时，即去汲江水或井水贮藏起来，认为是日之水质重，经年味可不变，但若鸡鸣二次，则质即不佳。山东荣成则于是日晨曦，令各家小孩皆取盅一只，置些许细沙麦子于其中，名曰"生巧芽"。视麦芽之好歹，定小孩之巧拙，若须长而密则谓之小孩日后大富大贵，若否之，则小孩必愚蠢不堪，真可令人发噱。

走月亮　袁景澜

中秋夕，妇女盛装出游，携榼①胜地，联袂踏歌。里门夜开，比邻同巷，互相往来。有终年不相过问，而此夕款门赏月，陈设月饼、菱芡，延坐烹茶，欢然笑语；或有随喜尼庵，看焚香斗②。香烟氤氲，杂以人影。街衢似水，凉沐金波③。虽静巷幽坊，亦行踪不绝。逮鸡声唱晓，犹婆娑④忘寐，谓之走月亮。

《吴郡岁华纪丽》

【注释】

①榼（kē）：古代盛酒器具，此处泛指盒一类器物。

②焚香斗：中秋习俗之一。所谓香斗，亦称斗香，由纸扎店制作，形如宝塔，层层叠叠，四周糊有纱绢，绘有月宫楼台亭阁等图画，斗中插有纸扎的龙门魁星以及彩色旗旌等装饰，焚于庭中月下，故名之。

③金波：谓月光。

④婆娑：盘桓，逗留。

【赏读】

古时四季每季又分孟、仲、季三部分，三秋恰半，故谓之中秋。

中秋之俗多与月亮相关。首先即是拜月。庭中设香案，月饼、西瓜、苹果、红枣、李子、葡萄等祭品一应俱全，就中西瓜还要切成莲花状，而后将月神置于月亮所在方向，红烛高燃，全家人依次拜祭月亮。

《新编醉翁谈录》记宋代中秋拜月之俗，不论贫富，只要能自行者，即便是十二三岁的孩童，亦皆着成人服饰，登楼或中庭焚香拜月，男则愿早步蟾宫，高攀仙桂，女则愿貌似嫦娥，圆如皓月。《帝京景物略》则记八月十五日祭月，果饼必圆，分瓜必牙错。当日，女归宁，是日必返其夫家，曰团圆节也。明代陆启泓《北京岁华记》记中秋夜，人家各置月宫符象，符上兔如人立，陈瓜果于庭，饼面画的也是月宫蟾兔，男女肃拜烧香，旦而焚之。古人认为月系阴物，故又有女先拜、男后拜或不拜之规矩。

唐鲁孙先生讲旧时北京中秋风俗："到了供月，全归坤道们忙活，家里所有男丁，净等着分果子吃月饼就行啦。供月一定要请一份儿月宫神祃儿，这份儿神祃儿，要到带菜魁的油盐店去请，最大号的大约有三尺多宽四尺多高，用黍节杆儿扎好架子，再糊上印好的祃儿。上一层印的是诸天菩萨，下一层是玉兔站在丹桂树下捣药，顶上还插有三支纸旗子。所用的供品，最主要的是素油成套的月饼，由大而小最高的十一层摆在供桌上，像一座宝塔。什么应时的鲜果，都可以拿来上供，就是各式各样的梨不上供桌，因为梨离同音，团圆节最忌讳的是离字，所以不管什么梨都不用来摆供。"

拜月之外，自是中秋赏月、玩月了。《梦粱录》云当日民间欢畅，琴瑟铿锵，酌酒高歌，安排家宴，团圆子女。即便陋巷贫苦之人，那晚也会解衣买酒，勉强迎欢，不肯虚度此夜。天街买卖，直至五鼓。玩月游人，至晓不绝，极尽玩赏之乐。明清以来，中秋节的风俗所涉更多，诸如烧斗香、点塔灯、放天灯、走月亮等所在多有。吴地"走月亮"之俗，据说要走过三桥，暗寓度厄之意。妇女结伴出游，是为"踏月"。杭州人是日晚上举家游船，苏堤之上，联袂踏歌，恰如白日。广州中秋食俗则为剥芋、蕉、柚去皮以食，所谓"剥疵癞""剥鬼头"，各家屋上挂北斗七星旗，亦挂香球，儿童则群集通衢，燃幡灯塔，踏歌于道，火遍三城，焰光四射。而好事者，还于十六夜，集亲朋饮宴，谓之"追月"。

中秋饮食，自以月饼为最寻常。相传月饼起源于元末农民起义，义军领袖张士诚利用中秋向亲友馈赠月饼的机会，在饼中暗暗夹递起义消息，约齐各地义兵同在中秋举事。《西湖游览志余》曰："八月十五日谓之中秋，民间以月饼相遗，取团圆之义。"《燕京岁时记》载，清代"至供月，月饼到处皆有，大者尺余，上绘月宫蟾兔之形。有祭毕而食者，有留至除夕而食者，谓之团圆饼"。

青团炀熟藕 顾 禄①

市上卖青团，炀②熟藕，为居人清明祀先之品。徐达源《吴门竹枝词》云："相传百五禁厨烟，红藕青团各荐先。熟食安能通气臭，家家烧笋又烹鲜。"

《清嘉录》

【注释】

①顾禄（生卒年不详）：生于清嘉庆初，字总之，一字铁卿，自署茶蘑山人，苏州吴县人。恃才华，屡困棘闱，纵情声色。撰有《清嘉录》《桐桥倚棹录》。

②炀（wò）：将东西煨熟。

【赏读】

清明前二日（一说为前一日或前三日）为寒食，寒食吃冷食，《荆楚岁时记》载："去冬节一百五日……谓之寒食，禁火三日。"

相传寒食之源起是为了纪念介子推。但据今人考证，此说仅是附会，在此之前即有禁火习俗。据《周礼·秋官·司烜氏》载："仲春，以木铎循火禁于国中。"意思是说，依周朝礼制，每届仲春二月，政府便派人摇着木铎，告知百姓及时熄火，以备季春三月的"出火"。而在这熄火到新火的一月间，百姓只能吃预先备办的冷食。也有人认为，此处的"火"非指炊事之火，而是"东方苍龙"七宿中的"心宿"，即恒星中的"大火"。古人认为角宿自二月初渐自升起,至三月,角宿升高,心宿显现,直到四月,尾宿腾跃而出。古人因龙神崇拜,以"出火"的祭祀仪式祷祝之,加以龙喜水惧火,因此百姓为了不得罪龙,遂自愿禁火,一月食冷食。

而据《后汉书·周举传》载,当时"士民每冬辄一月寒食,莫敢烟爨",结果是老小不堪,以至频有死者,周举遂将寒食之日自一月改作三天。据《荆楚岁时记》云:"禁火三日,造饧大麦粥。"即是将大麦磨成麦浆,煮熟,再将碎杏仁拌入,冷凝后切成块状。北魏贾思勰《齐民要术》则介绍了一种叫"寒具"的冷食,"以蜜调水溲面,若无蜜,取枣煮汁。牛羊膏脂亦得。用牛羊乳亦好,令饼脆美"。还有一种叫"子推饼"的枣糕。《东京梦华录》记其法,寒食前一天为"炊熟"日,以面为蒸饼样,蒸成枣糕,用柳条穿起,插在门楣之上,名为"子推"或"子推燕"。

至于青团,是用江南特有的浆麦草或嫩艾叶,取其汁液濡染而成,最早为乡间扫墓祭奠用的祭品。唐代以前,扫墓都在寒食之时。白居易《寒食野望吟》:"丘墟郭门外,寒食谁家哭。风吹旷野纸钱飞,古墓累累春草绿。"即描写寒食扫墓。郎瑛《七修类稿》中则认为,青团是由之前的"青精饭"演变而来。青团碧嫩,熟藕粉红,而食此寓寄追远之意,温情而出以闲雅,真是一派好景致。

谷雨三朝看牡丹 顾 禄

牡丹花俗呼谷雨花,以其在谷雨①节开也。谚云:"谷雨三朝看牡丹。"无论豪家名族,法院琳宫②,神祠别观,会馆义局,植之无间,即小小书斋,亦必栽种一二墩,以为玩赏。俗多尚玉楼春,价廉而又易于培植也。然五色佳本,亦不下十余种。艺花者,率皆洞庭山及光福乡人,花时载至山塘③花肆求售。郡城有花之处,士女游观,远近踵至。或有入夜穹幕悬灯,壶觞劝酬,迭为宾主者,号为花会。

《清嘉录》

【注释】

①谷雨:二十四节气中第六个节气,是春季最末一个节气。《月令七十二候集解》:"三月中,自雨水后,土膏脉动,今又雨其谷于水也。雨读作去声,如雨我公田之雨。盖谷以此时播种,自上而下也。"

②琳宫:道观。

③山塘:即苏州山塘街,自唐代以来即为商品集散地。

【赏读】

《通纬·孝经援神契》曰:"清明后十五日,斗指辰,为谷雨,三月中,言雨生百谷清净明洁也。"谷雨前后,雨水渐多,所谓

"清明断雪,谷雨断霜",谷雨是春季最后一个节气,此后雨生百谷,关系整年农事收成,民间遂有"谷雨无雨,交回田主"之说。

谷雨又分三候:一候萍始生,二候鸣鸠拂其羽,三候为戴胜降于桑。意思是谷雨后雨水增加,浮萍渐生,萍水始相逢;谷雨后五日,鸠鸣则预示着春日将要收束,"村北村南,谷雨才耕遍";再五日,"戴胜降于桑",戴胜鸟头有顶冠,落于桑树,是"蚕将生之候"。

所谓谷雨三朝看牡丹,民谚亦有"芍药打头,牡丹修脚"的说法。谷雨之时,南方还有摘茶习俗,称为"雨前茶"。据说谷雨这天的茶喝了会清火辟邪,有明目之效。明代许次纾在《茶疏》中谈到采茶时节时说:"清明太早,立夏太迟,谷雨前后,其时适中。"而北方谷雨则有食香椿之俗。此时正当香椿上市,故民间有"雨前香椿嫩如丝"之说。

钟馗挂图 顾 禄

堂中挂钟馗①画图一月,以祛邪魅。李福《钟馗图》诗云:"面目狰狞胆气粗,榴红蒲碧座悬图。仗君扫荡么麼技,免使人间鬼画符。"又卢毓嵩有诗云:"榴花吐艳菖蒲碧,画图一幅生虚白。绿袍乌帽吉莫靴②,知是终南山里客。眼如点漆发如虬,唇如猩红髯如戟。看彻人间索索徒,不食烟霞食鬼伯。何年留影在人间,处处端阳驱疠疫。呜呼!世上魍魉不胜计,灵光一睹难逃匿。仗君百千亿万身,却鬼直教褫鬼魄。"

《清嘉录》

【注释】

①钟馗:民间所谓"赐福镇宅圣君"。豹头环眼,铁面虬鬓,相貌奇异,却经纶满腹,刚直不阿,不惧邪祟。获贡士首状元不及,抗辩无果,怒撞殿柱亡,上以状元职葬之,托梦驱鬼愈唐明皇之疾,故封"赐福镇宅圣君"。

②吉莫靴:鲜卑语,一种皮靴。

【赏读】

端午,本名"端五",端为初之意,亦称"中天节",据尚秉和《历代社会风俗事物考》所述,其与岁首、中秋并称三节,而且不仅在中国,即在日本、韩国、越南等地亦有不小的影响力。

古人视五月为"恶月"、端午则为"恶日"。《风俗通义》云:

"俗说五月五日生子，男害父，女害母。"孟尝君即诞于此日，孟父要其母不要生下他，认为五月得子，日后"不利其父母"。五月避忌亦颇多，忌新官上任，忌盖房，忌搬家，甚且还忌曝晒床席。因此，民间凡至端午日，多有驱邪避恶之俗。

大抵来说，端午之辟邪去毒，或是以毒攻毒，如将号称"五毒"的蝎子、壁虎、蛇、蟾蜍、蜈蚣的图样制成配饰，在端午前后穿用，以起到避毒的作用；或是以正压邪，如古人认为虎乃阳物，能噬食鬼魅，遂以艾编剪而成虎形，佩于发际身畔；或以雄黄涂抹小儿额头、泼洒床帐间，以驱避毒虫；或戴长命缕，以五彩丝系臂，相传辟兵及鬼，可使人不罹患疾病；至明朝时，人们开始用菖蒲雄黄泡酒喝，《本草纲目》载："雄黄味辛温有毒，具有解虫蛇毒、燥湿、杀虫祛痰功效。"就连《白蛇传》里有千年道行的白娘子，在镇江过端午节，饮下许仙强劝的一杯雄黄酒，也无奈醉现原形。

此外则有端午挂钟馗像之俗。据《岁时广记》卷四引卢肇《唐逸史》，相传唐明皇一次病中梦见一小鬼来偷他的玉笛和杨贵妃的香囊，明皇正要招呼侍卫，突然来了个大鬼，抓住小鬼，先挖了眼睛，接着就将其吃了。大鬼自称是终南山落第进士钟馗，因科举不第，羞归故里，遂撞死于殿前石阶，因铭感高祖赠绿袍葬之，遂发誓"愿为我王除尽天下虚耗妖孽之事"。明皇一梦醒来，居然病愈，就召大画家吴道子来，令其按梦中所见绘制一幅钟馗图。

或以为钟馗系"终葵"之误。终葵本系一种椎形菌类。椎乃敲打器物之工具，可作武器用。于是，有人借其谐音，编出一个手执椎形终葵打鬼的钟馗，如此"终葵"成"钟馗"。顾炎武《日知录》"终葵"条，则以为南北朝人多有取名钟葵或钟馗者，如淮南王佗子名钟馗，有杨钟葵、丘钟葵、李钟葵、慕容钟葵、乔钟葵等，以此寓托自己能如刺鬼利器终葵般令鬼魅畏避。赵翼《陔余丛考》亦认为终葵本为逐鬼之物，后世以其有辟邪之用，遂取为人名，并附会为钟馗其人。

疰 夏 顾 禄

俗以入夏眠食不服曰疰夏①。凡以魇注夏之疾者,则于立夏②日,取隔岁撑门炭烹茶以饮,茶叶则索诸左右邻舍,谓之七家茶。或小儿嗜猫狗食余,俗名猫狗饭。是日,虽寒必着纱衣一袭,并戒坐户槛,俱令人夏中壮健。

《清嘉录》

【注释】

①疰夏:又称"苦夏",是夏季的一种常见病,多因长期体虚者感暑热之气所致,多表现为乏力倦怠、眩晕心烦、食欲不振等。

②立夏:二十四节气中第七个节气。每年五月五日或六日是农历立夏,"斗指东南,维为立夏,万物至此皆长大,故名立夏也"。

【赏读】

《逸周书·时讯解》云:"立夏之日,蝼蝈鸣。又五日,蚯蚓出。又五日,王瓜生。"立夏之日,田间蝼蝈鸣叫,继而是蚯蚓掘土,再过几天,王瓜就蔓生滋长开来了。所以《月令·七十二候集解》中说:"立,建始也,夏,假也,物至此时皆假大也。"意思是万物当此皆生长繁茂。

因此,古人尤其重视立夏。据《礼记·月令》载,周朝时,立夏这天,帝王要亲率文武百官到南郊"迎夏",君臣一律着朱色礼服,配朱色玉佩,马匹仪仗皆饰朱红,以符夏为赤帝之意。

民间于是日亦多有讲究，譬如"秤人"。相传此俗与后蜀主阿斗有关。司马昭发兵灭蜀汉，阿斗沦为亡君，被安置在魏国都城洛阳。昭唯恐原属汉地之臣民思恋旧主，心存反意，故颇为善待阿斗，封其为安乐公。阿斗受封之日，正当立夏。司马昭当着一群蜀汉降臣之面给阿斗称了体重，明言优待阿斗，日后定使其体重增加，且宣布以后每年立夏日都要给阿斗秤一次体重，昭告天下。后流传民间，率皆仿效，有了这立夏"秤人"之俗。《吴郡岁华纪丽》就说，吴俗于立夏日，以大秤衡人轻重，注记于册，待来年立夏复秤之，以比较年年之肥瘠。此外闽中妇女亦于是日悬秤于屋梁，品肥论瘦。

立夏之后便是炎炎暑天，各地风俗皆以为此日当有所进补，以求夏日旺健。浙江嵊州人在立夏日吃蛋挞，因蛋形如心，吃了可补心，亦讲究吃笋，因笋形如腿，以为此可补腿，使脚力增强，还要吃豌豆，豆形如目睛，祈祷来年双眼莹亮清明。湖南长沙人立夏日要吃糯米粉拌鼠曲草做成的汤丸，名"立夏羹"，所谓"吃了立夏羹，麻石踩成坑"。杭俗立夏日食乌米饭和乌饭糕，认为立夏吃乌米饭，不会疰夏，能祛风败毒，蚊虫不叮。闽南则立夏吃虾面，将海虾掺入面中煮食，海虾熟后变红，而虾夏谐音，寓意夏日吉祥。民间还有立夏食李美颜的说法，《月令粹编》说："立夏得食李，能令颜色美。"立夏日还忌坐门槛，"相戒毋坐门坎，毋昼寝，谓愁夏多倦病也"。

钟毓龙《说杭州·记风俗》记立夏日：是日，店铺作坊各伙友，皆得休假，有"五郎八保上吴山"之谚，类似今日之劳动节。所谓五郎，即剃头郎；打米郎，米店中之舂米者；倒马郎，即出粪者；皮匠郎；锡箔郎，即打锡箔者。八保者：酒保；面保；茶保；饭店中之伙友曰饭保；以马赁人而随其后者曰马保；地保；像像保，即阴阳生；奶保，即以育婴为业者。

乘风凉 顾　禄

纳凉,谓之乘风凉。或泊舟胥门①万年桥洞,或舣棹虎阜十字洋边,或分集琳宫梵宇,水窗冰榭,随意流连。作牙牌②、叶格③、马吊④诸戏,以为酒食东道,谓之斗牌。习清唱为避暑计者,白堤青舫,争相斗曲,夜以继日,谓之曲局。或招盲女瞽男⑤弹唱新声绮调,明目男子演说古今小说,谓之说书。置酒属客,递为消暑之宴。盖此时烁石流金⑥,无可消遣,借乘凉为行乐也。

《清嘉录》

【注释】

①胥门:位于苏州城西万年桥南。胥门作东西向,为春秋吴国建造都城时所辟古门之一,以遥对姑胥山(即姑苏山)得名。

②牙牌:骨牌,古时一种娱乐工具,各种成套点色都有名称,类似牌九。

③叶格:即叶子戏,又名"彩选格",古代博戏之一。玩时用骰子掷彩,依彩大小,进选官职,故又名彩选。

④马吊:纸牌,古代博戏之一。始于明中叶,牌共四十张,分十万贯、万贯、索子、文钱四花色。马吊牌由四人打,每人八张,余置中央。四人轮流出牌、取牌,出牌以大击小。

⑤瞽男:男性盲人。又古代乐师亦多为瞎子。

⑥烁石流金:形容酷热。典出唐人康骈《剧谈录·狄惟谦请雨》:"是时炎旱累月,烁石流金,晴空万里。"

【赏读】

中国很早就有了赌博一道。《史记》里说"州闾之会，男女杂坐，行酒稽留，六博投壶，相引为曹"，可见彼时赌风之盛。不仅平民嗜赌，连皇帝也未能免。《汉书·陈遵传》里写汉宣帝早年在民间生活了十七年，嗜赌成性，欠下平民陈遵一大笔赌债，日后做了皇帝，封赏其高官厚禄，以此作为补偿。

初始，赌博并非完全以赌钱为目的。最初有"博"与"塞"，其具亦用棋，与弈实相类，故孔子并称其为"博弈"，更带有一种游戏游艺的味道。至汉，博又称"六博"，塞又称"格五"。另有"樗蒲"，亦用棋。

中国赌术，随时而变，无有定规。到明时有一种纸牌戏，或称叶子戏，其中最盛行者为"马吊"。纸牌共四十张，分十万索钱四门，至清初渐加禁绝，乃变而为"默和"，凡六十张，分万索钱三门，而较马吊少一十字门。再变而为"碰和"，凡一百二十张，门数仍与默和同。三变而为马将，凡一百三十六张，外加花牌四张，或八张，则为一百四十张或一百四十四张，门数亦仍为三门。最初时候，"马吊"因为纸牌，打牌时"叶落无声"，后来改成竹子骨头制作，亦改称钱为筒，就是所谓"麻将牌"了，几乎妇孺皆知，在外人看来，也算是一门国粹。

明末清初申涵光写《荆园小语》，很是愤恨赌博之事。尤其是近日马吊牌，始于南中，渐延都下，"穷月累夜，纷然若狂"。问之，皆云极有趣，而他却只见废时失事，劳精耗财，每一场毕，贸贸然目昏体惫，弄不懂究竟有什么值得开心的。

荷花荡 顾　禄

　　是日，又为荷花生日①。旧俗，画船箫鼓，竞于葑门②外荷花荡，观荷纳凉。今游客皆舣舟至虎阜山浜，以应观荷节气。或有观龙舟于荷花荡者，小艇野航③，依然毕集。每多晚雨，游人赤脚而归，故俗有赤脚荷花荡之谣。

《清嘉录》

【注释】

　　①荷花生日：旧俗以农历六月二十四日为荷花生日。

　　②葑门：位于苏州城东。初名封门，以封禺山得名。又以周围多水塘，盛产葑，遂改葑门。

　　③野航：田家小渡船。

【赏读】

　　冯梦龙《古今谭概》里记袁宏道一诗："苏人三件大奇事，六月荷花二十四。中秋无月虎丘山，重阳有雨治平寺。"说的就是每逢六月二十四的荷花生日，苏人画船箫鼓，群集葑门外之荷花荡，观荷纳凉。而是日又相传是雷公生日，"每多晚雨，游人赤脚而归，故俗有赤脚荷花荡之谣"。

　　据旧籍载，苏州荷花荡共有三处：一是石湖湖湾——走狗荡，二是天荡西北湖湾——葑门荷荡，三为黄天荡。

　　袁宏道亦有《荷花荡》一文，记吴人此俗，最是有味：荷花荡在葑门外，每年六月二十四日，游人最盛。画舫云集，渔舟小艇，雇觅一空。远方游客，哪怕持数万钱，也觅不到一条小舟。而舟中丽人，皆时妆淡服，男女之杂，灿烂之景，不可名状。苏人冶游之盛，至是日极矣。

盂兰盆会 顾 禄

好事之徒，敛钱纠会，集僧众，设坛礼忏诵经，摄孤判斛①，施放焰口②。纸糊方相长丈余，纸锭累数百万，香亭幡盖，击鼓鸣锣，杂以盂兰盆冥器之属，于街头城隅焚化，名曰盂兰盆会③。或剪红纸灯，状莲花，焚于郊原水次者，名曰水旱灯，谓照幽冥之苦。

《清嘉录》

【注释】

①判斛：焰口中向诸饿鬼散施斛食。

②放焰口：焰口，指地狱里的饿鬼，体形枯瘦，咽细如针，口吐火焰。放焰口乃是对饿鬼施水施食、救其饥渴之苦的一种佛教仪式。

③盂兰盆会：农历七月十五，为道教"中元节"，佛教称"盂兰盆节"，又名"鬼节"。"盂兰盆会"，乃梵文 Ullambana 的音译，意为"救倒悬"，系据《佛说盂兰盆经》而举行的一种超度历代祖先的佛事。

【赏读】

中元节，又称"鬼节"或"盂兰盆会"。《五杂俎》载："道经以正月十五日为上元，七月十五日为中元，十月十五日为下元。"《道经》曰：中元日是"地官考校之元日，天人集聚之良辰"。上、中、下三元分别附会于天、地、水三官，地官掌赦罪之事，故每逢此日，道士于是夜诵经，饿鬼囚徒亦得解脱。

佛教亦于此日举行超度法会，亦即"盂兰盆会"。据《盂兰盆经》载，佛陀弟子中神通第一的目连，其母因在世时贪婪吝啬，死后堕入饿鬼道中，食物入口即化为火炭，无法下咽，终不得食。目连虽有神通，身为人子，却无力救其母，哀痛之极，遂请教佛陀。佛陀答说，其母罪孽深重，非一人之力所能解救，七月十五日乃结夏安居修行之最后一日，法善完满，在这一天，盆罗百味，供养僧众，以此救度其母。

而民间相传阎罗王会于每年农历七月初一，打开鬼门关，放出一批无人奉祀的孤魂野鬼到阳间来享受供祭。七月十五之日，重关鬼门之前，这批孤魂野鬼须重返阴间。是以七月又称鬼月。旧时人家多以为这段时日为不吉之日，既不嫁娶，亦不迁居，尤其关照家中孩童，太阳一下山即须回家，以免惹上鬼魅。

据《佛祖统记》载，梁武帝时始在七月十五日设"盂兰盆斋"。唐宋时，此日已是民间祭祀祖先的一大重要节日。《老学庵笔记》就写道："七月中旬，俗以望日具素馔享先……今人以是日祀祖，通行南北。"此外亦多上坟祭祖，《帝京景物略》载，是日京师"上坟如清明时"。

此外，很重要的习俗即是放河灯。"中元"由上元而来，上元节放陆灯，中元节则放河灯。人、鬼乃一阳一阴，相应的则陆为阳，水为阴。河灯则多为莲花形，亦名放荷灯，亦有用西瓜、南瓜等，中心掏空，插上蜡烛，顺水漂流，以河灯之光给自地狱中出来的孤魂野鬼照明引路，让其顺利来阳间享用祭品。《扬州画舫录》记扬州"每岁妇女买舟作盂兰放焰口，燃灯水面，以赌胜负，秦淮最盛"。而粤东之人则于是日当街焚化衣物纸钱，所谓"烧幽纸"。此外亦有水上盂兰盆会，名曰"水会"，以赈济水上孤魂。据近人钟毓龙《说杭州·记风俗》载:"每岁七月二十左右,在中城河、上城河,各雇大船五六只,船中有道士、有和尚,有吹唱道场,有老太婆念佛号。船头设佛笼灯塔一座,四围设立冥镪制成之伞扇等……朝发夕还,沿途则焚冥镪。凡此水会过时,上下货船均须让路。"

重阳信 顾 禄

重阳①将至,盲雨②满城,凉风四起,亭皋③落叶,陇首④飞云。人以是为立秋后第一寒信,谓之重阳信。俗又有"九月九,蚊虫叮石臼"之语。又谓重阳日晴,则一冬无雨雪。谚云:"夏至有风三伏热,重阳无雨一冬晴。"

《清嘉录》

【注释】

①重阳:农历九月初九。《易经》中将"九"定为阳数,九月初九,两九相重,故名重阳,亦名"重九"。

②盲雨:急雨、暴雨。

③亭皋:水边平地。

④陇首:泛指高山之巅。

【赏读】

两九相重为"重九",日月并阳,两阳相重,故名"重阳"。汉末曹丕《九日与钟繇书》曰:"岁月往来,忽复九月九日。九为阳数,而日月并应,俗嘉其名,以为宜于长久,故以享宴高会。"可见世俗于"九"之爱重。

今人于重阳节多追溯至南朝梁人吴均的《续齐谐记》。据说汝南桓景,早年随费长房游学累年。长房对他说:"九月九日,你家当有灾厄,宜急去令家人各作小布口袋,中盛茱萸,并系在小臂上,然后登高，饮菊花酒，即可免祸。"桓景就依言而行，举家登山。等到傍晚下山回家，见鸡犬牛羊一时暴死，庆幸逃过一劫。故古人以为"今世人九日登高饮酒，妇人带茱萸囊，盖始于此"。

重阳节风俗，如登高、插茱萸、饮菊花酒、赏菊、吃花糕等。据《西京杂记》载，汉高祖戚夫人"九月九日，佩茱萸，食蓬饵，饮菊花酒，令人长寿"。可见汉代重阳节已有佩茱萸、饮菊花酒等习俗。

又据西汉《长安志》载，汉时长安近郊有一小高台，每年九月九日，人们即登高台观景。孙思邈《千金月令》说："重阳之日，必以肴酒登高眺远。为时宴之游赏，以畅秋志。"茱萸气味辛烈，李时珍说当时楚人称其为"辣子"，越人称为"越椒"，蜀人则称"艾子"，可入药，云有驱蚊杀虫之效。而悬茱萸子于屋内，则有驱邪辟邪之效。汉代，人们将茱萸切碎装在香袋里随身佩带，晋朝以后则改将茱萸插在头上，故王维诗有"遥知兄弟登高处，遍插茱萸少一人"句。

重阳节还要饮菊花酒、吃花糕。古人认为饮菊花酒可延年益寿。《梦粱录》载："今世人以菊花、茱萸浮于酒饮之。盖茱萸名'避邪翁'，菊花为'延寿客'，故假此两物服之，以消阳九之厄。"

花糕，亦称重阳糕。糕者，高也，最初是为庆祝秋粮丰收，后寓意步步登高。《西京杂记》记汉代吃的"蓬饵"，蓬，即蓬子，蓬饵即是用蓬草叶子和黏黍米制作的重阳花糕，古人认为"蓬乃御乱之草"，故食此物可"以被妖邪"。《东京梦华录》记时人于重九前一二日，各以粉面蒸糕，互相馈送，糕点上插剪小彩旗，掺钉果实，如石榴子、栗黄、银杏之类。此外，重阳节还有"女儿节"的意思。《五杂俎》引宋吕原明《岁时杂记》称，民间习俗，于九月九日"天明时，以片糕搭儿女头额，更祝曰：'愿儿百事俱高。'"

钟毓龙《说杭州》则记重阳日，"杭人修灶必于是日，工资须加倍"。"昔时以教读为生者，与为子弟延请教读老夫子者，亦以是月为定约之期。故有'九月菊花黄，先生寻馆忙'之谚。"

听响卜 顾　禄

　　或有祷灶请方，抱镜出门，听市人无意之言，以卜来岁休咎者，谓之听响卜。

《清嘉录》

【赏读】

　　"镜听"又称"听镜""听响卜""耳卜"等，古人往往于除夕、岁首之夜抱镜而出，听路人无意之言，以此占卜吉凶祸福。一般程序是，先将勺子置于盛满水的锅中，虔心祷拜后，拨勺旋转，然后按勺柄所指方向抱镜出门，听到的第一句话即预示着所占卜之事的吉凶。

　　镜子出现之前，古人以水照面。铜镜则最迟出现于商代后期，战国时开始盛行，至唐代达至巅峰。其形制多为圆形，间亦有方。古人认为镜子可驱妖辟邪，鬼怪见之即现原形，故古人视之如神，如《抱朴子》言："万物之老者，其精悉能假托人形，以炫惑人目而尝试人，唯不能于镜中易其真形耳。"

　　故此，古人多以镜为占卜神验之事，而镜听一俗，唐宋时期最为流行，尤为闺中妇女所爱。最知名者当属唐代诗人王建《镜听词》一诗，其诗于一女子在除夕夜"镜听"之过程描摹细腻："重重摩挲嫁时镜，夫婿远行凭镜听。回身不遣别人知，人意丁宁镜神圣。怀中收拾双锦带，恐畏街头见惊怪。"

与此相类似的，则是广西的"讨名姓"一俗。家人备办各种瓜果饮食，然后备纸笔，抱孩童于天未明时，在路口等待。待有过路者，无论贵贱，即便乞丐之流，亦邀请乞名，且以其姓姓之。因此当地常有父子异姓者。

粤东女俗 丁柔克[①]

粤东往往由女子终身不嫁，或约十人五人，要结盟誓，如痼疾然。虽百计诱之，三尺[②]威之，弗从也。其意大半皆以修来世起见，可得男身云云。女子赋性本偏，坤[③]为吝啬，然亦大半佛法误之也。三江往往有夫死而嫁，抱夫木主拜堂合卺，洋洋如平时，先满户皆红，合卺后则全堂皆白。婚丧顷刻，歌哭同时，虽出于女之贞，然亦父母舅姑亲朋之万不忍睹也。至于狡童游女相约投缳[④]，视死如归，钟情不解，大有同穴之意，世更不乏其人。一失之偏，一失之正，一则不偏不正之间。然皆文章之偏锋，兵家之诡道，幸而中，幸而胜，非堂堂正正之象。揆之天理，亦祥难即降；揆之国法，更罪无可加；揆之人情，非言能禁；亦惟听其为所欲为而已。

《柳弧》

【注释】

①丁柔克（1840～？）：号夒甫，江苏泰州人。自幼聪颖好学，琴棋书画、医卜星相，无不涉猎。然则颠沛流离，抑郁不得志。"公事之余，秋灯黄叶……因取生平见见闻闻，奇奇怪怪，与夫一切一知半解拉杂笔之于书。"又据丁柔克自言，其尚撰有小说《归鹤琐言》三十二回、《泰豆地理集》《倒海探珠集》《医学星宿海》《麋畯斋楹联》《玉壶凤肺》《青芙馆秘书》等书，但均未见有刻本

问世，亦未见著录。

②三尺：古时律法条文写于三尺长竹简上，故称法律为"三尺法"，简称"三尺"。

③坤：《易·说卦》："坤为地、为母、为布、为釜、为吝啬。"

④投缳：以缳为绳，自投而缢。

【赏读】

《中华全国风俗志》曾记顺德女子有"金兰契"之俗。所谓"金兰契"，俗名"夸相知"，又名"识朋友"。此辈女子往往相约不适人，后为父母所迫而强为结婚者，亦有"不落家"之事，即婚后不与丈夫同处，越日即回母家，与同党姊妹为伴，意为不失落于夫家之意。

若结为金兰之契，则情同伉俪，还需办理相关手续。即一方先行准备花生糖、蜜枣等物，以为情意之表达；若对方接纳，则为承诺，否则为拒绝。此后坐卧起居，无不形影相随，不离须臾。若日后一方违约，萌生他意，则必有娘子军前来兴师问罪，拳打脚踢，辱骂百端。丁氏此篇意为粤东女子如是结金兰契，是为修得来世男身，其实此言多为借口，要之乃这些女子同居相恋。

而另一方面，广东之地，亦最重女贞。于是有丁柔克所谓"抱夫木主拜堂合卺，洋洋如平时，先满户皆红，合卺后则全堂皆白"的一反常情的"抱牌位成亲"。旧俗订婚后，未婚夫夭亡，同样用花轿迎娶新娘，新娘抱着未婚夫牌位举行婚礼，以致终身守寡，是为"望门寡"。而若守节再嫁，则为人不齿，俗称"再醮"。古代男女举行婚礼时，父母给他们行酌酒之仪式，称为醮。故男子再娶或女子再嫁皆称为再醮，后专指妇女再嫁。《孔子家语·本命解》："既嫁从夫，夫死从子，言无再醮之端。"而广东之地，再醮者，百不一二，间或有之，辄为姊妹所不齿。后夫入赘者，外人议论更是难听，俗称"淘古井"。《二十年目睹之怪现状》第五七回记："我虽然懂得广东话，却不懂得他们那市井的隐语，这'淘古井'是什么，听了十分纳闷。后来问了旁人，才知道凡娶着不正路的妇人——如妓女、寡妇之类——做老婆，却带着银钱来的，叫作'淘古井'。"婚事更是草草，不比初婚的锣鼓大兴。寡妇且按例要大哭一场，假装不同意。寡妇走出夫家另嫁的，俗称"二婚头"，低人一等，且改嫁皆不拜天地，不受礼，全无尊严。

周作人《关于贞女》有言："盖两性不平等道德在男系社会皆然，唯以在多妻制国为最，中国正是好例。"而他接着说，"本来国难至此，大可且慢谈这些男女间的问题吧，但是这种卑劣男子他担得起救国的责任么？我不能无疑"。

小脚与大脚 丁柔克

甘肃某县,每年四月二十四日妇女做小脚会。届时妇女淡妆浓抹坐于门首,皆跷一脚于膝,以供游人赏鉴。或评其双弓窄窄,或称其两瓣尖尖。最小者则洋洋自得,合宅欢庆,而其门如市。故其县无甚大脚,间有稍大者,其时唯闭门饮泣,合家垂头丧气,真陋习也。又甘肃某县亦以小脚相尚。有小脚妇女忽行街市者,怀中必预备绣履数只。群少年必逐而索之,或与一只,或与一双,尝有分尽而为人所窘者。江南天长、六合等县,则妇女尽皆大脚。袁简斋①所谓"一身兼作仆,两足白于霜"者是也。满头银钗银索,亦有丰姿绰约,皮肤白腻者,视其足下则如男子,亦可谓"翻云覆雨连天暗,野草闲花满地愁"②矣。南北风俗不同如此。

《柳弧》

【注释】

①袁简斋:即袁枚,字子才,号简斋,晚年自号仓山居士、随园主人、随园老人,钱塘(今浙江杭州)人。清代著名文学家。

②"翻云覆雨连天暗"二句:梁章钜《楹联丛话全编·巧对录》卷八记:"谢椒石曰:京中女人多大脚者,纪文达师尝戏为集句对,语云:'朝云暮雨连天暗,野草闲花满地愁。'虽恶谑,亦极巧矣。按:此前明沈景倩旧集句,见《静志居诗话》。"

【赏读】

《金瓶梅》第四回写西门庆和潘金莲坐在王婆茶坊喝酒,两人勾勾搭搭言语暧昧。西门庆故意将一双筷子拨落地面,掉落在金莲小脚之旁,随后连忙将身下去捡拾,只见:"妇人尖尖趫趫,刚三寸,恰半钗,一对小小金莲,正趫在箸边。西门庆且不拾箸,便去他绣花鞋头上,只一捏。"

这是充满性挑逗的动作,果真"当下两个就在王婆房里,脱衣解带,共枕同欢"。

宋明开始,缠足之风愈演愈烈。民间俚语形容为"三寸三分",文人则多用"笋牙""半叉"描绘之。小且不算,还须弓,更有甚者,连小脚也有了特产地,尤以山西大同与河北宣德府的女子小脚裹得最好,故有大同赛脚会。

赛脚会,亦称晒足会、晾足会、莲足会等。据叶灵凤《书淫艳异录》所述,大同之赛脚会,每年中秋日举行,"各家妇女,当门垂竹帘,人隐于帘内,双脚露于帘外,任游人品评,且得以邀赞赏为荣。闻有一班风流之士,结会品评,以最小者为'状头',赠以彩帛花粉,其家长或丈夫非特不以为忤,且互相标榜,父钟其女,夫宠其妻。唯有一特殊规律,即品评者只许品足,不能揭帘窥探妇女颜色,否则便得饱以老拳的,并遭全城人的轻视"。

大同赛脚会,除在中秋日举行,亦有在六月六庙会时期举行者。大同有十二大寺庙,各庙轮值承办。届时,小脚女子们黎明即起身,涂抹扮装,熏香沐浴,从各地赶来。"大同庙中戏台,皆在楼上,俗谓之天台,妇女环绕台下视戏,一般男子则穿插妇女丛中,观其裙下双钩,品评再四,推定优秀者若干人。落第者咸垂头丧气而归,然后再集合入选者于一处,举行决选。最后,公决第一者称王,第二者称霸,第三称后,此入选之三人,欢呼雀跃,以为莫大之荣幸。"

蛞 蛞 潘荣陛①

  少年子弟好畜秋虫，曰蛞蛞，乃蝼蛄之别种。寄生于稻田禾黍之间，又名曰叫蚂蚱。亦非蝗蝻之流，蚕食苗稼。亦非庄子《逍遥游》所说，蟪蛄不知春秋。此虫夏则鸣于郊原，秋日携来，笼悬窗牖②，以佐蝉琴蛙鼓，能度三冬。以雕作葫芦，银镶牙嵌，贮而怀之，食以嫩黄豆、鲜红萝卜，偶于稠人广座③之中，清韵自胸前突出，非同四壁蛩④声助人叹息，而悠然自得之甚。

《帝京岁时纪胜》

【注释】

①潘荣陛（生卒年不详）：直隶大兴人，雍正年间曾在宫中任职，乾隆年间退职著书，有《工务记由》《月令集览》《昏仪便俗》等。《帝京岁时纪胜》以时月为序，所记包括节庆、庙会、时品、迷信、风俗、礼制等，凡九十九条，于明清两代北京岁时风俗叙述颇详。

②牖（yǒu）：窗户。

③稠人广座：指人多的场合。典出《史记·魏其武安侯列传》："稠人广众，荐宠下辈。"

④蛩：蟋蟀。

【赏读】

中国人历来视蝈蝈为宠物，宋代即开始畜养蝈蝈，清代此风更盛。清人崇彝《道咸以来朝野杂记》载，时人认为冬日养虫为一种娱乐，凡蟋蛄，俗名蝈蝈、油葫芦、蟋蟀、金钟儿、咂嘴，皆于大小葫芦中养之。每当室中温暖时，则鸣声四起，闻之与夏秋山林之间相似，善养者可过冬至节，或且至上元节。而养虫之具，亦穷极奢侈，以象牙、玳瑁、黄杨、紫檀雕成，笼盖有高数寸者，花纹非常精细。可见古人于这小小虫子，颇花了些钱财心力的，其实今人好玩这玩意的，亦是如此。

唐鲁孙先生记当年京城养蝈蝈者："（蝈蝈儿）葫芦里面每天清洁一次，同时还要用淡淡的龙井茶洗涮一番，然后晒干或烤干，让蝈蝈儿进驻。……冬天揣蝈蝈儿葫芦，一定要有特制绒背心，还要在左右钉满了大大小小的口袋，外面穿大长袍大皮袄，再系上搭膊。有本事的行家，笔者看见过一次揣上二十七只大小葫芦，而依然能够动作自如，真可以说是绝技了。"

邓云乡先生《燕京乡土记》写旧时北京道途沿路叫卖蝈蝈：

一担密密麻麻，都是细高粱篾子编的拳头大的小笼子，每个笼子里盛一个蝈蝈，插一段葱白给它当饲料。汉子头戴"十八盘"破草帽，身穿紫花布背心，古铜色的皮肤，挑着这个担子在红尘古道上匆匆赶路，一面走着，那些蝈蝈一面在笼中嘎嘎地叫着，像挑着一担天籁的音乐。挑进那京师的阴凉高大的城门，沿街串巷去叫卖。于是，四合院的小门一开，出来个老太太带着两个孙子。十大枚一个，买了两个。"得了，来俩；拿着，一人一个，别打架！"买的人进去，胡同中又归于寂静。蝉在树上叫着，蝈蝈在笼中叫着，汉子挑着担子又招呼别家的生意去了。刚才那两个小笼子，那笼中胖笃笃的、碧绿的蝈蝈，已被挂在葡萄架下面，隔着笼子的洞眼，可以看到它正舞弄着触须，在吃刚刚塞进来的那一小条香瓜。

消寒图[①] 潘荣陛

至日数九,画素梅一枝,为瓣八十有一,日染一瓣,瓣尽而九九毕,则春深矣,曰九九消寒之图。傍一联曰:"试看图中梅黑黑,自然门外草青青。"谚云:"一九二九,相逢不出手。三九四九,冰上走。五九四十五,穷汉街前舞。七九六十三,路上行人着衣单。"都门天时极正:三伏暑热,三九严寒,冷暖之宜,毫发不爽。盖为帝京得天地之正气也。

《帝京岁时纪胜》

【注释】

①消寒图:旧俗冬至后数九天用来计算日期的图画。

【赏读】

古时五日为一候,三候为一气(节),两气(节)为一月。夏有"三伏",冬有"九九"。夏至后第三个庚日为初伏,三伏尽,天气由热转凉。"九九"则以冬至为数九第一天,九天为一阶段,共九九八十一天,天气由寒向暖。故民间有"数九"之俗。《五杂俎》记明时《九九歌》:"一九二九,相逢不出手;三九二十七,篱头吹觱篥;四九三十六,夜眠如露宿;五九四十五,太阳开门户;六九五十四,贫儿争意气;七九六十三,布纳担头担;八九七十二,猫犬寻阴地;九九八十一,犁耙一齐出。"此为冬日九九歌,亦有夏日九九歌:"一九二九,扇子不离手;三九二十七,冰水甜如蜜;

四九三十六，汗出如洗浴；五九四十五，难戴秋叶舞；六九五十四，乘凉入佛寺；七九六十三，床头寻被单；八九七十二，思量盖夹被；九九八十一，阶前鸣促织。"至于简单上口通俗易记者："一九二九，相逢不出手；三九四九，围炉饮酒；五九六九，访亲探友；七九八九，沿河看柳。"

所谓消寒图，亦算是数九一法，即是记载进九以后天气阴晴的"日历"，共有九九八十一个单位，故称"九九消寒图"。每日一笔，到九九共八十一天，冬天就算是过去了。古人也借此预卜来年丰歉。明代刘若愚《酌中志》载，宫中循例年年要由司礼监印制"九九消寒图"的，每图皆有诗，由"一九"说到"九九"，记录风俗人情，颇为可观。

画九法有至简无华一种。画纵横九栏格子，每格中间再画一圆，称作画铜钱，共有八十一钱，每天涂一钱，涂法是"上阴下晴、左风右雨雪当中"，民间歌谣谓："上阴下晴雪当中，左风右雨要分清，九九八十一全点尽，春回大地草青青。"而明人杨允孚《滦京杂咏一百首》咏及消寒图，其自注云："冬至后，贴梅花一枝于窗间，佳人晓妆，日以胭脂日图一圈，八十一圈既足，变作杏花，即暖回矣。"则数九之俗与佳人晓妆并及，寒意中自有春意。

而画九之外，亦有写九。徐珂《清稗类钞·时令类》载："宣宗御制词，有'亭前垂柳珍重待春风'一句，各句九言，言各九画，其后双钩之，装潢成幅，曰九九消寒图……自冬至始，日填一划，凡八十一日而毕事。"八十一笔写完，自是垂柳回黄之际，难得还文辞俱佳。古时私塾老师也多有借此考查训练学生文字功夫的，让学生自撰九言词句，寓教于乐，不知不觉中，学生于字词语句亦多一层体悟了。

石榴、夹竹桃 富察敦崇[①]

京师五月榴花正开，鲜明照眼。凡居人等往往与夹竹桃罗列中庭，以为清玩。榴竹之间必以鱼缸配之，朱鱼数头游泳其中。几于家家如此。故京师谚曰："天篷鱼缸石榴树。"盖讥其同也。

《燕京岁时记》

【注释】

①富察敦崇（1855～1922）：字礼臣，北京人，满族。著有《芸窗琐记》《皇室见闻》等。《燕京岁时记》与《帝京岁时纪胜》相近，亦以四季节令为序，杂记清代北京风俗、游览、物产、技艺等，凡一百四十六条。

【赏读】

所谓四合院，四是东南西北四面，合即是合在一起，亦即四方向的房屋围拢在一起，形成一"口"字形，如此才是地道之四合院。

邓云乡先生曾写过一戋戋小书《北京四合院》，谈的就是四合院的历史衍变与具体构造，所谈虽细，却让人足以想见旧时北京四合院的"音容笑貌"，在在蕴蓄着学问与情怀。书里让我印象特别深刻的是邓先生谈到的四合院的诸种配件。

譬方说帘子，冬天各屋挂上有夹板的棉门帘，春秋两季则是夹门帘，夏天则是竹门帘。而每届酷暑，还要冷布糊窗。所谓冷布，非布亦非纱，乃是用木机织成的一种窗纱，"上绿色浆或本色浆，干后烫平，十分挺滑"，透风清朗，亦能隔绝飞蝇，"冷布之外加幅纸，纸端横施一挺，昼则卷起，夜则放下，名为卷窗"。

再譬方说四合院中的花木。邓先生说到北京四合院中最常见的是丁香，此外还有海棠、榆叶梅、山桃花等，枣树、槐树也特多。尤其盛夏，借这一株老槐遮阴，耳边蝉鸣声声，虽酷暑亦不觉热，自有一番清凉味。而盆栽的花木，最常见的就是石榴树和夹竹桃了。原来石榴有"多子"之兆，若种养得法，高逾五尺，结果累累，很是好看。

而"天棚鱼缸石榴树，先生肥狗胖丫头"一语流播众口，似引为譬喻老北京四合院富足生活。细想，实非此意。据夏仁虎先生《旧京琐记》更可明了。夏仁虎，江苏江宁人，字蔚如，号啸庵、枝巢子等。满清举人，做过御史，民国年间历任北洋政府财政部次长、代总长、国务院秘书长等职。

夏先生《琐记》卷一云：都中土著，在士族工商以外，有数种人，皆为吃皇粮者，曰书吏，世世相袭，以长子孙。这些人的籍贯本以浙绍为多，率拥厚资，起居甚奢。夏必凉棚，院中必列瓷缸以养文鱼，排巨盆以栽石榴。即便无子弟读书，亦必延一西席，以示阔绰，所以有人制一联语讥嘲此辈，天棚鱼缸石榴树，先生肥狗胖丫头。

一干"皆食于官"的人，于公事中巧于谋算，中饱私囊，且"世世相袭、率拥厚资"，其实都是流品甚低之小官僚，并无赏鉴能力。故其居处，人有则其亦有，人无则其亦无，一应随人声口，逐行作对。

风筝、毽儿、琉璃喇叭、咘咘噔、太平鼓、空钟 富察敦崇

　　儿童玩好亦有关于时令。京师十月以后，则有风筝、毽儿等物。风筝即纸鸢，缚竹为骨，以纸糊之，制成仙鹤、孔雀、沙雁、飞虎之类，绘画极工。儿童放之空中，最能清目。有带风琴锣鼓者，更抑扬可听，故谓之风筝也。

　　毽儿者，垫以皮钱，衬以铜钱，束以雕翎，缚以皮带，儿童踢弄之，足以活血御寒。

　　琉璃喇叭者，口如酒盏，柄长二三尺。

　　咘咘噔者，形如壶卢而长柄，大小不一，皆琉璃厂所制。儿童呼吸之，足以导引清气。

　　太平鼓者，系铁圈之上蒙以驴皮，形如团扇，柄下缀以铁环，儿童三五成群，以藤杖击之，鼓声冬冬然，环声铮铮然，上下相应，即所谓迎年之鼓也。

　　空钟者，形如车轮，中有短轴，儿童以双杖系棉线播弄之，俨如天外晨钟。

《燕京岁时记》

【赏读】

　　风筝，古时称鹞，北方谓鸢。相传春秋战国时期，工匠鲁班即

做了一只风筝，升空三日而不坠。高承《事物纪原》卷八《纸鸢》条认为"是韩信所作"。此说未必可靠，但可见最早的风筝并非玩具，而是用于军事和通讯。

唐宋之际，放风筝之风特盛。尤其是清明时节，朝野盛行禁火、扫墓、踏青、荡秋千、蹴鞠、打马球、插柳条、放纸鸢等风俗。五代时，人们还在纸鸢上系上竹哨，风入竹哨，声若鸣筝，故名"风筝"。《武林旧事·西湖游赏》说西湖边上，千舫骈聚，歌管喧奏，粉黛罗列，最为繁盛。桥上少年郎，竞以纸鸢勾引那些美女，相牵剪截，以断绝者为负。周密认为"此虽小技，亦有专门"。

古人认为放风筝，于孩童特有好处。春天放风筝，置身和煦阳光与骀荡春风中，孩童随着风筝不停走动奔跑，更是有利筋骨。而尤为要紧者，放风筝时，双眼望远，碧空浩瀚，是可以清目的，故于小儿特有助益。

邓云乡先生《风筝》一文如是写道：

> 春风和畅时节，也正是孩子们在空旷的地方放风筝的时候。几十年前，北京空旷荒僻的地方不少。北城，后海沿；南城，窑台、坛根；东城，东单大空场、御河桥；西城，二龙坑大土堆、太平湖。在春日里，这些地方到处都可以看到放风筝的孩子们。古人所谓"千秋万岁名，不如少年乐"，曾经经历过这种欢乐的人，大概永远不会忘记吧，不要说自己拉着线，在那里放，有多么得意洋洋了，即使是作个"小喽啰"，在别人放的时候，两手捧着风筝，帮助人家助跑两步，那点劲头，那种乐滋滋的味道也是难以笔墨形容。待到牙豁头童之际，即使想捧着风筝，想帮人家跑两步，人家也没有人要了，这点哀愁，千古一理，是永远不得解决的了。

而据《事物纪原》载，踢毽子始于蹴鞠。《帝京岁时纪胜》记旧时北京已有踢毽子高手，手舞足蹈，很少停息，忽前忽后，忽高忽下,但动合机宜,从不坠落。《通俗编》"毽子"条也说道,有人顶额口鼻,肩背腹膺,皆可代足,一人能兼应数敌,而毽子终日绕身不堕,可见这已经是很流行的一种游戏了。

另可附说秋千之戏。《事物纪原》以为秋千本系汉武帝后庭之戏,本为千秋,是祝寿之词,后倒语为"秋千"。《开元天宝遗事》载:天宝官中,每至寒食节,就纷纷架起秋千,令官嫔辈戏笑以为宴乐。时人呼其为"半仙之戏"。

封 印 富察敦崇

每至十二月,于十九、二十、二十一、二十二四日之内,由钦天监①选择吉期,照例封印,颁示天下,一体遵行。封印之日,各部院掌印司员必应邀请同僚欢聚畅饮,以酬一岁之劳。故每当封印已毕,万骑齐发,前门一带,拥挤非常,园馆居楼,均无隙地矣。印封之后,乞丐无赖攫货于市肆之间,毫无顾忌,盖谓官不办事也。亦恶俗也。

《燕京岁时记》

【注释】

①钦天监:古时掌管察天象、推算节气并制定历法的国家机构。

【赏读】

唐鲁孙先生《封印》说道:

到了腊月二十以后,无论大小衙门,都要封印停止办公,大家才能稍安喘息。在封印期间,有早经用空白公文加盖"预留公文"小木戳,遇有十万火急刻不容缓的要件,由有司禀承堂官后,可以权宜行事;等开印后,再补办公文。大小衙门封印日期,整齐划一,开印日期一律定为正月二十。繁忙的机关,过了初五,正月初六虽不开印,遇上紧急要公也自然要先行处理。有些闲散的冷衙门,虽然说是正月二十日正式开印,可是懒懒散散不把正月过完,好像办公还不能恢复正常呢!封印开印都要香烛供奉,磕头如仪,燃放鞭炮,以示尊重国家典制。

  各衙门的大印,都是官篆直纽,放在木装印匣里,封印时要用一块杏黄或土黄色布,把印匣包起来,打上印结。从前当监印官的人,必须会打印结。所谓印结,系的时候,有一种特别技巧,看着印结是系得牢牢的,可是开印时用单手一抖,印结立开,既不准打死扣,更不准用两手来解。从前官场迷信说,印结系死扣,不但衙门上下容易发生龃龉,对外行文更多阻碍。新正开印,如果监印官抖得漂亮,一揪就开,拿户部比较阔的衙门来说,堂官送个十两二十两茶敬是很平常的呢!

  封印之外,梨园行讲究"封台"。而商铺亦有规矩。齐如山先生《中国风俗丛谈》写道:"在前清时代,商家都是赊账,一过腊月廿日,便派人分头去讨债,固然好的账主,都是自己送上门来,但多数都是跑到除夕,还不容易付清。可是一到除夕,一面派人出门讨债,一面清理存货、清理账目,到十二点钟以后,就都要总结账了,讨不进来的,就留到次年再算。一切账目清结以后,这才由掌柜率领全体人员烧香行礼迎神,燃放鞭炮。"

灯 市 震钧[1]

灯市，在明代为极盛之地。《燕都游览志》所称，相对俱高楼，楼设毡毹[2]帘幕，为燕饫[3]地。夜则燃灯于上，望如星衢者，今则无是。忆余髫年[4]，尚见路南楼六楹，岿然无恙，今不可问矣。每上元五夕，西马市之东，东四牌楼下，有灯棚数架。又各店肆高悬五色灯球，如珠琲，如霞标，或间以各色纱灯。由灯市以东至四牌楼以北，相衔不断。每初月乍升，街尘不起，士女云集，童稚欢呼。店肆铙鼓之声，如雷如霆。好事者燃水浇莲、一丈菊各火花于路，观者如云，十轨之衢，竟夕不能举步。香车宝马，参错其间。愈无出路，而愈进不已。盖举国若狂者数日，亦不亚明代灯市也。此外地安门、东安门外，约略相同。六部皆有灯，惟工部最盛。头门之内，灯彩四环。空其壁以灯填之，假其廊以灯幻之。且灯其门，灯其室，灯其陈设之物，是通一院皆为灯也，此皆吏胥匠役辈为之。游人阗咽[5]，城内外士女毕集，限为之穿。近日物力销耗，渐不如前，灯景游尘，均为减色矣。《傅青主集》有《冰灯诗》一卷，可称极盛。然不过伐冰作屏，燃灯于内耳。今则愈出愈幻，遂有以冰为酒瓮、瓶罍[6]、鼎彝之属，燃灯于内，高悬四座，观者叹其绝肖。此多在酒肆，以代招牌，故尤妙。

《天咫偶闻》

【注释】

①震钧（1857~1920）：满族，姓爪尔佳氏，字在廷（亭），汉姓唐名晏。曾执教于京师大学堂，后入江宁将军铁良幕府，并任江宁八旗学堂总办。博学多闻，世居京师，习闻琐事，著记述北京历史掌故的《天咫偶闻》十卷。

②氍毹（qú shū）：毛织的布或地毯。

③燕饫（yù）：宴食。

④髫年：幼童时期。髫，古时儿童尚未束发时自然下垂的短发。

⑤阗咽：堵塞拥挤，人群喧闹状。

⑥罃（yīng）：大腹小口的酒器。

【赏读】

正月十五称"元宵"，又名"上元"，这天是要张灯庆元宵的。

至于元宵燃灯之俗，据说是因汉明帝提倡佛法，适逢蔡愔从印度求得佛法归来，称印度摩喝陀国每逢正月十五，僧众皆云集瞻仰佛舍利，是参佛的吉日良辰。明帝为弘扬佛法，遂下令正月十五夜在宫中和寺院"燃灯表佛"。

而就节期长短而言，汉代元宵节为一天，唐代则为三天。宋代为五天，明代更是自初八谓之"上节暝"点灯，一直要到正月十七夜里才落灯，连张十天。白昼为市，喧哗热闹，夜间燃灯，蔚为壮观。至清代，又增加了舞龙、舞狮、跑旱船、踩高跷、扭秧歌等"百戏"，是不折不扣的全民狂欢节。

如此则有灯市。田汝成《熙朝乐事》载：灯市，出售各色华灯。有人物造型的，诸如老子、美人、钟馗捉鬼、月明度妓、刘海戏蟾之类，花草造型的则有槲子、葡萄、杨梅、柿橘之类，禽虫造型则有鹿、鹤、鱼、虾、走马之类，奇巧之类则有琉璃球、云母屏、水晶帘、万眼罗、玻璃瓶，等等。品目万殊，难以枚举。至于观灯人潮，张岱《陶庵梦忆》卷八"龙山放灯"一节写得最好："山下望如星河倒注，浴浴熊熊。……山无不灯，灯无不席，席无不人，人无不歌唱鼓吹。"

齐如山先生指出："在元旦后半个月之内，都是很热闹的，但最热闹的时间，要数灯节前后三天。各种娱乐会，固然都是年前已经练好，但年前正忙，总有办不齐全的地方，所以元旦三天，拜年太忙没什么娱乐的表演，拜年忙过各种娱乐会整理补充，一切齐备大致最早也须初五六日以后，才能演出，但仍未见过能天天演；可是灯节前后三天，那是非演不可的，所以灯节三天最为热闹。"

而更令人称奇者，宋代上元日多有男女幽期密约，纵情逸乐者。伊永文《行走在宋代的城市》中如是描述："更使人惊讶的，是上元之夜青年男女的活跃。只要彼此钟情，就可以成其好事，有男女双方一识便意浓，在巷陌又不能驻足调笑，便到市桥下面'野合'寻欢，然后便道别分手……这种就像喝一杯水一样随便的异性相交，在整个古代城市上元历史上也是鲜见的，它标示着宋代城市上元狂欢，已达到了相当的深度。"

京师三艺 震 钧

京师有三种手艺为外方所无：搭棚匠也，裱褙匠也，扎彩匠也。扎彩之工，已详一卷。搭棚之工，虽高至十丈，宽至十丈，无不平地立起。而且中间绝无一柱，令入者只见洞然一宇，无只木寸椽之见，而尤奇于大工之脚手架。光绪二十年重修鼓楼，其架自地至楼脊，高三十丈，宽十余丈。层层皮木，凡数十层，层百许根。高可入云，数丈之材，渺如钗股。自下望之，目眩，竟不知其何从结构也。若裱褙之工，尤妙于裱饰屋宇，虽高堂巨厦，可以一日毕事。自承尘至四壁、前窗，无不斩然一白，谓之"四白落地"。其梁栋凹凸处，皆随形曲折，而纸之花纹平直处如一线，无少参差。若明器之属，则世间之物无不克肖，真绝技也。

《天咫偶闻》

【赏读】

齐如山《北京三百六十行》"棚匠"条：专与人家搭夏季天棚、喜庆丧事之棚等大工程之脚道，乃系一种特别技术。

邓云乡《搭棚》：棚匠的高超技艺，不仅表现在搭普通天棚上，而且还表现在搭"红白喜事"（即庆寿、娶亲、嫁女、丧事）的彩棚上，要搭棚，还要扎彩。要用杉蒿、竹竿、木板、芦席、布匹、彩绸，搭出各种亭台楼阁、牌楼、戏台等，这种临时建筑物，不仅要看上去美轮美奂，而且要能实际使用。搭出的楼要能供饮酒摆宴席，搭出的戏台要能经得住敲锣打鼓唱全武行大戏的折腾。这些在今天说来，人们也许觉得是很难想象的，但在当年都是普通事实。当年西太后那拉氏由西安回北京，正阳门已被焚，来不及修，便在正阳门那儿搭了大彩牌楼。光绪十四年，太和门失火，第二年，光绪大婚，来不及修建，便由棚匠搭了个假太和门，远看和真的一样。试想想，这是多么惊人的绝艺呢？

而裱糊的工艺，邓云乡先生写道："用高粱秸扎架子，这些高粱秸都是裱糊匠平时处理好的。先把残叶剥去，两头切齐，用寸许宽的旧账纸条，刷上糨糊，把高粱秸缠上，等到干后，变成白色长杆，轻而便于使用。扎架时，表明不滑，易于捆扎。……裱糊时，一律把纸成刀反着放在案上，先刷糨糊。糨糊用面粉下脚加明矾加水上火调熟，熟时很稠，用时加热调稀。刷糨糊时平刷，全部刷到，一人刷，一人裱，刷者刷好，轻提两角，递与裱者，裱者先仰贴两角，然后用小帚很快摊平，便贴于顶上了。依次再贴第二张，一张接一张，贴到接口处，新贴者压住旧贴之边二分余，一张压一张，更可增加牢度。"

粤人好斗 徐 珂①

粤人性刚好斗,负气轻生,稍不相能,动辄斗杀,曰打怨家。非教条所能禁,口舌所能谕,尝有千百成群聚众械斗之巨案。盖大姓多聚族而居,多者数千家,少亦数十百家,与他姓一言不合,即约期械斗。人数不足,则出重资雇人相助。……斗时,扬旗鸣鼓,枪炮交施,如临大敌,可数日不解。

《清稗类钞》

【注释】

①徐珂(1869~1928):原名昌,字仲可,浙江杭县(今杭州市)人。光绪年间举人。后任商务印书馆编辑,参加南社。《清稗类钞》汇编清代掌故遗闻,广搜博采,仿清人潘永因《宋稗类钞》体例,编辑而成。上起顺治、康熙,下迄光绪、宣统,分九十二类,凡一万三千五百余条。

【赏读】

岭南地区民风彪悍,小不相能,动辄持械相斗砍杀,所谓"出家伙"。"怨家"即冤家,不打不快。且粤人聚族而居,家族荣誉感特甚,每一人有事,众人相助,每动干戈,必有伤残。结党树援,好勇斗狠,即便靡费万金,也必杀伤而后快。而那些受雇作为打手的,事先会订立合同,合同中讳言死,改曰"大吉利市",被砍头则为"飞风"、尸骸无存则为"走水"。若是助斗而死,还要照合约支付抚恤金,若是因斗杀残废,则要给养伤费。那些游手好闲之人,即便明知此事有死伤之虞,竟也乐此不疲。

而大族欺凌小族,久之,小族为求自保,往往结成联盟,思图报复,"会乡"从此起。而不同的会乡组织,势必会因一语不合,老拳相向,争讼、纠纷乃至械斗,此起彼伏,严重的还要结成世仇。故此地方官员也往往怯于各类会乡之声势,无法依法秉公处理各类事端。

而若两造有意讲和,则依据俗规,械斗双方在调停者的主持下进行谈判。若谈判顺利,则至交界晤面,互相递送槟榔,以为讲和之具。此俗名为"会破"。

而据《广东新语》卷九"打仔"条载,下番禺诸乡,每年正月初旬,儿童即群集山野间。互相以拳棒相角,不多时,则有年长壮年蜂拥而至。继而互相开打,最终以胜负来占卜其乡一岁之兴衰。也有地方,每年五月五日,也是不论老少,咸集拼斗,谓胜则一方吉利。虽为卜算丰歉,但这类打斗之风,特易生事端,却颇难禁之。

二月二日龙抬头 徐 珂

二月二日①，古之中和节也，都人呼为龙抬头。有食饼者，谓之龙鳞饼；有食面者，谓之龙须面。妇女亦停止针线，意恐伤龙目也。

《清稗类钞》

【注释】

①二月二日：农历二月初二，亦称龙头节、青龙节。据说经过冬眠的龙，到这一天，被春雷唤醒，抬头而起。

【赏读】

农历二月初二，民间向有"二月二，龙抬头"之说，预示着春季来临，万物复苏，蛰龙复起，一年的农事亦随之开始。在北方，二月二亦称春龙节、青龙节、龙兴节等，在南方则叫踏青节。大约自唐朝始，中国人就有过"二月二"的习俗。

何以"二月二"即"龙抬头"，歧说纷纷。有种说法认为，中国古代二十八星宿中的角、亢、氐、房、心、尾、箕七宿，构成一个完整的龙形星座。其中角宿恰似龙之角，而亢乃龙之咽喉，在咽喉下面由四颗星排列成一个簸箕的形状是"氐宿"，象征龙爪，龙爪后面的房宿、心宿、尾宿和箕宿则分别构成龙之心脏和尾巴。每到仲春之际，龙星初见，首先即是这角宿隐然升起，而此时整个龙身还隐没在地平线以下，唯角宿初露，故称"龙抬头"，直到四月龙星才全然升天，也就意味着雨季的到来。

"抬头"之后，大地回春，万物初醒，民谚云："二月二，龙抬头，蝎子、蜈蚣都露头。"百虫蠢动，疫病易生，《帝京岁时纪胜》记是日，乡民用灰自门外蜿蜒布入宅厨，旋绕水缸呼为引龙回。都人用枣糕、麦米等油煎为食，曰薰虫。邓云乡先生《引龙回》一文于此叙写甚详："天不亮就起来，捧一畚箕细炉灰，打开街门，很神秘地拿炉灰沿着临街房子的墙根，撒一条细线，进了大门，沿着墙根，弯弯曲曲，一直撒到房中，绕床脚撒一圈，再沿墙撒到灶下为止。要撒得细，但绝不能中断，像是后来大扫除时，在墙根屋角撒石灰粉一样。"

此外，家家户户还会爆炒玉米来吃。相传武则天称帝，触怒了玉皇大帝，遂派太白金星传谕四海龙王三年内不得向人间降雨。河道干涸，万物枯萎，百姓哀号不断，龙王见人间一片荒败，遂忤逆玉帝旨意，为人间降了一次雨。玉帝得知后，就将龙王打下凡间，还命太白金星将手中拂尘化为一座大山压在龙王身上，山上立碑："龙王降雨犯天规，当受人间千秋罪；要想重登灵霄阁，除非金豆开花时。"

百姓为了搭救龙王，到处找开花的金豆。到次年农历二月初二，人们正在翻晒玉米种子时，忽然想到这玉米就像金豆，爆炒一下不就是金豆开花吗？于是家家户户爆玉米花，并在院里设案焚香，供上开了花的金豆。玉帝一看人间金豆花开，只好传谕诏龙王重返天庭。从此，民间每到二月初二这天，就爆玉米花，"二月二，龙抬头，大囤满，小囤流"。